GIUSEPPE PEDERIALI

Der Kuss des Bösen

Buch

Kriminalinspektorin Camilla Cagliostri von der Abteilung Jugendkriminalität der Polizei von Modena wird von Riccardo Merighi, einem alten Freund ihrer Familie, eingeladen, zusammen mit ihm, seiner Frau und seiner Tochter eine Woche auf Sardinien zu verbringen. Das trifft sich gut, denn Camilla erhielt gerade von oberster Dienststelle die Aufforderung, ihre vielen Überstunden in wohlverdiente Freizeit umzusetzen. Also nimmt sie das Angebot des superreichen Industriellen Merighi gern an. In der luxuriösen Ferienidylle angekommen, merkt Camilla schnell, dass der Haussegen bei den Merighis schief hängt. Riccardo ist selten anwesend, nicht nur, weil seine Frau Andrea eine sehr eigenwillige und exaltierte Persönlichkeit ist, sondern weil auch das Verhältnis zwischen Mutter und Tochter Fosca extrem schwierig zu sein scheint. Wenige Monate nach dem Aufenthalt auf Sardinien lädt Riccardo Camilla erneut ein – diesmal auf den Stammsitz der Familie in Ferrara. Sie soll sich um Fosca kümmern, deren Verhalten gegenüber der Mutter noch eigenartiger geworden ist. Eines Tages sind Mutter und Tochter allein zu Hause. Als Camilla mit dem Hausmädchen Matilde vom Einkaufen zurückkommt, findet sie Andrea tot am Swimmingpool. Sie ist erschossen worden. Der Verdacht fällt sofort auf Fosca, denn die Indizien weisen weder auf einen Raubüberfall noch auf ein Eifersuchtsdelikt hin. Obwohl der Fall nicht in Camillas Wirkungsbereich fällt, lässt ihr die Sache keine Ruhe. Ist ein zwölfjähriges Mädchen tatsächlich zu dieser Tat fähig? Wenn ja, was muss zwischen Mutter und Tochter vorgefallen sein, dass so etwas passiert? Und welche Rolle spielt eigentlich der ach so besorgte Vater Riccardo Merighi in diesem Familiendrama? Je weiter Camilla nachforscht, umso sumpfiger wird das Gelände, auf dem sie ermittelt. Denn unter dem schönen Schein des glanzvollen Lebens tun sich unvorstellbare Abgründe auf …

Autor

Giuseppe Pederiali, geboren in Finale Emilia bei Modena, schrieb sehr erfolgreich Romane für Erwachsene und Jugendbücher. »Der Kuss des Bösen«, der zweite Kriminalroman um die scharfsinnige Camilla Cagliostri, stand wochenlang auf den vorderen Plätzen der italienischen Bestsellerlisten.

Bei Blanvalet außerdem lieferbar:

Die Tote im Nebel (36242)

Giuseppe Pederiali

Der Kuss des Bösen

Roman

Aus dem Italienischen von
Michael von Killisch-Horn

blanvalet

Die italienische Originalausgabe erschien 2004 unter dem Titel
»Camilla e i vizi apparenti«
bei Garzanti libri s.p.a., Milano

Umwelthinweis:
Alle bedruckten Materialien dieses Taschenbuches
sind chlorfrei und umweltschonend.

1. Auflage
Deutsche Erstausgabe März 2007 bei Blanvalet,
einem Unternehmen der Verlagsgruppe
Random House GmbH, München

Umschlaggestaltung: Design Team München
Umschlagmotiv: Copyright © getty-images/Dallas Stribley
Redaktion: Kristina Lake-Zapp
LW · Herstellung: Heidrun Nawrot
Satz: DTP Service Apel, Hannover
Printed in Germany
ISBN: 978-3-442-36522-7

www.blanvalet-verlag.de

Für die Freunde aus Ferrara,
die an den alten Stadtmauern
so gern Jazz hören

Jede Erwähnung realer Personen oder Ereignisse ist rein zufällig. Mein besonderer Dank gilt den Freunden aus Modena, Reggio, Ferrara und der Bassa, der Tiefebene, die mich nicht nur weiterhin an die richtigen Orte der Geschichte begleiten, sondern auch in die besten Restaurants.

»Es handelt sich um den Leichnam einer weißen Frau,
dreiunddreißig, gut gebaut, wohlgenährt,
zweiundfünfzigeinhalb Kilo schwer und
einen Meter vierundsechzig groß.
Der Schädel ist mit blond gefärbten Haaren bedeckt.
Die Augen sind blau. Auf der linken Hüfte
ist ein kleiner Bereich von Blutergüssen zu erkennen …«
Aus dem Bericht von Thomas T. Noguchi,
dem Leichenbeschauer, der die Autopsie von
Marilyn Monroe durchführte

»Es war, was die Dummen sterben nennen,
schöner Tod erschien auf ihrem schönen Gesicht.«
FRANCESCO PETRARCA

Erstes Kapitel

1

Nachdem das Boot die Spitze von Razzoli hinter sich gelassen hat, legt es sich quer zu den Wellen, und Camillas Reisegefährten scheinen sich nicht mehr so richtig für das Abenteuer der *Semillante* zu interessieren. Aber keiner von ihnen leidet wirklich unter dem Meer, sie scheinen es sogar herausfordern zu wollen: Toni und Fosca sitzen, den Handlauf umklammernd, an Steuerbord und lassen ihre Füße von den Wellen liebkosen. Matilde sitzt mit gespreizten Beinen ganz vorn am Bug; Luca steht neben Camilla und hat sich damit abgefunden, dass sie ihm nicht das Steuerruder überlässt. Und Andrea, die das alles als Einzige völlig unbeeindruckt lässt, liegt reglos auf ihrer Matte und lässt sich die Sonne auf den Rücken scheinen; vielleicht schläft sie, gewiegt von den Wellen, die allmählich immer heftiger werden.

»Wird das noch lange dauern?«, erkundigt sich Luca.

»In den Bocche di Bonifacio herrscht häufig ein leichter Seegang, aber Lavezzi ist nicht mehr weit. Du bist kein Sarde von der Küste?«

»Ich bin aus Villacidro, Sohn eines Gemeindedieners, Enkel von Hirten. Das Meer hab ich zum ersten Mal in Cagliari gesehen, als ich zur Musterung musste. Aber du bist ja auch nicht gerade am Meer geboren.«

Provoziert von dieser Bemerkung, erzählt Camilla,

dass die Leute der Bassa, der Tiefebene, sich schon immer zur Seefahrt berufen gefühlt hätten – eine Berufung, die sie von den alten Schiffseignern geerbt hätten, die mit Flusskähnen, Galeeren und Buzentauren den Reno, den Panaro und den Po bis zum Meer hinaufgefahren und nach Venedig, nach Bari, zu den Küsten Dalmatiens gekommen seien. Ein Schiffseigner sei mit seinem Kahn noch vor Kolumbus nach Westindien gelangt, aber nur in den Wirtshäusern erinnere man sich noch an ihn.

Unterdessen schlingert die *Andrea II* nicht mehr so stark, und die Passagiere begeben sich wieder in Hörweite, mit Ausnahme von Andrea, die keine Lust auf Camillas Geschichten hat. Sie interessiert sich nur für die Sonne, der sie sich unablässig aussetzt, obwohl jede Stelle ihres Körpers gebräunt ist. Und Toni, der blutjunge Freund ihrer Tochter, interessiert sie ebenfalls. In manchen Augenblicken scheint sie mit der zwölfjährigen Fosca konkurrieren zu wollen: Sie lädt ihn ein zu tauchen, ergreift seine Hand, um ihm einen Kormoran zu zeigen, der einen Fisch fängt, und reibt ihren Körper an seinem, wenn sie die enge Treppe zur Kabine hinuntergeht; aber vielleicht täuscht sich Camilla auch, vielleicht spielt ihr die Phantasie, provoziert von Andreas überschäumendem Temperament, einen bösen Streich. Andrea ist neununddreißig, strahlend und fest entschlossen, der Welt zu beweisen, dass man die Zeit anhalten kann: nicht ein einziger altersbedingter körperlicher Makel, nicht eine Mimikfalte, als würden die Kümmernisse und Freuden des Lebens von Cremes und Make-up abgedeckt. Schönheit und Vitalität als Maske, die sie völlig unbefangen trägt. Manchmal schlägt sie über die Stränge, und Riccardo fällt es mit Sicherheit schwer, sie zu ertragen, vor allem wenn sie sich vor ihrer Tochter produziert. Fosca hat so gar nichts von ihr, sie ist schüchtern, widerspenstig, schweigsam, schön in ihrer Unreife, hinter der sie sich versteckt wie hinter den Fetzen, die sie trägt – ein weiteres Ärgernis für die Mutter, die sie vergeblich ermahnt, nicht die dreckigen und zu großen Jeans, Riccardos altes Hemd und die Turnschuhe, diese »Stinker«, zu tragen. Seit sie losgefahren sind, hat Fosca höchstens zehn Worte gesagt – alle zu Antonio, den sie Toni nennt.

Riccardo hat Camilla anvertraut, dass es ihn mit Sorge erfüllt, wie sich Fosca ihrer Mutter gegenüber benimmt, und Camilla hat sich gefragt, ob es da vielleicht ein dunkles Kapitel in Riccardos Leben gibt.

»Stammt das Mädchen aus einer früheren Ehe?«

»Nein, sie ist unsere Tochter. Seit einiger Zeit rebelliert sie gegen uns, besonders gegen Andrea. Ist ja auch kein Wunder bei einer so egozentrischen, selbstsicheren, eleganten, gefallsüchtigen und wunderschönen Mutter. Auch Fosca ist schön, aber sie scheint alles zu tun, um ihre Schönheit zu verbergen. Sind sie heute alle so in diesem Alter?«

»Ich denke schon«, hat Camilla versucht, ihn zu beruhigen.

»Arbeitest du nicht im Dezernat für Jugendkriminalität?«

»Ich bitte dich, du kannst doch deine Tochter nicht mit den Jugendlichen vergleichen, mit denen ich in meinem Beruf zu tun habe. Die Armen werden bereits in Problemfamilien hineingeboren. Bei Fosca handelt es sich um die Probleme einer Heranwachsenden. Ich erinnere mich an den Fall eines Mädchens, das von zu Hause weggelaufen ist, weil sie in ihrer Mutter eine Art Rivalin sah, die ihr die Liebe des Vaters abspenstig machte.«

»Und was ist aus ihr geworden?«

»Ich habe ihr mithilfe eines Psychologen zu helfen versucht.«

»Fosca lässt sich nicht helfen.«

Schade, dass Riccardo in Porto Cervo geblieben ist, es würde ihn freuen zu sehen, dass Fosca und Toni Händchen halten.

Camilla setzt ihre Erzählung über die *Semillante* fort. Matilde lächelt ihr zu, sie ist die Einzige, die sich kein Wort entgehen lässt.

»Das Schiff, das von Tolone zur Krim unterwegs war, geriet in den Bocche di Bonifacio in ein Unwetter. Es heißt, das Mittelmeer sei hier am gefährlichsten. Die *Semillante* kehrte in den Hafen zurück. In Tolone wurden Segel und Rumpf ausgebessert, und das Schiff stach erneut in See. An Bord befanden sich hundert Kadetten, junge Burschen, die an die Front auf der Krim geschickt wurden, wo die Franzosen gegen die Russen kämpften.«

»In welchem Jahr war das?«, unterbricht Matilde sie.

»Das weiß ich nicht. Gegen Ende des neunzehnten Jahrhunderts.«

»Also entkamen sie dem Unwetter!«

»Das erste Mal ja. Aber die hundert jungen Männer machten irgendeinem bösen Gott, der dort unten wohnt, Appetit. Das Schiff verließ Tolone, fuhr an der Küste Korsikas entlang und kam in die Bocche di Bonifacio. Das Meer begann erneut zu toben, und diesmal gelang es dem Kapitän nicht, sich in einen Hafen zu retten. Das Schiff versank bei der Klippe von Lavezzi. Ein paar Seeleute konnten sich retten, nicht aber die Kadetten, die zu jung und unerfahren waren, um dem starken Wellengang zu trotzen.«

»Wie alt waren sie?«, fragt Luca.

»Zwischen vierzehn und achtzehn.«

»Liegen sie noch immer dort unten?«, will Toni wissen. Er ist gerade mal siebzehn.

»Nachdem sich das Meer beruhigt hatte, wurden nur ein paar der jungen Männer zwischen den Klippen geborgen, viele wurden von den Fischen gefressen, andere von der Strömung fortgetragen. Damals waren die Inseln im Sommer und im Winter praktisch unbewohnt. Aber macht euch keine Sorgen: Ihr werdet auf dem Wrack der *Semillante* keine Leichen finden, nur Algen, Fische und Korallen. Ja, es sieht aus wie eine riesige Korallenbrosche.«

»Und die jungen Männer, die das Meer wieder ausgespuckt hat?«, fragt Matilde.

Sie zeigt am meisten Interesse, wirkt geradezu gerührt, dem Tränenschleier nach zu urteilen, der das Blau ihrer Augen noch vertieft. Es sei denn, der Wind und das Salzwasser sind daran schuld.

»Sie liegen auf einem kleinen Friedhof, der in Lavezzi angelegt worden ist. Hundert Gräber, fast alle leer. Wenn ihr wollt, können wir ihn besuchen. Habt ihr einen Ausweis dabei? Lavezzi ist französisch.«

»Luca und ich haben den Personalausweis dabei«, erwidert Matilde und deutet auf ihre Handtasche.

Die anderen haben genug von der *Semillante* und drehen ihr den Rücken zu, Matilde und Luca gehen in die Kabine hinunter. Camilla fühlt sich ein wenig verlassen, ihr einziger Trost ist die Linie der Inseln, die jetzt ganz nahe sind. Sie hätte darauf bestehen sollen, dass Donato sie begleitet, aber er wird so leicht seekrank.

Andrea erwacht und setzt sich auf. In dieser Position verschwindet auch noch der dünne Streifen ihres Tangas, und es wirkt, als wäre sie vollkommen nackt. Ihr Gesicht ist Camilla zugewandt, aber durch die tiefschwarze Sonnenbrille kann man nicht erkennen, ob sie sie wirklich anschaut und ihr die Neugier für ihren nackten Körper übelnimmt, aber das ist unwahrscheinlich. Nacktheit ist für Andrea etwas ganz Natürliches, außerdem liebt sie es zu provozieren, so wie heute Morgen, als sie auf dem Weg vom Heck zum Bug Tonis Rücken mit ihren Brüsten streifte und in Gelächter ausbrach, weil er schnell beiseiterückte, als hätte sie ihn verbrüht – eine Szene, die Fosca mit angesehen hat.

Jetzt schmiert sie sich die Brust mit Sonnencreme ein, obwohl das gar nicht nötig ist, sie ist genauso braun wie der Rest ihres Körpers. Fosca und Toni bleiben am Heck. Matilde und Luca kommen aus der Kabine und gehen zu Andrea. Luca zieht sein T-Shirt aus. Matilde trägt einen weißen Bikini unter einem altmodischen Strandkleid; als Keltin aus der Poebene setzt sie ihre weiße Haut nicht der Sonne aus und schützt sie ständig mit Cremes; entgegen jeder sommerlichen Regel bleibt sie blass. Der Wind flaut ab, das Boot schaukelt kaum noch. Luca legt sich auf den Bauch, Matilde auf den Rücken. Obwohl sie schon lange verheiratet sind, vermeiden sie in der Öffentlichkeit alles, was sie als Paar ausweisen könnte.

»Da ist Lavezzi«, verkündet Camilla.

Es sieht aus wie eine graue Wolke, die sich auf den Horizont stützt. Matilde setzt sich auf, holt die Sonnenbrille aus der Tasche und beginnt, ihre Arme und Beine mit Sonnencreme einzuschmieren. Sie sagt etwas zu Luca, vielleicht bittet sie ihn, ihr den Rücken einzucremen, dann wendet sie sich Camilla zu, aber der Wind trägt ihre Worte fort. Sie lacht und fährt fort, sich mit kreisenden, energischen Bewegungen die Schenkel einzucremen, ohne weiter auf ihre Umgebung zu achten.

Die Wolke verwandelt sich in Granit und teilt sich in die Klippe von Lavezzi und die Hauptinsel. Camilla muss auf die Untiefen achten, während sie das Boot über die *Semillante* manövriert. Fosca und Toni kommen zu ihr. Sie streiten sich.

»Ich will den Friedhof der jungen Männer besuchen«, sagt sie.

»Ich will mir lieber die *Semillante* ansehen«, sagt er. »Was ist an einem Friedhof schon so besonders? Hier unten gibt es die schönste Unterwasserlandschaft im ganzen Mittelmeer!«

»Das Tauchen ist wegen der Strömungen gefährlich«, beharrt Fosca. »Sagen Sie es ihm, Camilla.«

Camilla wendet sich an Toni: »Man braucht Erfahrung. Das Wasser ist sehr kalt.«

»Ich hab einen Tauchkurs gemacht«, erklärt dieser.

Zum ersten Mal erlebt Camilla, dass sich Fosca um jemanden Sorgen macht.

»Bist du auch ein Sarde aus den Bergen?«, fragt sie ihn.

»Aus Oliena.«

Luca neckt Camilla: »Es braucht schon den Mut eines Ingenieurs Merighi, um einer jungen Dame aus der Po-Niederung das Boot und die Familie anzuvertrauen …«

Andrea erscheint. Sofort ist sie die Hauptperson. Ihre Haut duftet nach Sonne.

»Ich tauche zur *Semillante* hinunter«, verkündet sie. »Wer begleitet mich?«

Toni zögert nicht: »Ich komme mit.«

Fosca schweigt und blickt auf das Meer.

»Ist es noch weit?«, fragt Andrea.

»Wir sind über dem Wrack«, erwidert Camilla. »Ich werfe jetzt den Anker.«

Andrea nimmt den Jungen bei der Hand: »Komm.«

Er sucht Foscas Augen, findet sie nicht. »Mit mir wirst du mehr Spaß haben«, sagt Andrea zu ihm.

Camilla hört Häme aus diesem Satz heraus. Fosca hasst Schwimmen, Tanzen, Tennisspielen, und es grenzt an ein Wunder, dass sie die Gesellschaft eines Jungen duldet, vielleicht weil Antonio Piras nicht zum Kreis ihrer Familie gehört. Sie ist ihm in der Gegend von Pittulongu begegnet, wo ein paar Archäologen einen heiligen Brunnen der Nuragen-Kultur freilegten. Fosca hatte sich so sehr für die Arbeit der jungen Männer und Frauen interessiert, die von zwei Professoren angeleitet wurden, dass sie dort geblieben war und angefangen hatte, zusammen mit den Studenten an den Ausgrabungsarbeiten teilzunehmen.

Es ist ungerecht, Andrea andere Absichten zu unterstellen als die, das Wrack zu besichtigen. Sie hat den einzigen Begleiter gewählt, der zur Verfügung steht. Camilla muss auf das Boot aufpassen, Matilde kann nicht schwimmen, Luca leistet Matilde Gesellschaft, und Fosca hat keine Lust.

Andrea und Toni stürzen sich ins Wasser, plantschen an der Oberfläche, lachen. Der Junge fasst Vertrauen, spritzt ihr Wasser ins Gesicht, verschwindet und packt unter Wasser ihre Beine.

»Tauchen Sie nicht?«, fragt Matilde Camilla. Sie beharrt auf dem Sie.

»Sie haben uns die Geschichte der *Semillante* erzählt, und jetzt gehen Sie nicht hinunter, um sich das Wrack anzusehen?«

»Ich hab es bereits vorletzten Sommer gesehen.«

»Aber Sie können doch schwimmen?«

»Ich halte mich über Wasser.«

»Ich möchte ins Wasser gehen mit jemandem, der mich nicht untergehen lässt.«

»Bitte doch Luca.«

Matilde zuckt die Achseln, als sei der Gedanke absurd, ihren Mann mitzunehmen.

Camilla stellt sich vor, wie sich Matilde ängstlich an ihr festklammert. Wenn sie sie nur nicht hinunterzieht. Sie wird versuchen, ihr das Schwimmen beizubringen. Camilla zieht ihr Kleid aus, setzt die Badehaube auf und lässt sich vom Heck ins Meer gleiten. Das kalte Wasser drückt ihr die Brust und den Magen zusammen.

»Komm.«

Weiß steht Matilde in ihrem Bikini, ohne sie eines Lächelns zu würdigen und sagt: »Ich hab's mir anders überlegt. Ich will nicht enden wie die Seeleute der *Semillante*.«

Damit geht Sie zu Fosca, die an Steuerbord sitzt und die Beine baumeln lässt, den Rücken Andrea und Toni zugewandt, die im Meer schwimmen. Ihre Gegenwart hindert Camilla daran, Matilde die Antwort zu geben, die sie verdient.

»Wir haben die *Semillante* gesichtet«, ruft Andrea. »Wir tauchen wieder hinunter.«

Camilla holt Luft und taucht ebenfalls. Das klare Wasser bleibt kalt. Ihre Expeditionsgefährten schnellen auf das korallen- und algengeschmückte Wrack zu. Das Sonnenlicht fällt auf die *Semillante*, die auf dem Meeresboden ruht und wie ein Segelschiff aus anderen Zeiten aussieht, bereit für eine Mannschaft von Geistern.

Camilla geht bereits die Luft aus, während Andrea und Toni mit der gleichen Gewandtheit über dem Schiff schweben wie die Muräne, die aus der Klüse herausgekommen ist: eine Flucht in Schlangenlinien, ohne Eile, auch die Fische wissen, dass der Gebrauch der Harpune bei Lavezzi verboten ist. Als sie zur Oberfläche hinaufschwimmt, sieht sie Andrea gestikulieren; sie deutet auf Toni, der, die Füße am Wrack, Körper und Arme senkrecht, zu tanzen scheint. Ihre Lungen sind kurz vor dem Platzen. Als sie an der Oberfläche ist, stößt sie ein lautes Röcheln aus, das Matilde und Luca aufmerksam machen soll, die am Bug der *Andrea II* stehen. Auch Andrea taucht auf und schreit: »Antonio hat sich in dem Wrack verfangen!«

Luca stürzt sich ins Meer. Sie verschwinden unter Wasser. Die Zeit drängt. Camilla atmet tief ein. Sie wäre längst tot dort unten. Sie taucht erneut, kann aber nichts erkennen, ihre Augen brennen. Die Schatten von Luca und Andrea streifen sie, es sind nur zwei, sie hat sorgfältig gezählt.

Sie kehren an Bord zurück. Fosca brüllt ins Handy, das Wasser in den Ohren lässt ihre Worte abgehackt klingen: »Riccardo … ruf jemanden … Toni ist unten, beeil dich … beeil dich …«

Gebannt, wie Zuschauer, die über einer anderen alten

Geschichte schweben, starren Camilla, Andrea, Luca und Matilde auf die Wasseroberfläche, die ruhig ist, als sei nichts geschehen. Hinter ihnen hat Fosca aufgehört zu telefonieren. Wütend schüttelt sie das leere Handy und schleudert es ins Meer. Sie weint und murmelt mit kindlicher Stimme unverständliche Worte.

Luca und Andrea springen wieder ins Wasser, Camilla folgt ihnen. Im Handumdrehen erreichen sie die *Semillante*, als zöge sie das Schiff mit geheimnisvoller Kraft an. Camillas Herz schlägt wie wild, aber sie versucht, unter Wasser zu bleiben. Sie sieht den Jungen, aufrecht auf dem Gerippe des Oberdecks, die Haare nach oben wogend. Auch der Körper bewegt sich, Augen und Mund sind geöffnet, aber man hat den Eindruck, dass er schon nicht mehr zur Welt der Menschen gehört: Algen, Wasserähren und andere Geschöpfe, die nicht eindeutig der Pflanzen- oder Tierwelt zuzuordnen sind, tanzen im gleichen Rhythmus wie er. Zwischen den Algen ist nicht zu erkennen, was Antonios Füße festhält. Luca versucht, ihn vom Schiff wegzureißen, zieht an seinen Armen, vergeblich.

Zitternd vor Erschöpfung kehren sie auf die *Andrea II* zurück. Die Sonnenhitze und das Geräusch der kleinen Wellen, die sich am Rumpf brechen, beruhigen sie, ihnen kann nichts passieren.

»Was hält ihn am Wrack fest?«, fragt Luca.

»Antonio hat versucht, eine vollständig mit Mollusken bedeckte Luke zu öffnen«, erzählt Andrea. »Sein Fuß hat sich in einem Spalt verfangen. Als ich gemerkt habe, dass er Hilfe brauchte, bin ich zu ihm geschwommen, aber es ist mir nicht gelungen, ihn zu befreien.«

Fosca hat sich in die Koje zurückgezogen: zusammengekauert, reglos liegt sie da. Camilla telefoniert mit der Gendarmerie von Bonifacio, meldet sich mit Vor- und Nachnamen und Dienstgrad. Ihr wird mitgeteilt, Ingenieur Merighi habe sie bereits verständigt und sie hätten ein Boot losgeschickt.

Luca, Matilde und Andrea haben sich wieder angezogen, als wollten sie gleich von Bord gehen. Camilla teilt ihnen mit, dass die französischen Gendarmen jeden Augenblick da sein werden.

»Wir werden eine Menge Zeit mit den bürokratischen Formalitäten verlieren«, sagt Andrea. »Hoffen wir, dass sie ihn nicht nach Bonifacio bringen.«

»Oder in die Caienna«, sagt Luca.

Er scherzt, um die Situation zu entspannen. Matilde sieht ihn schief an und hebt sein T-Shirt hoch.

»Zieh es aus«, befiehlt sie. »Dein nackter Oberkörper ist besser.«

Der Grund ist die Zeichnung, die auf die Schultern des »witzigen« T-Shirts gedruckt ist, das Luca gleich gekauft hatte, nachdem sie in Olbia von der Fähre gegangen waren: »Typische sardische Landschaft« steht darauf, und darunter sind zwei Schafe, die sich mit einem langen *Bääh* begatten.

Zwei Boote nähern sich, eines aus Osten und eines aus Westen, ein französisches und ein italienisches. Die Formalitäten sind kurz, die Fragen ebenfalls. Camilla könnte schwören, dass Riccardo bereits seine Hand im Spiel hat. Die Franzosen kontrollieren, dass keine Gewehre oder andere Unterwasserwaffen an Bord sind.

»Die glauben doch nicht etwa, wir hätten ihn getötet?«, flüstert Luca.

»Der französische Archipel ist Naturschutzgebiet«, erklärt Camilla, »aber Tauchen zu sportlichen Zwecken oder um zu fotografieren ist nicht verboten, auch nicht mit automatischem Atmungsgerät.«

Der Kapitän des italienischen Polizeibootes ist ein junger Feldwebel. Er hat den Befehl bekommen, mit den französischen Kollegen zusammenzuarbeiten, aber diese ignorieren ihn. Camilla stellt sich vor und zeigt ihren Polizeiausweis. Der Feldwebel blickt auf den Ausweis, mustert Camilla von oben bis unten, verweilt auf ihren nackten Beinen und gibt ihr den Ausweis ohne Kommentar zurück. Er schweift ab, erzählt, dass zu Beginn der Touristensaison auf Sardinien zehn Jugendliche, Jungen und Mädchen, verschwunden seien. Viele seien von zu Hause ausgerissen und hielten sich in der Gegend der Valle della Luna oder der Costa Verde, in den Siedlungen der neuen Wilden, auf. Aber der eine oder andere der Verschwundenen könnte ertrunken sein, wie dieser Antonio Piras. Und er fügt hinzu: »Die Bocche di Bonifacio sind gefährlich für Taucher und Schiffe. Kennen Sie die Geschichte der *Semillante*?«

Die Passagiere der *Andrea II* beeilen sich, ihm zu versichern, dass sie bestens über das Schiff und die jungen Männer, die sich an Bord befanden, informiert seien.

Zwei französische Taucher mit Taucheranzug und automatischem Atmungsgerät tauchen hinab. Andrea wendet sich an den Offizier: »Müssen wir wirklich warten, bis sie ihn heraufbringen? Ich will meiner zwölfjährigen Tochter den Anblick ersparen.«

Der Offizier zögert nicht: »Sie können gehen. Wir haben Ihre Personalien und Ihre Aussagen.«

Er dreht sich zu seinen Männern um, die eilig auf ihr Boot zurückkehren; die Italiener tun es ihnen gleich. Der französische Offizier grüßt Andrea, die Hand am Mützenschirm, und geht als Letzter. Den gleichen militärischen Gruß entbietet der italienische Feldwebel Camilla.

Die *Andrea II* richtet den Bug auf Porto Cervo.

Zweites Kapitel

2

»Weißt du eigentlich, dass ich mit dir mehr Zeit verbringe als mit meinem Mann?«, fragt die Inspektorin Nanda Violo und blickt von der Tastatur ihres Computers auf. Als habe sie das erst jetzt entdeckt, ganz plötzlich, während sie den Bericht für Commissario Savino schreibt. »Sogar nachts, wenn man die Streifen und die Sondereinsätze mitrechnet.«

Camilla hat keine Lust zum Plaudern, aber sie kann nicht umhin, ihrer Kollegin eine Antwort zu geben, mit der sie seit einem Jahr das Zimmer im zweiten Stock des Polizeipräsidiums im Viale Rimembranze teilt: »Seit kurzem muss sogar der Polizeipräsident sein Büro mit jemandem teilen.«

»Außerdem ärgert es mich, dass wie immer die Jungs von den Mädchen getrennt werden«, fährt Nanda fort, »ich hätte lieber mit Salinitro oder noch besser mit Tosa zusammengearbeitet.«

Sie scherzt, aber sie hat Recht.

»Das wird so bleiben, bis wir gelernt haben, im Stehen zu pinkeln. Wir können von Glück sagen, dass sie uns nicht auch noch eine rosa Uniform verpassen.«

Nanda fährt fort, auf die Tastatur zu hämmern, aber sie hat keine Lust und hört gleich wieder auf.

»Noch neunundzwanzig Tage, dann gehe ich für eine Woche in Urlaub. Carlo fährt mit mir nach Sardinien.«

Wenn die Kollegin die Plauderlust packt, ist man machtlos. Camilla ergibt sich in ihr Schicksal, verlässt den Platz, wo sie die Fotos der Gesuchten durchgesehen hatte, und lächelt Nanda zu. »Und wohin genau?«

»Nach Alghero. Ich wäre lieber an die Costa Smeralda gefahren, wo du letzten Sommer gewesen bist. Ich beneide dich: Gast in einer Villa in Porto Cervo, unter Milliardären, Starlets und berühmten Fußballspielern ...«

»So eine schöne Erinnerung hab ich gar nicht daran.«

»Wegen des Unfalls dieses Jungen? Aber vorher wirst du doch auch deinen Spaß gehabt haben.«

»Der Hausherr, mein Landsmann und Freund der Familie, hatte mir das Boot anvertraut, weil er wusste, dass ich den Bootsführerschein habe und das Meer leidenschaftlich liebe. Ich hatte also durchaus meinen Spaß, fern der Küste, sei sie nun aus Smaragd oder Granit.«

Die Inspektorin Nanda Violo, eine leidenschaftliche Leserin diverser Hochglanzmagazine, ist tatsächlich der festen Überzeugung, dass ein Urlaub in Alghero weniger wert ist als ein Aufenthalt an der Costa Smeralda. Wäre da nicht das Boot gewesen, hätte Camilla die Einladung von Riccardo Merighi, dem alleinigen Geschäftsführer der Firma Merighi Dragons und ein guter Freund ihres Vaters, abgelehnt, doch insgeheim hatte sie auch eine gute Portion Neugier auf diese Welt, die Nanda so sehr fasziniert, getrieben.

Die Villa, aus Gallura-Granit erbaut, befand sich auf einem kleinen felsigen Hügel, der mit Rasen und Blumenbeeten, Büschen und Bäumen begrünt worden war. Es war ein englisches Grün, und von dem Hubschrauber aus, den sie gemietet hatten, um den Verkehr vom Flughafen in Olbia zu vermeiden, hatte es – zusammen mit dem Grün der benachbarten Villen – wie ein fremder Fleck im sommerlichen Gelb Sardiniens gewirkt. Camilla erwartete, sich eine Woche lang wie eine Königin zu fühlen. Sie hatte Donato gebeten, sie zu begleiten, um sich ohne Partner nicht unbehaglich zu fühlen in einem Milieu, in dem männliche oder weibliche, gelegentliche oder angetraute Partner obligatorisches Beiwerk sind. Unbehaglich hatte sie sich trotzdem gefühlt. Das Problem war nicht, dass Riccardo und Andrea sie und Donato als Polizeibeamte im Urlaub vorgestellt hatten oder sich als Neureiche gebärdeten – so neureich waren sie gar nicht, vor allem Andrea nicht –, sondern das Bezahlen der Abendessen im Restaurant oder auch nur der Aperitifs, die sie gewöhnlich in der Bar an der Piazza delle Chiacchiere in Porto Cervo tranken, wenn sie von ihren Bootsausflügen zurückkamen. Nachdem Riccardo ein paar Mal bezahlt oder sie auf Kosten der Firma eingeladen hatte, konnten Camilla und Donato sich schlecht davor drücken, die anderen ihrerseits einzuladen, auch wenn niemand sie dazu drängte. Die Einzigen, die sich ohne das geringste schlechte Gewissen regelmäßig vor dem Bezahlen drückten, waren Luca und Matilde. Denkwürdig das eine Mal, wo sie Aperitifs für hundertzwanzig Euro, zwanzig pro Kopf, getrunken hatten.

Camilla kennt keine Neidgefühle, aber während ihres Aufenthalts in der Villa in Ponte Cervo konnte sie nicht umhin, ihre Welt mit derjenigen zu vergleichen, die sie umgab. Dabei hält sie sich bereits für privilegiert mit ihrem Gehalt und dem, was das Landhaus in Finale abwirft, das sie von ihrem Vater geerbt hat – Einkünfte, die allerdings nicht einmal ausreichen würden, um den Liegeplatz für die

Andrea II zu bezahlen, die vor dem Yachtclub Costa Smeralda liegt. Donato, ihr Gelegenheitspartner, hatte sich keine großen Gedanken gemacht und war von allem begeistert gewesen: von den Rattanmöbeln im Gästezimmer, den Muscheln, die auf den Boden des Swimmingpools zementiert waren, und den prominenten Frauen, die durch ihr Fernsehleben bekannt waren. Am Ende des Urlaubs hatte sich Camilla im Flugzeug, das sie nach Mailand zurückbrachte, geschworen, nie wieder eine Einladung der Merighis anzunehmen. Ein überflüssiger Schwur: Der Familienfreund hatte ihr lediglich seine Erfolge zeigen wollen, die in Millionen gerechnet wurden. Amen.

Dabei hatte Camilla nach Riccardos erstem Anruf noch den Verdacht gehabt, er wolle ihr den Hof machen. Sie erinnerte sich, dass sie sich in einer fernen Vergangenheit, als sie zwölf oder dreizehn gewesen war und nur eine sehr vage Vorstellung vom Leben gehabt hatte, in diesen überaus attraktiven dunkelhaarigen dreißigjährigen Mann verliebt hatte, der bei ihnen zu Hause verkehrte, ihr stets zulächelte, ihr übers Haar strich und ihr einmal sogar einen Kuss gegeben hatte, der wie zufällig von der Wange abgerutscht war und ihre Lippen gestreift hatte. Aber auf Sardinien hatte Camilla Riccardos Frau Andrea, seine Tochter Fosca und seine Dauergäste Luca und Matilde kennen gelernt, andere Gäste getroffen, die kamen und gingen, und nicht ein Mal hatte sie in Riccardos Blicken, in seinen Gesten und in seinen Worten etwas anderes als Freundschaft bemerkt.

»Ich habe von weitem Naomi Campbell gesehen«, erzählte sie Nanda.

Camilla hatte an jenem Tag in Gedanken ihre Uniform

anziehen und ihrem Untergebenen, dem Polizisten Donato Barleri, befehlen müssen, nicht auf Naomi zuzustürzen und sie um ein Autogramm zu bitten.

Nanda ahnt nicht, dass Camilla Donato mitgenommen hatte. Niemand im Polizeipräsidium weiß davon; zum Glück ist er der diskreteste Mann der Welt, nicht einmal unter Folter würde er preisgeben, dass er der Geliebte der Inspektorin Camilla Cagliostri ist. Wobei »Geliebter« die Sache nicht recht trifft, denn sie leben nicht zusammen, und sie sind auch nicht verlobt. Richtiger wäre es zu sagen, dass sie einfach gern miteinander ins Bett gehen, ohne sich das Leben mit irgendwelchen Gefühlen oder anderen Plänen schwer zu machen.

Das Telefon klingelt, Nanda hebt ab.

»Hier ist Inspektorin Violo, nicht die schöne Camilla. Wer will sie sprechen? … Ich geb sie Ihnen.«

Wer erlaubt sich da solche Vertraulichkeiten?

»Ingenieur Riccardo Merighi. Das ist der aus Porto Cervo, oder?«, kommt Nanda ihrer Frage zuvor.

»Lupus in fabula … Wenn man vom Teufel spricht … Was will er denn, verdammt?«

»Soll ich hinausgehen?«

»So weit kommt es noch!« Sie nimmt den Hörer: »Hallo?«

»Ciao, schöne Camilla, wie geht es dir?«

»Gut, und dir? Und Andrea und deiner Tochter?«

Er überspringt die Antwort.

»Ich würde dich gern sehen.«

»Wenn du nach Modena kommst, gehen wir Mittag essen oder trinken etwas im Café Sant'Eufemia, wie das letzte Mal.«

»Ich möchte dich lieber für ein paar Tage zu uns einladen.«

»Nach Sardinien?«

»Nach Ferrara. Die Ferien sind auch für mich noch weit weg. Ich habe so viele Probleme im Betrieb, wenn das so weitergeht, werde ich Sardinien dieses Jahr nur durch das Fernglas betrachten.«

»Ich kann hier nicht so einfach alles stehen und liegen lassen.«

»Ein Wochenende reicht mir.«

»Wir sind unterbesetzt, wie immer.«

»Ich kann ein paar Tage warten, aber gib mir keinen Korb. Ich bitte dich als Freund.«

Riccardos Ton überrascht sie: nicht fröhlich, wie man klingt, wenn man jemanden zu einem Wochenende unter Freunden einlädt, sondern halb flehend, halb gebieterisch.

»Bitte!«

»Das musst du mir genauer erklären.«

»Nicht am Telefon. Es geht um Fosca.«

Die Tochter, die Camilla im letzten Sommer während der Ferien in Porto Cervo kennen gelernt hat, ähnelt weder ihrem Vater, der selbstsicher ist und der geborene Chef, noch Andrea. Ein störrisches, introvertiertes und auch etwas ungezogenes oder verzogenes Mädchen. Es fällt Camilla schwer, die Tochter als Mitglied der Familie Merighi zu sehen, vielleicht weil Andrea nicht in die Rolle der Mutter passt – zu mädchenhaft sind ihr Verhalten, ihre Fröhlichkeit und Vitalität, die sie wie eine gesellschaftliche Pflicht zur Schau stellt. Leichtigkeit ist ihre Lebensphilosophie, und dazu zählen weder die Pflichten der Mutterschaft noch eheliche Treue. Andrea hatte das Mädchen neun Monate in ihrem Bauch getragen, hatte es auf die Welt gebracht, aber damit war für sie das Notwendige getan, den Rest erledigten Ammen, Milchpulver und verschiedene Kindermädchen. Und doch bleibt die Nabelschnur, unsichtbar, schwer durchzuschneiden ohne Schmerzen. Camilla hatte von Berufs wegen bereits während der Tage auf Sardinien erschrocken und zugleich fasziniert versucht, den Krieg zwischen Mutter und Tochter zu interpretieren. Tonis Tod in den Bocche di Bonifacio hatte ihr Verhältnis mit Sicherheit noch verschlechtert, auch wenn es schwierig ist, sich vorzustellen, wie sehr. Am Tag nach dem Unfall hatten Camilla und Donato die Villa in Porto Cervo verlassen, um in die vertraute Schwüle von Modena zurückzukehren.

»Klär mich auf. Willst du die Freundin oder die Polizistin?«

»Beide.«

»Ich fürchte, ich kann dir nicht mehr als ein paar Stunden am nächsten Sonntag widmen.«

»Ich lass das Gästezimmer herrichten.«

Sie legt auf.

»Meiner Meinung nach ist er in dich verliebt«, sagt Nanda, die sich kein Wort hat entgehen lassen.

»Ich hasse dieses enge Aufeinanderhocken«, sagt Camilla lächelnd.

»Denk an unsere männlichen Kollegen«, sagt Nanda tröstend. »Zu sechst in dem großen Raum, den der Commissario *open space* nennt. Wirst du nach Ferrara fahren?«

»Ich denke nicht.«

3

Der Junge sitzt auf der Bank an der Wand, die am weitesten von der Tür entfernt ist. Ruhig, mit geradem Rücken, die Hände auf die Sitzfläche gestützt, den Blick starr auf die linke Wand gerichtet, wo das Porträt von Präsident Ciampi hängt. Jeans, T-Shirt, Turnschuhe ohne Socken. Reglos. Camilla beobachtet ihn vom halbdunklen Flur aus durch den Spalt der Tür. Es kommt ihr so vor, als würde er die Lider überhaupt nicht bewegen. Zwölf oder dreizehn, gut aussehend, mager, extrem kurz geschorenes dunkles Haar, helle Augen.

Die Dolmetscherin kommt, eine Frau mittleren Alters, mit der die Inspektorin schon gearbeitet hat. Sie treten gemeinsam ein.

Camilla begrüßt den Jungen: »Ciao.«

Er wendet ihr die Augen zu und erwidert den Gruß.

»Hast du etwas gegessen? Brauchst du irgendetwas? Willst du reden?«

Die Dolmetscherin übersetzt. Die Antworten sind einfach: ein Ja und zwei Nein.

Camilla setzt sich neben ihn.

»Wie heißt du?«

»Susanu.«

»Die männliche Form von Susanna?«, fragt sie, an die Dolmetscherin gewandt.

»Ein Nachname.«

Camilla wendet sich wieder an den Jungen: »Hab keine Angst. Bei uns bist du in Sicherheit. Wir werden dich nicht ins Gefängnis stecken, und wir schicken dich auch nicht zurück auf die Straße. Wir wollen dir helfen. Und wissen, wer dich misshandelt und dir das Geld für deine Arbeit abgenommen hat.«

Arbeit. Der rumänische Junge stand an der Ampel am Ende des Viale Montecuccoli und putzte die Windschutzscheiben der Wagen, die bei Rot hielten, bewaffnet mit Eimer und Schwamm und deutlichen Spuren der Schläge im Gesicht, die er von seinen Arbeitgebern bekommen hatte, von denen niemand weiß, wer sie sind und wo sie wohnen. Am Ende des Tages macht sich Susanu für gewöhnlich auf den Weg zu seinem Unterschlupf und verschwindet. Aber nicht an diesem Abend. Während die Inspektorin Cagliostri, Polizeimeister Tosa und der Polizist Salinitro ihn in einem getarnten Polizeiwagen observierten, in der Absicht, ihm dorthin zu folgen, wo seine Ausbeuter ihn erwarteten, hatte ein Alfa mit dem Kennzeichen MO gehalten, dessen Fahrer netter als die anderen war: kein Protest, als der Junge den Schwamm gezeigt hatte, er hatte ihn sogar die Heckscheibe reinigen lassen und ihm ein paar Münzen durchs Wagenfenster gereicht. Da keine Stoßzeit war und von hinten keine anderen Autos drängelten, hatte er sich mit dem Jungen unterhalten. Susanu hatte ein paar Minuten gezögert, bevor er Eimer und Schwamm abgestellt hatte und in den Wagen gestiegen war.

»Ich kenne diesen Kerl«, hatte Tosa gesagt. »Und ich kenne seine Absichten. Sie sind ganz einfach: Er will Sex mit dem Jungen. Und danach wird er ihm einen Zwanzigeuroschein in die Hand drücken.«

Bevor Tosa das sagte, hatte Camilla einen Augenblick lang den Anflug von Großzügigkeit des Mannes mit dem

Kennzeichen MO bewundert. So ganz hat sie die Bullenmentalität, den instinktiven Reflex, immer erst einmal vom Schlimmsten auszugehen, doch noch nicht verinnerlicht.

»Halten wir ihn an«, hatte sie Salinitro befohlen.

»Wir dürfen nicht eingreifen, bevor der Junge uns zu seinem Schlupfwinkel geführt hat.«

»Gib Gas.«

Der Alfa fuhr in Richtung Stadtrand.

»Halt ihn auf der breiten Allee an!«

Camillas Ton hatte Salinitro überzeugt. Kurzes Gasgeben, die Polizeikelle aus dem Fenster gehalten, und die beiden Wagen blieben gemeinsam stehen. Bevor Camilla ausstieg, hatte Tosa sie erinnert: »Es ist nicht strafbar, jemanden mitzunehmen ...« Und obwohl Camilla seine Vorgesetzte ist, hatte er hinzugefügt: »Sag nichts und unternimm nichts gegen ihn, er könnte uns anzeigen.«

Er kennt sie gut. Bei einer anderen Gelegenheit hatte er zu ihr gesagt: »Wir werden – wenn auch schlecht – dafür bezahlt, Polizisten zu sein, nicht, die Welt zu verbessern oder die Bösen zu bestrafen.«

Der Junge schweigt, die Dolmetscherin verliert die Lust.

»Lassen Sie es gut sein, er wird die Namen seiner Peiniger nicht preisgeben. Er hat Angst, um sich und vielleicht um Freunde oder Verwandte.«

»Dann soll er uns wenigstens sagen, wo er wohnt, wo er nachts schläft.«

»Das hab ich ihn schon gefragt, aber keine Antwort bekommen.«

Polizeimeister Tosa kommt herein.

»Commissario Savino will dich sprechen«, sagt er zu Camilla. »Mit dem Jungen verschwendest du nur deine Zeit. Schicken wir in gleich zu Don Benzi.«

»Was will Savino von mir?«

»Woher soll ich das wissen? Aber es hat nichts mit dem Scheibenputzer zu tun. Ich glaube, er will dich beurlauben.

»Schön, dann gute Nacht.«

Francesco Savino, ihr unmittelbarer Vorgesetzter, beurlaubt sie tatsächlich: »Du brauchst Urlaub, und du hast so viele Urlaubstage angesammelt, dass es mir angebracht scheint, mindestens dreißig davon sofort abzubauen ... Das ist mir jedenfalls vom Viminale unmissverständlich signalisiert worden. Ich wusste gar nicht, dass du Verbindungen nach Rom hast.«

»Ich kenne niemanden im Innenministerium, aber ich glaube, ich habe einen Freund, der viele Freunde hat ...«

4

Es fällt schwer, sich vorzustellen, dass es im historischen Zentrum von Ferrara eine Insel wie diese gibt, geschützt von einer hohen Mauer, die lediglich ein Häuschen mit Obst- und Gemüsegarten zu verbergen scheint und nicht einen Park mit Swimmingpool, den ehemaligen, in eine Garage für vier Wagen verwandelten Pferdestall und die Jugendstilvilla. Um mit dem Auto hineinzugelangen, ohne den Passanten der Via Capo delle Volte die Gelegenheit zu bieten, neugierige Blicke ins Innere zu werfen, haben sich Riccardo Merighi oder seine Architekten eine Art Dekompressionskammer ausgedacht: Das Tor gleitet in die Mauer, und es erscheint eine Box mit Holzwänden; man fährt hinein, das Tor schließt sich hinter einem, und erst jetzt öffnet sich der Zugang zu der Allee, die zum Haus und zur Garage führt. Wer zu Fuß kommt, benutzt eine Seitentür in der Mauer.

»Man kommt sich vor wie auf dem Land.«

Mit diesem Satz begrüßt Camilla Riccardo, während sie vor dem Eingang aus dem Wagen steigt. Drei Stufen führen zu einer kleinen Veranda aus Eisen und Glas, Eisen in Form von Kletterpflanzen, Glasscheiben mit bunten Blumenmustern.

»Das Haus ist seit jeher im Besitz der Venturis, der Familie Andreas. Meine Frau wurde hier geboren. Ich habe es vor einer sicheren Umwandlung in eine Wohnanlage mit Eigentumswohnungen bewahrt, was mich zehnmal so viel wie das Haus in Porto Cervo gekostet hat.«

Schon spricht er von Geld, noch bevor er Camilla umarmt und auf beide Wangen geküsst hat.

»Lass den Wagen einfach stehen. Wenn das Gepäck ausgeladen ist, werden wir ihn in die Garage fahren.«

»Ich hab nur eine Reisetasche.«

Sie hat nicht vor, lange zu bleiben. Sie nimmt die Tasche aus dem Mini.

Hecken, Bäume und ein Bambuswäldchen verdecken den Blick auf den Swimmingpool, nur ein paar blau geflieste Streifen durchbrechen das Grün.

Weibliche Stimmen, ein dumpfes Klatschen, das plätschernde Geräusch zurückschwappenden Wassers.

»Deine Frau und deine Tochter?«, fragt Camilla.

»Andrea«, antwortet Riccardo, während er vor ihr ins Haus geht. »Die andere Stimme gehört einer gemeinsamen Bekannten. Ich habe sie eingeladen, weil ich wusste, dass es dich freuen würde, sie wiederzusehen. Auf Sardinien hat der Unfall dieses Jungen ja auch verhindert, dass ihr euch näher anfreunden konntet.«

»Sprichst du von Matilde?«

»Ja.«

»Und Luca?«

»Ihr Mann?«

Als gäbe es noch andere Lucas in Matildes Leben.

Sie gehen über die Marmortreppe in den ersten Stock. Die Trompe-l'Œil-Malerei an den Wänden zeigt einen Garten mit in Blumen gekleidete Nymphen.

»Luca arbeitet für mich. Er besucht in meinem Auftrag die Kunden in der Basilicata.«

Das Gästezimmer geht auf den Swimmingpool, und Camilla kann der Versuchung nicht widerstehen, verstohlen durch die angelehnten Fensterläden zu spähen. Aber das Laub der Bäume ist geschlossen wie ein Dach und lässt auch die Geräusche nicht durch.

Riccardo fügt hinzu: »Wenn es dir nicht passt, lad ich sie wieder aus.«

Er handelt nach eigenem Gutdünken, spielt mit den Leuten: Er lädt Matilde in sein Haus ein, weil er ohne Grund annimmt, dass sie Camilla sympathisch ist, und schickt Luca in die Basilicata.

»Ich bin nur wegen der und Fosca hier.« Camilla holt drei Bücher aus der Reisetasche: »Um mich nicht zu langweilen, hab ich die hier mitgenommen.« Dann kommt sie gleich zum Thema: »Nach dem Urlaub auf Sardinien letztes Jahr und dem Unfall von Antonio Piras hat sich das Verhältnis zwischen Fosca und ihrer Mutter verschlechtert?«

Riccardo setzt sich aufs Bett.

»Über den Tod des Jungen haben wir nie mehr gesprochen, und ich glaube, dass Fosca gar nicht so sehr darunter gelitten hat. Sie kannte ihn erst ein paar Wochen. Das Verhältnis zu ihrer Mutter war schon vorher katastrophal. Ich möchte verstehen, was zwischen den beiden wichtigsten Frauen in meinem Leben nicht funktioniert. Mit meiner Ehe ist es genauso. Andrea und ich leben unter einem Dach, wir haben vieles gemeinsam, angefangen mit der Liebe zu einer Tochter, die in einem schwierigen Alter ist. Kurz, wir leben zusammen, aber das Seil kann jeden Augenblick reißen. Nicht, weil ich es will. Ich liebe Andrea und möchte sie nicht verlieren.«

Camilla sieht sich urplötzlich in eine Ehekrise hineingezogen. Hinter Riccardos Einladung könnte insgeheim die Hoffnung stecken, dass sie sich auch darauf versteht, die Seele der Leute auszuforschen. Sie verspürt keine Neigung, sich auf gehörnte Ehemänner zu spezialisieren, aber neugierig ist sie doch, wohl wissend, dass die Frage, die sie jetzt stellen wird, einer der klassischen Sätze in dieser Art von Komödie ist.

»Hat Andrea einen anderen Mann?«

»Sie hat schon immer viele Verehrer gehabt.«

»Kein Wunder bei ihrer Schönheit ...«

»Es handelt sich nicht um die Krise eines Fünfzigjährigen, der auf seine zehn Jahre jüngere Frau eifersüchtig ist. Ich wollte dich nicht hier haben, damit du Andrea eifersüchtig machst oder bespitzelst. Ich denke an Fosca. Ich mache mir Sorgen um ihr seelisches Gleichgewicht, um ihre Gesundheit. Dünnhäutig, wie sie im Augenblick ist, wäre es ein Drama, wenn Andrea und ich uns trennen würden. Ich bin bereit alles zu tun, um das zu verhindern, auch wenn ich dafür gewisse Exzesse meiner Frau ertragen muss. Sie behandelt Fosca manchmal wie ein kleines Mädchen und dann wieder wie eine Frau, wie eine Rivalin. Möglicherweise ist Andrea unreif oder einfach ungeeignet für die Mutterrolle. Vielleicht wird sie sich später hineinfinden, aber dann ist es zu spät.«

»Ich bin Polizistin, keine Psychologin.«

»Ich will, dass Fosca eine Frau sieht, die anders ist als ihre Mutter, autoritär und zugleich sanft. Ich hatte an Matilde gedacht, bevor ich feststellen musste, dass sie neurotisch, schwach und verschroben ist.«

»Nehmen wir einmal an, ich wäre wirklich so, wie du sagst …«

»Ich kenne dich, seit du ein kleines Mädchen warst«, unterbricht Riccardo sie.

»… wie könnte ich Fosca innerhalb weniger Tage beeinflussen oder versuchen, sie zu erziehen, geschweige denn, an die Stelle ihrer Mutter treten?«

»Auch ich brauche einen anderen Menschen in meiner Nähe.«

Verwirrt, flüchtet Camilla sich in einen Gemeinplatz: »Oft ist eine Trennung der Eltern für die Kinder weniger schlimm, als wenn sie zusammenbleiben und ständig miteinander streiten.«

»Ein Gericht würde Fosca der Mutter zusprechen, und ich bekomme eine Gänsehaut bei dem Gedanken, dass die beiden ohne mich zusammenleben …«

»Wo ist Fosca?«

»Im Haus, aber man sieht sie nicht, sie hat ihre Geheimplätze. Sie wird im Keller sein und Musik hören oder aufnehmen. Oder in der Wohnung, die wir über den ehemaligen Ställen ausgebaut haben, wo sie ihre Zimmer hat. Wenn sie Lust hat, wird sie kommen und dir Hallo sagen. Stell dir vor, Matilde ist schon seit Tagen unser Gast, und sie sind sich noch nicht begegnet. Ein Benehmen, das meine Frau verletzt. Sie wird sich überlegen, wie sie Fosca bestrafen kann. Dabei wird sie sich auf das Niveau der Kleinen hinabbegeben, so dass es aussehen wird, wie Trotz, wie Rache, mit dem Ergebnis, dass es zum erneuten Streit zwischen Mutter und Tochter kommt. Andrea gelingt es einfach nicht, einen Mittelweg zu finden. Mal überhäuft sie sie mit Zärtlichkeiten und Geschenken – zumindest vor dem Unfall auf Sardinien, denn jetzt kommt Fosca nicht einmal mehr in die Nähe ihrer Mutter –, oder sie droht ihr damit, sie in eine Klosterschule zu stecken oder ihr das Taschengeld zu streichen.« Riccardo macht eine Pause, blickt Camilla in die Augen und sagt: »Außerdem muss Fosca häufig mit ansehen, wie die Männer Andrea den Hof machen. Ich glaube, sie hat sie in einer intimen Situation mit einem Kerl erwischt, als wir auf Sardinien waren, auf dem Boot oder zwischen den Klippen oder bei einem Spaziergang durch Porto Cervo.«

Zum ersten Mal wirkt Riccardo unsicher, nicht nur besorgt.

»In einer intimen Situation … bei einem Spaziergang?«

»Ich habe mich ungeschickt ausgedrückt. Ich meine vertraut. Zum Beispiel, wie sie Hand in Hand über die Mole des Yachtclubs von Porto Cervo spazierten. Ich weiß, dass Andrea vor dem Unfall bei Lavezzi mit Antonio geflirtet hatte, dem Jungen, den Fosca auf das Boot eingeladen hatte – ihr Freund also, wenn man so sagen will. Meine Frau hat sozusagen – hoffentlich ohne perverse Absichten – mit ihrer Tochter konkurriert, um die Aufmerksamkeit des Jungen zu erregen. Den ich übrigens gar nicht so besonders toll fand.«

»Ein ganz normaler Junge, in jeder Hinsicht. Ein bisschen verwirrt, weil er plötzlich im Zentrum der Aufmerksamkeit stand. So skandalös ist Andreas Verhalten gar nicht gewesen, auch wenn sie gelacht und gescherzt und sich nackt in die Sonne gelegt hat. Es gefällt ihr, die Aufmerksamkeit der anderen auf sich zu ziehen. Sogar die der Tiere.«

Riccardos Falten zwischen den Brauen vertiefen sich. Camilla nimmt einen Armstuhl und setzt sich ihm gegenüber. Sie will ihn lächeln sehen.

»In Porto Cervo saß Andrea in der Bar des Yachtclubs und unterhielt die ganze Runde. Unter anderem imitierte sie Signora Belli, einer der Hauptfiguren des gesellschaftlichen Lebens der Costa Smeralda, die man auf allen Partys trifft. Außer mir hörten Donato, Matilde, Luca und deine beiden Freunde aus Mailand zu …«

»Die Barbieris.«

»… außerdem die Leute, die an den Nachbartischen saßen. Als Andrea ihre Vorstellung unter dem Gelächter und den amüsierten Kommentaren aller beendet hatte, ging sie auf die Knie, packte die Schnauze des Cockerspaniels der Nachbarn, der zwischen zwei Tischen auf dem Boden lag, und sagte vorwurfsvoll zu ihm: ›Und du lachst nicht?‹ Niemand achtete weiter auf Andreas Satz, mit

Ausnahme von mir, weil ich neben ihr saß oder weil ich durch meinen Beruf scheinbar unbedeutende Gesten und Sätze registriere. Die Worte, die Andrea an den Hund richtete, waren Teil der fröhlichen Atmosphäre, aber sie hat sich wirklich über die Gleichgültigkeit des Tieres geärgert.«

Riccardo lächelt, allerdings ohne seinen Kummer zu vergessen.

»Fosca dagegen ist ständig mürrisch, abwesend, empfindlich, immer in ihren schrecklichen Jeans ...«

»Dabei ist sie schön wie ihre Mutter, wenn auch noch unreif. Wie viele junge Mädchen heute trägt sie gern Klamotten, die ein paar Nummern zu groß sind, als wollte sie damit ihre weiblichen Formen verbergen: eine Möglichkeit, nicht zu wachsen, sich nicht von ihren männlichen Altersgenossen zu unterscheiden und gegen die übertriebene Eleganz oder Ausgesuchtheit der Kleidung ihrer Eltern und der Erwachsenen allgemein zu rebellieren. Selbst wenn es sich häufig um Markenklamotten handelt. Das wird vorbeigehen, und Fosca wird aus ihrem Kokon schlüpfen und davonfliegen.«

»Ich wünschte, ich könnte auch so optimistisch sein wie jemand, der die Dinge von außen betrachtet. Aber meine Angst wird immer größer, je stärker mein Gefühl wird, dass sie irgendetwas Schreckliches ausbrütet und dass der zufällige Tod des Jungen nur eine Warnung war. Manchmal denke ich, Andrea hasst ihre Tochter, weil sie so anders ist als sie.«

»Redet ihr miteinander?«

»Wir spielen. Selbst wenn wir allein sind, spielen wir uns das normale, gut aufeinander eingespielte Paar vor.«

»Schlaft ihr miteinander?«

Er zögert.

»Nicht regelmäßig. Wir haben getrennte Schlafzimmer, die durch das gemeinsame Badezimmer miteinander verbunden sind. Eine Unbequemlichkeit aus den Zwanzigerjahren, als die Villa gebaut wurde. Manchmal kommt sie nachts in mein Bett, manchmal besuche ich sie in ihrem Zimmer, meistens, wenn wir von einer Party zurückkommen, auf der wir getrunken haben, oder wenn wir nachts vor Hitze nicht schlafen können. Bis jetzt hat sich keiner von uns der Annäherung verweigert, aber es sind seltene, schmerzhafte Liebesakte, als wollten wir einander wehtun, anstatt uns zu lieben. Erspar mir die Einzelheiten ...

»Wo habt ihr euch kennen gelernt?«

»In der Biblioteca Ariostea. Sie hat damals für eine Doktorarbeit, die sie allerdings niemals abgeschlossen hat, über die Filme von Michelangelo Antonioni geforscht. Ich hatte gerade einen Vortrag von Mario Roffi über den Dialekt Ferraras gehört. Wir begegneten uns in einer Ecke des Gartens, wo wir eine Zigarette rauchten. Andrea sagte, sie habe mich bereits im Tennisclub Marfisa spielen gesehen. Ich machte eine scherzhafte Bemerkung über ihren Vornamen, der hier zu Lande eigentlich den Männern vorbehalten ist und der sehr im Widerspruch zu ihrer in jeder Hinsicht weiblichen Schönheit stehe. Ein Kompliment, das sie unzählige Male gehört hatte, über das sie sich aber zu freuen schien. Wir haben uns dann auf diesem Tennisplatz wiedergetroffen und ein gemischtes Doppel mit Frederico Mazzoni und Carla Antoniacci gespielt.«

»Eine Liebesheirat.«

»Natürlich.«

Natürlich auch die Heirat zwischen zwei berühmten und reichen Ferrareser Familien, den Merighis – Angehörige der neuen Industriearistokratie – und den Venturis – Großgrundbesitzer und uralter Adel, verwandt mit den Castellani-Tarabinis, den Borsaris, den Rangonis.

»Redest du mit Fosca?«

»Über belanglose Dinge. Ich versuche ganz langsam, ohne sie zu erschrecken, ihr Vertrauen zu gewinnen, vielleicht entschließt sie sich dann irgendwann, mir zu erzählen, was sie quält. Du weißt besser als ich, dass das Vertrauen der Kinder bestimmte Grenzen nicht überschreitet, und ich bilde mir gewiss nicht ein, dass meine Tochter mir von ihren emotionalen Problemen erzählt. Ich beschränke mich darauf, sie zu beobachten, sie zu verhätscheln, damit sie sich nicht vernachlässigt fühlt, und alles zu tun, damit sie wenigstens die Liebe ihres Vaters zu schätzen weiß. Ich bin glücklich, dass ich dich und Matilde bei mir habe; wenn wir allein sind, ist es viel schlimmer. Vor zehn Tagen musste ich einen furchtbaren Streit zwischen Mutter und Tochter miterleben. Fosca ist gegen neun Uhr abends schlecht gelaunt nach Hause gekommen. Wir saßen im Wohnzimmer, ich war gerade von einer anstrengenden Sitzung in Bologna zurückgekehrt. Andrea hatte den Nachmittag bei den Borellis verbracht, was vermutlich ebenfalls kein Zuckerschlecken gewesen war. Fosca begrüßte mich einsilbig und ging dann an ihrer Mutter, die im Sessel saß, vorbei, ohne sie eines Blickes zu würdigen – als sei sie unsichtbar. Andrea machte daraufhin eine sarkastische Bemerkung, ich erinnere mich nicht mehr an die genauen Worte, etwas wie: ›Endlich mal eine liebevolle Begrüßung!‹ oder: ›Was für eine Freude, eine so liebevolle Tochter zu haben!‹ Wenn Fosca stillschweigend darüber hinweggegangen wäre, wäre nichts weiter passiert, aber sie ist stehen geblieben und hat nur ein einziges Wort zu ihrer Mutter gesagt, leise, aber klar und deutlich: ›Hure.‹ Andrea stieß einen Schrei aus und stürzte sich auf sie. Ich hielt sie zurück, sonst hätte sie sie blutig geprügelt. In dem Augenblick konnte ich in Andreas Augen den ganzen Hass erkennen, den sie für ihre Tochter empfand.«

»Das war nur Wut, vermischt mit dem Kummer einer Mutter, die nicht weiß, wie sie sich ihrem Kind gegenüber verhalten soll. Das Hass zu nennen erscheint mir übertrieben.«

»Weil du nicht dabei warst … Hass oder Wut, jedenfalls hätte sie ihr die Augen ausgekratzt. Ich bin zu meiner Tochter gegangen, die ein paar Schritte von uns entfernt stand, reglos, ohne Reue und nicht im Geringsten erschrocken – der reine Trotz. Natürlich habe ich ihr wegen ihrer Bemerkung Vorhaltungen gemacht und sie daran erinnert, dass sie ihren Eltern Respekt entgegenzubringen hat. Sie hat mich reden lassen und dabei zum Stall geblickt, ihr privater Rückzugsort. ›Und die Pflichten der Eltern?‹, fragte sie mich, bevor sie mir die Tür vor der Nase zuschlug. Wir hatten alle drei den Tag getrennt außer Haus verbracht. Andrea sagte, sie habe nicht bemerkt, dass Fosca ihr hinterherspioniert oder sie zufällig in Begleitung eines Mannes gesehen habe.«

Riccardo zweifelt nicht an Foscas Gründen. Er steht auf ihrer Seite, gegen die Mutter, die die Beleidigung womöglich verdient.

»Du musst Geduld haben, schon bald wird Fosca eine

junge Frau sein, sich verlieben und andere Dinge im Kopf haben.«

»Das wünsche ich mir, aber ich habe Angst. Deine Anwesenheit beruhigt mich ein wenig.«

»Eine Polizistin zwischen Mutter und Tochter?«

»Ja, wenn du es so sehen willst.«

Riccardo geht im Zimmer umher. Er blickt sich um wie ein Fremder, der es zum ersten Mal betrachtet. Dann kehrt er zum Bett zurück und deutet darauf.

»Das war Foscas Schlafzimmer, als sie klein war. Die Kommode dort ist voller Spielzeug.« Er bleibt stehen. »Ich bin ein geduldiger Mensch, du kennst mich, und ich bin bereit, die Zeit arbeiten zu lassen. Aber ich fürchte, dass sich der Streit zwischen Mutter und Tochter zu einem erbitterten Krieg entwickeln und schließlich Foscas Seele und meiner Ehe nicht wiedergutzumachende Schäden zufügen wird. Zu einem Drama hat er schon geführt: Ohne Andreas Flirterei wäre der junge Piras nicht ins Wasser gegangen.«

»Du kannst ihr nicht die Schuld an dem Unfall geben. An dem Tag wollten alle das Wrack der *Semillante* sehen, zu dem jeden Sommer Dutzende von Abenteuerlustigen hinabtauchen.«

»Entschuldige, aber dieser Todesfall geht mir einfach nicht aus dem Kopf. Ich werde Geduld haben, in jeder Hinsicht: Aus Liebe zu meiner Familie und zum Wohl meiner Tochter bin ich sogar bereit, zumindest für eine gewisse Zeit zu dulden, dass sich Andrea nicht wie die ideale Ehefrau benimmt. Die Tatsache, dass du hier bist, wird mich von meinen Frauen ablenken und mir etwas mehr Gelassenheit schenken.«

»Das wünsche ich mir.«

»Und du beobachtest unterdessen Fosca.«

»Das wird schwierig sein, wenn sie sich versteckt. Außerdem werde ich nicht lange bleiben können.«

»Bleib so lange, wie es nötig ist. Im Zweifelsfall werde ich mit einem entsprechenden Anruf beim Polizeipräsidenten von Modena nachhelfen.«

Sie erkennt Riccardo Merighi an seinem Befehlston.

»Um Himmels willen!«

»Jetzt muss ich dringend in die Firma. Fühl dich ganz wie zu Hause … Wir sehen uns beim Abendessen.«

Er geht, verschwindet, lässt sie allein in der großen Jugendstilvilla.

5

Sie geht die Treppe hinunter. Es ist dreizehn Uhr dreißig, und normalerweise wird in den Familien um diese Zeit gegessen. »Fühl dich ganz wie zu Hause«, hatte Riccardo zu ihr gesagt, aber sie fühlt sich wie ein Eindringling, und das plötzliche Erscheinen des philippinischen Hausmädchens lässt sie zusammenzucken. Sie muss an neue Gesichter gewöhnt sein, denn sie beschränkt sich darauf, Camilla mit einer Kopfbewegung zu grüßen. Um etwas zu sagen, fragt Camilla sie: »Die Signorina Fosca?«

»Die Signorina Fosca ist auf ihrem Zimmer.«

»Hat sie schon zu Mittag gegessen?«

Die Filipina erklärt ihr in gutem Italienisch: »Die Herrschaften stehen spät auf und frühstücken so ausgiebig, dass sie mit etwas Obst am Nachmittag bis zum Abend auskommen. Der Signore kommt erst zum Abendessen nach Hause.«

Ab morgen wird sie sich darauf einstellen, für den Augenblick wird sie versuchen, durch einen Besuch in der Küche zu überleben.

»Signora Andrea erwartet Sie am Swimmingpool«, fügt das Hausmädchen hinzu.

Langsam geht Camilla über den Weg zwischen Weißdornhecken, Hortensienbeeten und einer riesigen Bougainvillea voller lila Blüten, die sich an dem Gartenpavillon emporrankt. Nur das Gurren der Turteltauben, der typische Klang der emilianischen Landschaft, erinnert sie daran, wo sie sich befindet. Sie erreicht die Lichtung mit dem Swimmingpool genau in dem Augenblick, als Andrea ins Wasser springt. Sie setzt sich auf einen Liegestuhl und schiebt die Sonnenbrille auf die Nase, die sie die ganze Zeit auf der Stirn getragen hat. Andrea taucht auf, holt Luft und entdeckt sie.

»Ciao, Camilla.«

»Es geht dir gut, wie ich sehe.«

Immer wenn sie Andrea sieht, geht es ihr gut, und sie ist schön und fröhlich. Und nackt, mit Ausnahme der weißen Badehaube und dem winzigen Stofftanga, dunkelorange heute.

»Bist du gut untergebracht? Brauchst du irgendetwas?«

Ungeachtet ihres Hungers erwidert Camilla: »Alles in Ordnung.«

»Kümmert euch nicht um unsere Zeiten und schaltet und waltet, wie es euch beliebt. Plündert den Kühlschrank, kocht, hungert, kommt wann und mit wem ihr wollt …«

Sie spricht im Plural wegen Matilde, dem anderen Gast. Ob Andrea weiß, aus welchem Grund Camilla zu ihnen gekommen ist? Sie sind nicht in der Villa in Porto Cervo; warum also hat Riccardo Mitte Juni eine Freundin eingeladen, Ferien in Ferrara zu machen? Noch dazu eine Freundin, die Polizistin ist.

Andrea steigt aus dem Pool und geht zum Liegestuhl. Mit der etwas überheblichen Gewohnheit, das Verhalten der anderen vorherzusehen, geht Camilla davon aus, dass sie sich auf den Bauch legen wird, um ihren nackten Busen nicht zur Schau zu stellen.

Bei Andrea irrt sie sich fast immer. Sie legt sich auf den Rücken, nimmt die Badehaube ab und sagt: »Die Sonne von Ferrara bräunt fast gar nicht, vor allem im Juni.«

Camilla hat gelesen, dass künstliche Brüste von allein stehen, schön, fest und unbeweglich, wenn man sich bewegt. Die von Andrea sind nicht allzu groß und liegen weich und schlaff auf ihrem Körper. Also sind sie echt. Oder hervorragend gemacht. Es ist schwierig, an dieser vierzigjährigen Frau einen körperlichen Mangel auszumachen, abgesehen von den Falten neben den Augen, die eher wie hingehaucht wirken, als dass sie echte Krähenfüße wären. Sie hält die Augen geschlossen, um Camilla die Zeit zu lassen, ihre Erkundung zu vollenden: der Bauch ohne Schwangerschaftsstreifen, schlanke Beine, die Innenseite der Schenkel leicht gewellt, was aber nicht stört.

»Da kommt Matilde«, sagt sie, ohne die Augen zu öffnen.

Sie muss ihre Schritte auf der schmalen Allee gehört haben. Matilde taucht zwischen der Bougainvillea und dem Bambuswäldchen auf. Kurze Hose und T-Shirt. Blond, weiß und geblendet von der Sonne. Andrea ändert leicht ihre Position, hebt den Kopf, schließt halb die Augen und bemerkt: »Du bist schön, aber blass. Nutz den Swimmingpool, um ein bisschen Farbe zu bekommen.«

Sie hat vergessen, dass Matilde während der Ferien an der Costa Smeralda am Strand, auf dem Boot oder im Swimmingpool so lange wie möglich im Schatten geblieben ist. Sie zog es in jeder Hinsicht vor, im Schatten zu bleiben, das genaue Gegenteil von Andrea, die ständig im Licht der Aufmerksamkeit stehen muss, selbst wenn es gar nicht um sie geht.

»Ich habe eine helle Haut und bekomme sofort Sonnenbrand. Ich würde rot, ohne braun zu werden.«

Als hätte Matilde nichts gesagt, deutet Andrea auf den Beautycase neben sich: »Benutz meine Cremes, ich habe welche für jeden Hauttyp.«

Aber die blonde Matilde lässt sich nicht beirren: »Außerdem mag ich mich blass.«

Camilla könnte sie küssen dafür, dass sie sich nichts einreden lässt. Andrea, die wie gewöhnlich nur ihre eigenen Worte hört, fährt fort: »Macht schon, hier will ich euch nackt und frei sehen. Vergesst, dass ihr in Ferrara seid.«

Sie hören nicht auf sie, und sie drängt sie nicht weiter, schließt die Augen und vergisst sie. Eine Weile lauschen alle drei den Zikaden und Turteltauben. Schließlich sagt Matilde, die sich in einen Liegestuhl im Schatten des Oleanders gesetzt hat: »Wie geht es Ihnen, Camilla?«

»Gut, und dir?«

Matilde siezt Camilla noch immer, womit sie das Drehbuch wieder aufnimmt, das sie vor einem Jahr ins Meer geworfen haben, in das Wasser bei Lavezzi. Anscheinend betrachtet sie sie als große Schwester, mit der sie keinen vertrauten Umgang pflegt. Oder die Tatsache, dass sie Polizistin ist, schüchtert sie ein; so geht es vielen Menschen, Männern und Frauen. Riccardo hat Recht: Matilde ist schüchtern, unsicher und verletzend. Sie wird Fosca bestimmt nicht helfen können.

Riccardo kommt, er geht hinter der Filipina, die einen Wagen mit Plastikschalen, Gläsern, kleinen Löffeln, einer Wasserflasche und Papierservietten vor sich herschiebt.

»Ich habe mir für heute frei genommen, um euch ein paar Erfrischungen zu bringen, und bin bei der Gelateria Ariosto vorbeigefahren, um das Nötige zu besorgen.«

Camilla bekommt wieder Hunger, sie bedient sich als Erste.

»Weil du es nicht magst, hast du natürlich kein Fruchteis genommen«, sagt Andrea, ohne die Augen zu öffnen und sich auch nur einen Millimeter vom Liegestuhl wegzubewegen. »Nur Sahne, Joghurt und Stracciatella ... Milliarden von Kalorien.«

Matilde füllt ihr Glas mit Milliarden von Kalorien: Stracciatella und Joghurt, genau wie Camilla. Beim dritten Löffel erscheint Fosca. Sie begrüßen sie, ohne ihr Fragen zu stellen. Matilde sagt »Ciao.« Camilla winkt mit der Hand und lächelt.

Andrea hat Lust bekommen, sich zu bewegen, sie springt in den Swimmingpool und beginnt, ihre Bahnen zu ziehen.

Fosca trägt kurze Jeans mit zerrissenem, ausgefranstem Saum und ein schmutziges gelbes T-Shirt. Sie macht keinen schlecht gelaunten Eindruck, aber die anderen scheinen sie nicht zu interessieren. Als ihr Blick auf Camilla fällt, geht er durch sie hindurch, als sei sie unsichtbar. Sie sieht nur Riccardo.

»Willst du Eis?«, fragt ihr Vater.

Ohne die Antwort abzuwarten, füllt er eines der Gläser nur mit Sahneeis. Er kennt den Geschmack seiner Tochter. Fosca setzt sich neben Matilde und macht sich gierig über das Eis her. Ermutigt durch die Nähe, fragt Matilde: »Fosca, kommst du nachher mit, wenn ich Schuhe kaufen gehe?«

Es ist schwierig, eine so präzise und spontane Frage zu ignorieren, aber Fosca antwortet mit einem Schulterzucken. Sie hat ihr Eis aufgegessen und sieht ihren Vater an, wie um ihn um die Erlaubnis zu bitten, in ihre Höhle zurückkehren zu dürfen. Riccardo scheint der einzige Vermittler zwischen Fosca und der Welt zu sein. Die Anwesenheit von Menschen, die nicht zur Familie gehören, dient einstweilen nur dazu, Andrea abzulenken. Denn die Atmosphäre ist entspannt, obwohl Matilde noch immer auf die Antwort des Mädchens wartet. Aber ausgerechnet Matilde ruiniert alles, indem sie Öl ins Feuer gießt: »Ich habe wunderschöne Sandalen im Schaufenster eines Geschäfts in der Via Cortevecchia gesehen ...«

Während sie spricht, blickt sie Fosca an. Das Mädchen sagt kein Wort, stellt das leere Glas auf den Boden und geht zu den Ställen.

Andrea verlässt in aller Eile den Swimmingpool und schreit: »Hältst du es nicht einmal mehr für nötig zu antworten, dass die Sandalen dich nicht interessieren?«

Bevor Riccardo irgendetwas sagen oder unternehmen kann, stürmt sie triefnass und wütend auf das Mädchen zu.

Anstatt in ihren Bau zu fliehen, wartet Fosca auf sie, reglos, und sie ändert ihren Gesichtsausdruck auch nicht, als Andrea sie an den Schultern packt, um sich selbst dreht und ihr befiehlt: »Antworte Matilde!«

Verwirrt murmelt Matilde: »Es ist nicht wichtig, ich werde allein gehen …«, so leise, dass nur Camilla es hört.

In der Gewissheit, dass ihre Tochter nicht gehorchen wird, gibt Andrea ihr eine Ohrfeige. Dann stürzt sie sich wieder in den Pool. Als sie wieder auftaucht, sagt sie: »Selbst wenn ich sie zu Tode prügeln würde, ließe sie sich nicht aus der Ruhe bringen.«

Um das Thema zu wechseln, fragt Riccardo Camilla: »Warum gehst du nicht mit Matilde Sandalen kaufen?«

6

Im Sommer erinnert Ferrara Camilla an ihr Dorf in der Bassa, ihres und Riccardos, mit der Burg und den Märchenpalästen. Die Gerüche und Farben sind diegleichen. Jetzt, da sich der Nachmittag langsam seinem Ende zuneigt und die Schatten ein wenig länger werden, entdeckt sie, dass etwas fehlt:

»Die *dacquadora*«, vertraut sie Matilde an, die sie durch die Straßen des Zentrums zum Schuhgeschäft begleitet.

»Was ist das denn?«

»Ein Sprengwagen, der hinten einen zusätzlichen durchlöcherten Tank hat, der mit dem Haupttank verbunden ist und von der Führerkabine aus bedient wird. Der Sprengwagen fuhr durch die Straßen, in Ferrara wie in meinem Dorf, benetzte sie mit Wasser, kühlte sie ab und verhinderte, dass der Staub aufgewirbelt wurde. Er milderte nicht nur die große Hitze des Spätnachmittags, er veränderte auch die Farbe der Straßen und verlieh ihnen einen ganz bestimmten Duft.«

»Ich bin zu jung, um mich daran zu erinnern«, sagt Matilde, die nur zwei Jahre jünger ist als Camilla.

»Vor dem Unfall auf Sardinien hätte ich nie gedacht, dass Riccardo Angst um seine Frau und seine Tochter haben könnte«, bemerkt Camilla. »Ich habe ihn immer wie einen Sieger reden hören – ein Mann, der sich dem Leben stellt, seiner selbst sicher. Der kaum an die anderen denkt. Es fällt mir schwer, ihn als Opfer der Demütigungen zwischen Frau und Tochter zu sehen.«

»Wenn Kinder im Spiel sind, ändert man sich schnell«, sagt Matilde, die es für angebracht hält, die weise und ausgeglichene junge Frau zu spielen. »Ich habe noch nie ein Mädchen gesehen, das sich so benimmt wie Fosca, und ihr Vater macht sich zu Recht Sorgen um sie. Man kann eine Kompanie Soldaten befehligen, aber zu erreichen, dass einem die eigenen Kinder gehorchen, ist eine andere Sache. Sie sind wegen Fosca hier, nicht wahr?«

»Du beharrst hartnäckig darauf, mich zu siezen!«

»Was ändert das?«

»Es macht mich älter.«

Matilde versagt sich eine Bemerkung über den Altersunterschied, nicht aber ein amüsiertes Lächeln. Sie kommt auf Merighi zurück: »Riccardo macht einen Fehler, wenn er Fosca ständig Recht gibt und sie wie ein kleines Mädchen verhätschelt. Neulich Abend, als Andrea ausgegangen war, saßen wir zu dritt nach dem Abendessen im

Wohnzimmer und schauten fern. Ich hatte mich aufs Sofa gesetzt, um Fosca den Platz neben mir zu lassen. Es gelingt mir irgendwie nicht, Freundschaft mit ihr zu schließen, vielleicht bin ich zu alt für sie. Aber sie hat sich an Riccardo geschmiegt, der im Ledersessel saß. Den ganzen Film über ist sie bei ihm geblieben, *Der Mann der Friseuse*, ein sehr schöner Film, die Geschichte zweier Liebender, die sterben, weil die Liebe sie zu glücklich macht. Zusammengekauert in seinen Armen wie ein dreijähriges Mädchen, umarmt, liebkost. Ich finde das nicht gut. Es wäre passender, wenn sie sich die Streicheleinheiten bei ihrer Mutter holte.«

»Vorausgesetzt, ihre Mutter ist bereit, sie in den Arm zu nehmen«, bemerkt Camilla. »Hast du *Der Mann der Friseuse* wirklich als Selbstmord aus zu großer Liebe interpretiert?«

»Das war mein erster Eindruck. Jetzt weiß ich nicht mehr so recht … Ich vergesse die Handlung eines Films nach einer Weile immer. Nur der Eindruck bleibt.«

Der Duft des Grüns steigt ihnen in die Nase, obwohl sie zwischen den Häusern im Zentrum unterwegs sind. Ferrara ist eine ländliche Stadt. Alte Einfriedungsmauern verbergen geheime Blumen- und Nutzgärten. Als Kind hatte Camilla sie durch Tore und Gitter erspäht, unverletzliche Orte, erhaben durch die unvermeidlichen Magnolien und die stolzen Fabeltiere wie Pfauen und Windhunde, oder landwirtschaftliche Orte mit Obstbäumen, ordentlich ausgerichteten Gemüsereihen, Hühnern und Kaninchen.

»Was denkst du über Andrea?«, fragt Camilla.

»Ich mag keinen Klatsch.«

»Wir sind wegen Fosca nach Ferrara gekommen, um sie zu verstehen und vielleicht ihr Vertrauen zu gewinnen. Freundinnen zwar, aber doch Außenstehende, die aus anderen Kreisen hier hereingeschneit kommen, weil der Hausherr sie gerufen hat, damit sie dem Mädchen helfen. Wir müssen so viel wie möglich über Foscas Leben, über ihre Welt in Erfahrung bringen. Mich persönlich interessiert ganz und gar nicht, ob Andrea Riccardo möglicherweise Hörner aufsetzt und umgekehrt, aber wenn diese Affären der Grund für Foscas Feindseligkeit ihrer Mutter gegenüber sind, dann will ich alles darüber wissen, auch die Einzelheiten.«

Sie haben die Via Cortevecchia erreicht und bleiben vor dem Geschäft, ihrem Ziel, stehen. Ohne sie wirklich zu sehen, betrachten sie die Schuhe, die im Schaufenster des Geschäfts ausgestellt sind. Matilde gibt sich einen Ruck: »Luca arbeitet in Riccardos Fabrik in Casumaro, wenn er nicht gerade kreuz und quer durch Italien geschickt wird. Viele der Angestellten kommen aus Ferrara. Da wird natürlich getratscht. Eine Frau wie Andrea bleibt da nicht unbemerkt. Auffällig, wie sie ist, richten sich alle Augen auf sie, was ihr keineswegs lästig zu sein scheint, im Gegenteil, es scheint ihr zu gefallen, als stünde sie auf einer Bühne.«

»Ferrara ist wirklich eine prächtige Bühne … Aber bezieht sich der Klatsch auf echte oder eingebildete Affären?«

»Woher soll ich das wissen? Sie wurde regelmäßig mit einem jungen Mann beim Tennis gesehen … Auf der Geburtstagsparty von Clara Roversi war sie in Begleitung eines jungen Kavaliers, hat viel geredet und getrunken …«

Und so weiter, und so fort. Sie schlenderten weiter, Sandalen und Schuhe können warten.

»Zu viele Männer, zu viele Kavaliere ... Es könnte sich um unschuldige Flirtereien einer Frau handeln, die sich von ihrem viel beschäftigten Mann vernachlässigt fühlt und die mit vierzig alles tut, um sich noch jung, begehrt, umworben und geliebt zu fühlen.«

Ihrem Gesichtsausdruck nach zu urteilen, ist Matilde nicht dieser Meinung. Und wie könnte es auch anders sein: Ebenso schön wie Andrea, wirkt sie wie das genaue Gegenteil: blond und hellhäutig, zurückhaltend und schüchtern. Und ihrem Mann treu.

»Glaubst du, dass Andrea ihren Mann betrügt?«

»Dem Klatsch von Lucas Kollegen zufolge ja. Einer hat Andrea einmal aus dem Haus eines Mannes, ein Freund des Ehemanns, kommen sehen.«

»Nichts als vorschnelle Schlussfolgerungen.«

»Der Gentleman, der Andrea ein paar Tage später ins Theater begleitet hat, hat sich auf einer Party Freunden gegenüber mit der Eroberung gebrüstet.«

»Mistkerl.«

»Der Mistkerl hat einen Vor- und Nachnamen: Sergio Balboni.«

»Der Architekt? Ich kenne ihn vom Sehen.«

»Dann fragen Sie ihn doch, ob er Andrea wirklich vögelt.«

Matildes heftige Ausdrucksweise überrascht Camilla.

»Das werde ich tun, sollte es nötig sein. Doch jetzt lass uns erst einmal versuchen, Fosca aus dem Schneckenhaus zu befreien, das sie um sich herum errichtet hat, vielleicht gerade deshalb, um sich gegen eine allzu extrovertierte

Mutter zu schützen … Aber warum wendet sich Riccardo eigentlich nicht an eine Psychologin, anstatt zwei Freundinnen da hineinzuziehen, eine Polizeibeamtin und eine … Was machst du eigentlich?«

»Ich mache nichts.«

»Du spielst die Ehefrau.«

»Nicht einmal das.«

»Ich würde gern mit Fosca reden, unter vier Augen. Wenn auch nur, um herauszufinden, ob man sich wirklich Sorgen machen muss.«

»Ich würde mir auch wegen der Liebe und der Aufmerksamkeiten Gedanken machen, mit denen Riccardo sie überschüttet.«

»Der Arme … er versucht, die Abwesenheit der Mutter zu kompensieren.«

Sie bleiben erneut vor dem Schuhgeschäft stehen, und diesmal geht Matilde entschlossen hinein.

»Ich würde gern die Pythonsandalen anprobieren, die im Schaufenster stehen«, sagt sie zum Verkäufer.

Camilla muss aufpassen, dass sie den Beruf einer Polizistin nicht mit dem einer Wahrsagerin verwechselt. Als sie die ausgestellten Sandalen betrachtete, hatte sie geglaubt, erraten zu können, welche Matilde wählen würde: halbhoher Absatz, Streifen aus Jeansstoff, fünfundzwanzig Euro. Stattdessen probiert sie das Modell mit dem hohen Absatz und Streifen aus Schlangenleder zu zweihundert Euro.

»Wie stehen sie mir?«

Die Sandalen an den Füßen, sitzt sie da, der zu enge Rock spannt, so sehr hat sie die Beine gespreizt, das weiße Höschen ist zu erahnen. Sie bewundert die Sandalen. Die

Frage ist eine reine Formalität, denn sie wartet Camillas Urteil nicht ab.

»Ich nehm sie«, sagt sie zum Verkäufer. Und zu Camilla: »Könnten Sie bitte bezahlen, ich hab meine Tasche zu Hause vergessen.«

Camilla geht zur Kasse und zückt ihre Kreditkarte, während Matilda wieder die Sandalen anzieht, die sie vorher getragen hatte, die elegante Stofftüte mit den neuen Sandalen nimmt und an der Tür auf sie wartet. Draußen bedankt sie sich bei Camilla.

Solange sie sie nicht als Geschenk betrachtet: Matildes Verhalten ärgert Camilla, macht sie aber auch neugierig. Sie möchte mehr erfahren.

»Ich hab nicht genau verstanden, wo du wohnst.«

»In Casumaro.«

»Warum gerade in Casumaro?«

»Ich bin dort geboren, und Luca arbeitet dort, wenn er nicht gerade für die Firma unterwegs ist. Wir haben ein günstiges Häuschen gefunden. Ich würde allerdings gern in der Stadt leben, daher hoffe ich, dass Luca sich eine andere Arbeit sucht.«

»Riccardo wird ihn nicht so einfach gehen lassen. Ich glaube, herausgehört zu haben, dass Riccardo ihn sehr schätzt. In seiner Firma kann er Karriere machen.«

»Wenn Sie nicht Pleite macht.«

»Geht es der Merighi Dragons nicht gut?«

»Laut Luca schreibt das Unternehmen dieses Jahr rote Zahlen. Es sollte ein Werk im Süden errichtet werden, aber davon ist keine Rede mehr, obwohl der Baugrund bereits gekauft ist.«

»Alle Wirtschaftszweige stecken mehr oder weniger in

der Krise«, bemerkt Camilla vage. Auf diesem Gebiet kennt sie sich nicht besonders gut aus.

Wie gut oder schlecht Riccardo Merighis Geschäfte laufen, interessiert sie nicht allzu sehr. Dagegen überrascht es sie, dass Matilde nicht die zufriedene Frau ist, für die sie sie gehalten hat: Sie wohnt nicht gern in der Provinz, sie hat Lust auf teure Sandalen. Und sie scheint eine Abneigung gegen Riccardo und Andrea zu haben, auch wenn sie es nicht offen sagt. Oder sie beneidet sie um ihre soziale Stellung.

Sie begegnen einem Mädchen, das einen Hund spazieren führt, einen kleinen Cockerspaniel, dessen Fell so lang ist, dass es den Boden fegt. Das Haar des Mädchens dagegen ist extrem kurz geschoren, fast vollständig abrasiert.

»So eine Frisur würde mich auch reizen ... was meinen Sie, würde mir das stehen?«

»So wie der Hund?«, fragt Camilla scherzhaft.

»Wie das Mädchen.«

Trotz der Sandalen duzt sie sie noch immer nicht. Und sie will sich die Haare abschneiden, die sie heute im Nacken zusammengeschlungen hat.

»Ich würde das nicht tun«, sagt Camilla aufrichtig. »Ich erinnere mich, als wir auf dem Boot waren, dein offenes Haar reichte dir bis zum Po. So schönes Haar hätte ich auch gern.«

»Müsst ihr Polizistinnen die Haare wegen der Kappe und der Uniform kurz tragen?«

»Nein, vorausgesetzt, sie sind nicht ungepflegt oder merkwürdig gefärbt, in diesen Violett- oder Blautönen, die man jetzt so oft sieht.«

»Ich trag mein Haar jetzt kürzer, es fällt nur noch bis

zur Mitte des Rückens. Heute Abend auf der Party werd ich es offen lassen.«

»Ich dachte, es handelt sich um ein einfaches Abendessen mit ein paar zusätzlichen Gästen.«

»Für Andrea ist es eine Party. Wir essen im Garten, es wird ein Buffet aufgebaut, und wir werden mindestens dreißig Personen sein.«

»Und was feiern wir?«

»Den zweiundzwanzigsten Juni.«

»Die Sommersonnenwende?«

»Am zweiundzwanzigsten Juni hat Riccardo Geburtstag.«

»Dann kaufen wir ihm doch ein Geschenk.«

Nachdem sie sich vergeblich in einem Geschäft für Herrenkleidung umgesehen haben, entscheidet sich Matilde für zwei kleine Kristallfiguren von Swarovski, einen Wolf und eine Lokomotive.

»Ein böses Gesicht und moderner Unternehmergeist«, präzisiert Camilla, nachdem sie sich zu der Wahl beglückwünscht haben.

»In Wirklichkeit hab ich den Wolf gewählt, weil er wild ist, und die kleine Lokomotive, weil sie mir gefällt.«

Camilla hatte eher zu dem röhrenden Hirsch tendiert, der sein Kristallgeweih zum Himmel reckt.

»Lieber keine Tiere mit Hörnern«, hatte Matilde in ernstem Ton gesagt.

Matilde ist eine nicht sehr intelligente Frau ohne Persönlichkeit, die alles erschreckt – so hatte Riccardo sie letzten Sommer auf Sardinien beschrieben. Camilla beginnt zu glauben, dass er sich an ihr für eine Kränkung oder Zurückweisung rächen wollte.

7

Die dicken bunten Kerzen, die auf Stangen in jeder Ecke des Parks stecken, sollen auch die Mücken fernhalten. Die Büsche verbergen die Lautsprecherboxen, aus denen leise Musik dringt. Camilla hat Foscas Gestalt am beleuchteten Fenster in den Ställen gesehen. Früher oder später wird sie herunterkommen müssen, um ihrem Vater zum Geburtstag zu gratulieren, und man wird sehen, ob sie wenigstens an diesem Abend vor all den geladenen Gästen den üblichen Streit mit Andrea vermeiden wird.

Camilla hasst die Abendessen im Stehen, sie hat einen Teller Reissalat und eine Scheibe Braten gegessen, und sie hat nicht vor, sich von ihrem Platz wegzubewegen, einem Liegestuhl, der zwischen einem Kerzenhalter und der Swimmingpool-Dusche steht, von wo aus man einen schönen Blick auf die ganze Gesellschaft hat. Schon immer hat sie auf Partys gern die Leute beobachtet, sie eingestuft, Annäherungs- oder Fluchtstrategien erraten: die Schüchternen, die Aggressiven, die Flegel, die Primadonnen, die Profitjäger, die echten Nervensägen. Sie hat Teller und Glas auf den Liegestuhl neben ihrem gestellt, um ihn für Matilde zu reservieren. Da sie ebenfalls nicht zu Riccardos Kreisen gehört, wird sie sich früher oder später neben sie setzen.

Wie gewöhnlich hält Andrea die Fäden in der Hand, bleibt bei niemandem lange stehen und hat für jeden, mit Ausnahme von Riccardo, einen Satz, ein Lächeln, eine Berührung der Hand, gleichsam eine flüchtige Segnung. Camilla hat sie alle drei geschenkt. Das Lächeln, »Langweilst du dich?«, das Streicheln über den Rücken der linken Hand, die auf dem Knie ruht. Und schon ist sie dort unten, um sich mit dem Notar Alessandro Listri zu unterhalten, der, braun gebrannt, extra aus Istrien hergeflogen ist. Sie hat ein wenig mit dem Architekten Andrea Veronesi geplaudert und den Architekten Sergio Balboni umarmt, der den Gerüchten zufolge ihr Liebhaber sein soll. Jetzt drehen die beiden Architekten gemeinsam eine Runde um den Swimmingpool.

Die Frauen, elegant in ihren kurzen, leichten Abendkleidern, wirken nackt, geschminkt in den Modefarben dieses Sommers, allen voran Fuchsienrot. Sie sind alle jung und schön, man könnte meinen, die Merighis hätten sie nach ihrem Aussehen ausgewählt. Zum Glück hat Camilla die blaue Leinenhose mitgenommen und zur Feier des Tages die Bluse aus Motivi gebügelt. Das kurze meergrüne Kleid mit den aufgenähten Strassmuscheln, das Andrea ihr leihen wollte, hat sie abgelehnt. Sie haben die gleiche Größe. Dolores, eines der Hausmädchen, hat ihr die Leinenhose geplättet.

Matilde unterhält sich mit einem jungen Mann in weißer Jacke, der Einzige, der neben den für den Abend gemieteten Kellnern eine Jacke trägt. Camilla hat sich geirrt, als sie dachte, Matilde könnte allein bleiben, schön, wie sie ist. Sie trägt eine leichte beigefarbene Tunika mit Fransen, ein bisschen im Stil der Zwanzigerjahre, und an den Füßen die Schlangensandalen. Die Schlange, Versuchung für viele Männer ringsumher, Hure Eva. Die Sandalen und die zweihundert Euro hat sie mit keinem Wort mehr erwähnt.

Riccardo geht an Camilla vorbei, sie deutet auf den Liegestuhl und nimmt Teller und Glas weg. Ganz ungezwungen trägt er eine weiße Jeans und rosa Leinenschuhe, sein Hemd steht offen über der gebräunten Brust. Er zündet sich eine Zigarette an. Er scheint sich nicht zu amüsieren, betrachtet die Gäste mit mürrischem Gesicht, als habe er sie gar nicht eingeladen, als seien sie gar nicht seine Freunde oder die von Andrea.

»Deine Tochter?«

»Fosca hat mir eine Krawatte geschenkt«, erzählt er. »Regimental! Ein überflüssigeres und banaleres Geschenk hätte sie nicht wählen können, und doch hat es mich gerade wegen seiner Banalität und Normalität, die ich mir für sie wünsche, glücklich gemacht … Ach übrigens, danke für die beiden Kristallfiguren.«

»Eine Idee von Matilde. Ich hab mehr zu einer Regimental-Krawatte tendiert.«

Er lacht, wird wieder ernst, blickt sich um, entdeckt auf einem der Tische einen Aschenbecher und holt ihn sich. Er drückt seinen Stummel darin aus. Ordnungsliebe und Liebe zu den Dingen, die ihm gehören, wie die Keramikfliesen am Rand des Swimmingpools.

»Erinnerst du dich an die Hefte von Adolfo Panvècc?«, fragt er Camilla.

Mit Mühe kehrt sie in die Bar von Bortolini zurück, die vom Garten dieser Nacht meilenweit entfernt ist. Neben den Studenten verkehrten dort auch Erwachsene wie Adolfo Panvècc, der als Verrückter galt, einer der vielen Verrückten der Bassa: Originale allererster Güte, samt und sonders Hüter von Weisheit und Wissen, voller skurriler Phantasien. Adolfo Panvècc trug immer irgendein schwarz eingebundenes Heft mit sich herum.

»Die gezeichneten Männchen!«, erinnert sich Camilla.

»Reihenweise Männchen, die er mit Bleistift in seine Hefte zeichnete und die scheinbar alle gleich aussahen.«

»Nur Panvècc konnte sie unterscheiden.«

Kaum hatte er die Bar von Bortolini betreten, fragte ihn schon einer: »Adolfo, wie geht es mir heute?« Er schlug ein Heft auf, ging die gezeichneten Männchen durch und fand die Person, die ihm die Frage gestellt hatte. »Es geht dir gut«, erwiderte er, oder: »So la la«, oder auch: »Pass auf deinen Hals auf.« Laut Panvècc befanden sich in seinen Heften alle Bewohner des Dorfs, und er arbeitete daran, die ganze Bassa aufzunehmen und danach alle Einwohner von Modena, Ferrara und Reggio und vielleicht auch von Bologna und Mantua.

»Wenn im Dorf jemand starb, radierte Adolfo Panvècc ihn aus seinem Heft«, fährt Riccardo fort. »Ich habe nie kapiert, ob er sie vor oder nach ihrem Tod ausradiert hat.«

»Ich glaube, er las ganz einfach die Todesanzeigen.«

»Auch Adolfo Panvècc ist gestorben, jemand hat ihn aus dem Heft mit dem schwarzen Umschlag radiert, daher kann ich ihn jetzt nicht mehr fragen, ob die Männchen schon tot waren oder ob sie starben, weil er sie aus dem Heft mit dem schwarzen Umschlag entfernt hat.«

»Wahrscheinlich stehen wir alle nicht in dem großen Buch Gottes, sondern nur in dem Heft eines Verrückten ... Aber warum kommst du gerade heute Abend auf Adolfo Panvècc?«

»Daran seid ihr beide schuld. Ich hab gestern Nacht von ihm geträumt. Er saß an einem Tischchen draußen vor der Bar und radierte mit dem Radiergummi eines der Männchen aus. Ich bin zu ihm gegangen, und in dem Augenblick bist du gekommen und hast mich abgelenkt, indem du irgendetwas zu mir gesagt hast, woran ich mich nicht mehr erinnere. Du warst zwölf. Als ich mich zu Adolfo Panvècc umgedreht hab, war er nicht mehr da.«

Er lässt Camilla keine Zeit, ihr Verhalten in seinem Traum von gestern Nacht zu rechtfertigen, und springt auf, um ein braun gebranntes Paar zu begrüßen. Ihr küsst er die Hand. Er ist der Sparkassenpräsident. Die beiden Männer entfernen sich Arm in Arm, während sie auf Andrea zugeht, die sich im Zentrum einer Gruppe von lauter Frauen befindet.

Ein bisschen arbeitet und ein bisschen langweilt sich Riccardo, und er macht sich ziemliche Gedanken wegen Foscas Abwesenheit. Camilla hat ihn mehrmals dabei ertappt, wie er in Richtung Stall blickte. Sie fürchtet, dass ihn jemand aus dem Heft mit dem schwarzen Umschlag radiert. Midlife-Crisis. Er arbeitet zu viel, und Frau und Tochter tragen nicht gerade dazu bei, ihm ein ruhiges und sorgloses Privatleben zu bereiten.

Drei Paare nutzen einen Blues und beginnen am Rand des Swimmingpools zu tanzen: Matilde mit dem jungen Greppi, Listri mit seiner Frau, Andrea mit dem Architekten Balboni. Sie tanzen und unterhalten sich weiter. Camilla schnappt einen Blick von Matilde auf, die ihrerseits das Verhalten von Andrea und Sergio ausspioniert: eine Geste, ein Blick, ein Wort, das sie von den Lippen abliest. Mit den Augen sucht sie Riccardo, findet ihn an der Verandatür des Wohnzimmers, noch immer in Begleitung des Sparkassenpräsidenten.

Camilla nimmt in der Luft eine Elektrizität wahr, wie sie Gewittern vorausgeht, aber statt eines Blitzes bricht Applaus los, ausgelöst von Dolores' Erscheinen, die einen

Wagen mit einer Torte schiebt, auf der eine dicke brennende Kerze steckt. Die tanzenden Paare lösen sich voneinander. Camilla geht zu Matilde. Aber nicht die Torte hat die Gäste überrascht; hinter dem Hausmädchen kommt Fosca herein, schön und bizarr. Sie trägt einen blasslila Regenmantel mit Kapuze, zerknittert, als hätte sie schon viele Nächte in ihm geschlafen, vorne offen bis auf den obersten Knopf, so dass ihre Brust bedeckt ist, die nackt ist wie der übrige Körper. Das offene, nasse blonde Haar verdeckt einen Teil ihres Gesichts und wird von einem roten Reif mit zwei Antennen zurückgehalten, auf denen zwei rote Herzchen schwanken. Fingernägel und Zehen sind lila angemalt. Das Ganze muss sie eine stundenlange Vorbereitung gekostet haben.

Riccardo geht auf sie zu. Die Verkleidung scheint ihn weniger zu verblüffen als zu verärgern. Eine Narrenposse! Dann besinnt er sich. Eigentlich sollte er sich freuen, dass seine Tochter ihm auf ihre Weise ihre Aufmerksamkeit schenkt. Sein Blick wird sanfter, er umarmt Fosca und gibt ihr einen Kuss auf die Wange.

»Herzlichen Glückwunsch zum Geburtstag, Riccardo.«

»Danke, mein Schatz.«

»Ich wollte richtig viele Kerzen draufstecken, aber die Torte ist nicht groß genug. Die dicke Kerze steht für fünfzig.«

Gelächter, Applaus. Riccardo bläst die Kerze aus. Camilla sucht Andrea. Auch Sergio hat sie gesucht und gefunden, er steht hinter ihr und hat eine Hand auf ihre nackte Schulter gelegt, eine Geste, die einen gewissen Besitzanspruch geltend macht.

Die ringsum geflüsterten Kommentare geben sich betont freundlich: »Wie lieb!«, »Sehr originell!«, »Fosca kann noch spielen wie ein Kind.«

Riccardo schneidet die Torte auf, die Filipina legt hauchdünne Scheiben auf die Teller. Fosca entfernt sich; sie geht am Rand des Swimmingpools entlang, ohne jemanden zu grüßen oder anzublicken. Ihre Mutter tritt ein paar Schritte nach vorn, um sich von Sergios Hand zu befreien, nähert sich aber nicht Fosca. Sie hat Angst, sie könnte vor den Freunden eine Szene machen.

Vielleicht macht sie ihr auch dann Angst, wenn sie allein sind, vor allem wenn sie allein sind, Auge in Auge – Angst, das eine ganze Welt von Gewissheiten und Erfolgen zusammenbrechen könnte. Es wäre besser gewesen, eine Tochter zu haben, die nicht sprechen oder gehen kann, dann hätte man wenigstens gewusst, wie man mit der Krankheit umgehen oder wem man sie anvertrauen kann.

Das Verhalten, das Camilla Andrea Venturi Merighi, Foscas Mama, unterstellt, ist nur eine Hypothese und einer der müßigen Gedanken eines Frühsommerabends in Ferrara, im verschwiegenen Garten der Via Capo delle Volte, während einer Geburtstagsparty, die in geheuchelter Fröhlichkeit abläuft.

Camilla hatte vergessen, mit dem Teller oder dem Glas den Platz neben sich wieder zu belegen, und sofort setzt sich eine Dame auf den Liegestuhl. Sie kennt sie nicht, aber sie muss eine gute Freundin von Andrea sein, denn vorhin haben sie miteinander gesprochen und gelacht. Gleichaltrig, auch wenn diese hier ihre vierzig Jahre nicht verbergen kann.

»Ganz allein, schöne Dame?«

Es ist nicht zu übersehen, dass sie allein ist, und sie wäre es auch gern weiterhin. Die andere weiß ihre Gedanken nicht zu lesen und stellt sich vor: »Lina Malaguti. Eine enge Freundin von Andrea, unsere Töchter gehen auf dieselbe Schule. Sie, Inspektorin, kenne ich aus den Zeitungen. Ich habe die Geschichte des angeblichen Serienmörders von Modena verfolgt und wie Sie den Fall gelöst haben, obwohl die ganze Sache mich schon betroffen gemacht hat.«

»Standen Sie auf der Seite der Mörderin?«

»Natürlich nicht, ich bin überglücklich, dass Sie sie aus dem Verkehr gezogen haben. Nein, ich war betroffen, weil ich erwartet habe, dass Sie zumindest zur Kommissarin befördert würden. Welches Sternzeichen sind Sie?«

»Krebs«, erwidert Camilla, glücklich, das Gespräch auf die Astrologie lenken zu können.

»Hätte ich mir eigentlich denken können: romantisch, voller Phantasie, mit beiden Beinen fest auf der Erde in beruflichen Dingen, aber unfähig, sich bei den Vorgesetzten ins rechte Licht zu rücken.«

Anstatt sie mit ihrem Sternzeichen einschließlich Aszendenten und Deszendenten zum Teufel zu schicken, beschließt Camilla, die Plauderlust der Dame auszunutzen.

»In welche Klasse gehen die Mädchen denn?«

»Zweite Klasse Mittelschule.«

»Eine öffentliche Schule?«

»Carla und Fosca gehen auf die Marcelline-Mädchenschule, eine Privatschule, die beste Ferraras.«

»Geht Ihre Tochter gern in die Schule?«

»Sie ist mit einem hervorragenden Notendurchschnitt versetzt worden.«

»Und Fosca?«

Die Dame blickt sich um, auch zu den Büschen, als fürchte sie, beobachtet zu werden.

»Fragen Sie mich nicht«, flüstert sie.

Ihr Gesichtsausdruck, eine schwer zu deutende Mischung aus amüsiertem Lächeln und einer bekümmerten Miene, ist die ganze Antwort.

»Aber sie ist doch versetzt worden?«, hakt Camilla nach.

»Mit einem Tritt in den Hintern. Sie glauben doch nicht, dass man eine Venturi durchfallen lässt?«

Camilla verbessert sie: »Eine Merighi.«

»In der Gesellschaft Ferraras gelten die Venturis mehr. Wissen Sie, dass sie sogar mit dem Haus Este verwandt sind?«

»Ich hab davon gehört. Aber mal abgesehen von ihren Leistungen, wie verhält sich Fosca sonst in der Schule?«

Erneutes Sichumblicken, dann: »Fosca ist lernfaul, und mit ihrem Verhalten verschlimmert sie die Situation noch. Sie ist imstande und schweigt die Lehrer an, wenn sie sie mündlich prüfen, will sich nicht einmal an ihren Namen erinnern. Außerdem spielt sie unglaubliche Streiche, wenn man es denn Streiche nennen will. Carla hat mir erzählt, dass sie einmal zum Sportunterricht in die Turnhalle hinuntergegangen sind. Als alle, schon in Trainingsanzug und Turnschuhen, in einer Reihe zum Appell antreten, entdeckt die Lehrerin, dass Fosca fehlt. Sie fragt die anderen, ob sie sie gesehen haben, und da kommt das Mädchen aus der Umkleide …« Lina Malaguti macht eine

Pause, um Camilla auf den Theatercoup vorzubereiten »... nackt, splitterfasernackt. Panik, Gekichere unter den Mädchen, die Lehrerin stürzt auf sie zu, um eine Decke über sie zu legen, und bringt sie in die Umkleide zurück, wo Fosca ihren Trainingsanzug anzieht. Dann kehrt sie in die Turnhalle zurück, als sei nichts gewesen.«

Sie erwartet einen Kommentar. Camilla muss ihre Erwartung erfüllen, oder es ist Schluss mit den Vertraulichkeiten.

»Das Mädchen hat Probleme.«

»Und was für welche. Riccardo ist geschlagen mit seinen beiden Frauen. Der Arme, ich bedauere ihn: eine solche Tochter und die Frau ...«

Camilla will keinen Klatsch über Andrea hören, sie ist wegen Fosca da. Andrea höchstpersönlich rettet sie, sie kommt zu ihnen, zwei Champagnerkelche in der Hand.

»Ihr beide habt noch nicht auf Riccardos Wohl getrunken.«

Sie stoßen an. Andrea nimmt die Freundin mit sich.

Matilde setzt sich auf den Platz von Lina Malaguti.

»Amüsieren Sie sich?«

»Partys langweilen mich immer.«

»Haben Sie schon die neuen Befehle erhalten?«

»Wovon sprichst du?«

»Morgen müssen Sie mich nach Casumaro begleiten.«

»Gern, aber warum?«

»Riccardo hat mich gebeten, dem Buchhalter Fanti eine Mappe mit Unterlagen in die Firma zu bringen, und ich bin ohne Wagen da.«

»Warum bringt Riccardo ihm nicht morgen auf dem Weg zur Arbeit die Unterlagen?«

»Er fliegt morgen nach Rom ... wenn Sie keine Zeit oder keine Lust haben, finde ich schon jemand anderen, der mich fährt.«

Matilde, die Nassauerin. Ungerührt trinkt sie Riccardos Champagner und trägt die Sandalen, die Camilla bezahlt hat.

8

Im Wagen nach Casumaro sitzen Camilla, die Fahrerin, und Matilde, die Beifahrerin mit dem Auftrag, eine Mappe zur Merighi Dragons in Casumaro, Via Bondenese, zu bringen.

»Mein Heimatdorf«, sagt Matilde.

»Abate Baruffaldi, einem Ferrareser Historiker, zufolge bedeutet Casumaro, *caso amaro*, ›bitterer Fall‹«, erzählt Camilla.

»Ja, ich konnte es gar nicht erwarten, von hier wegzukommen. Ich bin im Dorf erstickt.«

»Das geht allen jungen Leuten so, auch denen, die in der Stadt wohnen. Ich bin mit achtzehn von zu Hause weg, um zur Polizei zu gehen.«

»Komisch, Sie wirken gar nicht wie die Sorte Mädchen, die Dummheiten macht.«

»Zur Polizei zu gehen ist keine Dummheit.«

Matildes Bemerkung irritiert Camilla, aber sie beherrscht sich und entschließt sich, Matilde weiterhin sympathisch zu finden. Sie spürt, dass sie hinter ihrer aggressiven Ausdrucksweise schüchtern und schwach ist.

Sie erreichen Casumaro, das sich vor der Kirche und zu beiden Seiten der Staatsstraße, die aus Mirabello kommt, in zwei langen Reihen erstreckt.

»Vor der Kirche biegen Sie nach rechts ab«, befiehlt Matilde.

»Jawohl, Navigator!«

Die Firma Merighi Dragons, drei Werkhallen und das Bürogebäude, liegt gegenüber der Firma Pirani, Baumaterialien, auf der anderen Straßenseite. In beiden Betrieben arbeiten die Söhne der Bauern, die ihr Land verlassen haben.

Der Pförtner erkennt Matilde, die aus demselben Dorf wie er kommt, und grüßt sie mit der Hand an der Mütze, während sie durch das Gittertor fahren. Sie parken vor einer Reihe gelber Dreschmaschinen, die sich wie ein Ei dem andern gleichen.

»Ich bleib im Wagen«, sagt Camilla.

»Interessiert es Sie nicht, das Megabüro Ihres Freundes zu sehen?«

»Nicht ohne ihn darin. Ich warte auf dich, und dann essen wir zu Mittag in der Osteria dal Prèt in San Biagio di Bondeno. Und zum Schluss besuchen wir noch eine Ausstellung von Carlo Tassi in der Rocca Possente.«

»Wunderbar. Aber Sie zahlen, ich hab kein Geld.«

Riccardo ist in Rom, die beiden Hausmädchen der Casa Merighi haben ihren freien Tag, und Camilla und Matilde sind auf Belohnungsurlaub: Sie kommen sich vor wie an einem Feiertag, obwohl lediglich Montag ist.

»Wir haben Fosca und Andrea allein zu Hause gelassen«, bemerkt Camilla.

Matilde öffnet den Sicherheitsgurt, holt unter dem Armaturenbrett die Mappe mit den Unterlagen hervor, öffnet die Wagentür und sagt:

»Vielleicht nutzen sie die Gelegenheit, um sich kennen zu lernen.«

»Vorausgesetzt, sie begegnen sich.«

»Seit zwanzig Minuten fahren wir über das Land der Venturis«, sagt Matilde. »Signora Andrea besitzt auch in der Gegend um Modena und Bologna Ländereien.«

Camilla verkneift sich jeden Kommentar und fragt sich, ob Matilde eifersüchtig ist auf Riccardos Frau, auf ihren Charme, auf ihre Klasse, auf ihren Reichtum. Sie gibt Gas, überholt einen Bus und fährt auf die Diamantina, die Straße, die von Bondena nach Ferrara führt, schnurgerade durch die Ebene, wie mit dem Lineal gezogen.

Matilde wechselt das Thema.

»In Ihrer Gesellschaft fühle ich mich wohl.«

»Das freut mich.«

»Ich werde ganz entspannt ... es ist wie Musikhören.«

Das soll wohl ein Kompliment sein. Originell: Gewöhnlich macht sie die Leute nervös, wegen ihres Berufs.

»Camilla wie die Kamille.«

Sie lacht und streicht kurz über Camillas Schulter.

Camilla geht ans Handy. Ein rascher Gruß von Donato aus Modena. Im Präsidium spüren sie ihre Abwesenheit, er auch. Sie beendet das Gespräch und fragt Matilde: »Ruft dein Mann dich niemals an?«

Sie zuckt die Achseln.

»Mein Handy ist fast immer ausgeschaltet.«

Als sie Ferrara erreichen, ist es bereits dunkel. Sie sind jetzt zu Hause, zu Hause bei Riccardo. In der Via Piangipane begegnen sie einem Wagen, der in halsbrecherischer Geschwindigkeit die Straße entlangrast, die von zahlreichen Querstraßen zerhackt wird. Camilla erkennt undeutlich die vier Männer in dem alten grünen Regata, der schlammverschmiert und staubig ist. Junge, harte, hässliche Gesichter, geschnitzt von den Schatten und dem Licht der Straßenlaternen. Vielleicht finden sie sie ja ebenso hässlich, aber immerhin rast sie nicht so. Im Rückspiegel sieht sie, dass der Wagen in den Corso Isonzo einbiegt.

»Diebe, die die Villa der Merighis ausgeraubt haben«, scherzt Matilde.

»Diebe um diese Zeit? Es ist gerade neun.«

»Diebe, die auf Raubüberfälle spezialisiert sind. Dem Fernsehen zufolge brechen sie keine Schlösser auf, zersägen keine Gitter, sprengen keine Safes, sondern warten, versteckt an einer dunklen Straßenecke in der Stadt oder an einem Feldweg, bis der Hausherr nach Hause kommt. Oder sie läuten, bedrohen Eigentümer und Dienstboten mit der Waffe und lassen sich Geld und Schmuck aushändigen. Manchmal nehmen sie eine Geisel mit, einen Erwachsenen oder ein Kind. Ist das in Modena noch nie vorgekommen?«

»Bevorzugte Ziele sind die einsam gelegenen Villen kleiner Unternehmer, besonders in der Lombardei und im Veneto.«

»Manchmal ist es gefährlich, reich zu sein.«

»Man müsste unter den Namen, neben die Klingel, das reale Einkommen jedes Einzelnen schreiben, um Irrtümer zu vermeiden. Vor ein paar Monaten hat eine Bande von Männern aus dem Kosovo eine Familie in der Gegend von Brescia in ihrem Häuschen überrascht. Verärgert über die magere Ausbeute von lächerlichen zweihundert Euro, haben sie dem Hausherrn ins Gesicht geschossen. Er war Maurer von Beruf und hatte das Häuschen unter großen Opfern in jahrelanger Arbeit selbst gebaut.«

In der Via Capo delle Volte hält Camilla vor der Einfahrt der Merighis, öffnet sie mit der Fernbedienung, fährt in die Holzbox und wartet, bis sich das erste Tor hinter ihr geschlossen hat und das zweite die Zufahrt in den Park freigibt.

»Jedes Mal diese Umstände.«

Matilde beschränkt sich auf ein Lächeln. Sie lassen den Mini draußen vor den Ställen stehen. Camilla blickt zu Foscas Fenstern hinauf, die alle dunkel sind.

Matilde deutet auf das Licht, das durch die Vegetation schimmert.

»Andrea lebt im Wasser, sie wird noch zu einem Frosch werden.«

Sie nehmen den Weg zum Swimmingpool, und Camilla geht mit besonders geräuschvollen Schritten über den Kies, weil sie Andrea nicht mit einem Freund überraschen will, der gekommen ist, um ihr Gesellschaft zu leisten.

Auf einem Liegestuhl liegt Andreas weißer Bademantel. Auf den Bodenfliesen Cremes, ein Handspiegel und das blaue Gauloises-Päckchen mit dem Feuerzeug darauf.

»Andrea?«

Keine Antwort. Tiefes Schweigen, dunkel wie das Wasser, das an diesem Abend nicht die meerblaue Farbe der Kacheln annimmt. Camilla geht zum Rand. Sie dreht sich nicht um, spürt aber Matildes stumme, verängstigte Gegenwart hinter sich. In der Nähe des gegenüberliegenden Beckenrands, auf der Seite der Villa, schwimmt eine dunkle Gestalt. Camilla macht zwei Schritte auf den Rand des Swimmingpools zu und erkennt die Einzelheiten. Zuerst eine Hand. Dann den Arm, den Rücken, den Kopf und den Rest des Körpers, der auf dem Bauch schwimmt, das Gesicht blickt zum Beckenboden. Sie erkennt Andrea an ihrem Badeanzug, das winzige Stückchen Stoff zwischen den Gesäßbacken, ein tiefes Rot im Rot des verwässerten Bluts. Die wenigen Schritte, die sie noch vom Pool trennen, läuft sie, dann kniet sie am Beckenrand nieder, so hastig, dass sie schmerzhaft den Aufprall der Knochen spürt; sie beugt sich vor, packt Andreas linken Arm, hebt ihn so weit hoch, dass sie die Wunde auf dem Rücken sehen kann, einen Ring mit drei konzentrischen Farben: blassblau, blutrot, schwarz wie der Tod.

»Hilf mir, sie herauszuholen!«, schreit sie.

Matilde hinter ihr rührt sich nicht, sie ist wie betäubt. Es gelingt Camilla, Andreas Körper langsam aus dem Wasser zu ziehen. Matilde setzt sich auf einen Liegestuhl und verbirgt ihr Gesicht zwischen den Händen.

Andrea ist tot, ihr Körper kalt. Camilla presst zwei Finger auf die Halsschlagader.

»Ich rufe den Rettungswagen«, sagt Matilde, die zu ihr gekommen ist.

»Ruf auch die Polizei.«

Sie wird versuchen, Riccardo ausfindig zu machen. Er hatte gesagt, er würde am Abend von Rom zurückfliegen.

9

»Ein Unglück? Die Signora ist in den Swimmingpool gefallen, nachdem ihr in den Rücken geschossen worden ist, und Sie sprechen von Unglück?«

Der Polizist in Zivil, vielleicht ein Commissario, sieht Camilla ungnädig an. Sie erwidert seinen unfreundlichen Blick. Unglück als Synonym für Missgeschick, Unfall. Was fällt ihm ein, einer Kollegin gegenüber den Oberlehrer herauszukehren? Ach ja ... Sie zieht ihren Dienstausweis aus der Brieftasche, zeigt ihn dem Beamten und kommt seiner Frage zuvor: »Ich bin eine Freundin der Familie. Beurlaubt vom Präsidium in Modena.«

Er gibt ihr den Ausweis wortlos zurück. Auch Camilla hält es für angebracht zu schweigen, und blickt zu ihren Gefährten im Unglück, die im Wohnzimmer sitzen, das Andrea *living* nannte – benommene Zuschauer des Kommens und Gehens von Polizisten in Uniform und Zivil, Ärzten, Gerichtsmedizinern, Polizeifotografen. Andrea ist vor einer Viertelstunde im Krankenwagen fortgebracht worden, nachdem ein Arzt sie offiziell für tot erklärt und eine Mannschaft von Polizeitechnikern in weißen Kitteln sie ausführlich fotografiert, vermessen und alle möglichen Proben genommen hat. Es ist drei Uhr nachts, aber die Via Capo delle Volte ist voll von Menschen wie bei einem Straßenfest. Matilde hat einen Blick auf die Straße geworfen, und das Gedränge von Neugierigen, Journalisten und Fotografen hat sie erschreckt.

Auch Riccardo hat sich nach dem Trauma der ersten Konfrontation mit seiner toten Frau an die Arbeit gemacht. Nach und nach hat der Schmerz ihn überzeugt, dass er sich nicht in einem Albtraum befindet. Er hat Camilla zur Seite genommen und sie gebeten, gewisse Freunde anzurufen. Sie solle in seinem Namen mit ihnen sprechen, damit ihm Beileidsbekundungen und schmerzliche Fragen erspart bleiben würden. Persönlichkeiten, die den Gerüchten entgegentreten könnten. Über den gewaltsamen Tod einer der prominentesten Damen von Ferrara könne zwar nicht stillschweigend hinweggegangen werden, aber die befreundeten Presse-, Radio- und Fernsehjournalisten, die in der Gegend arbeiten, müssten, gemeinsam mit dem Präfekten und dem Polizeipräsidenten, dafür sorgen können, dass darüber unter der Rubrik Verbrechen und Unfälle berichtet und die Nachricht nicht schamlos ausgeschlachtet wird. Im Grunde handele es sich um einen zwar schrecklichen, aber doch sehr einfachen Fall: Räuber seien in das Haus des bekannten Unternehmers eingedrungen. Verbrecher, die die Gewohnheiten der Familie Merighi studiert und die Abwesenheit des Hausherrn und den freien Tag der Hausmädchen ausgenutzt, dabei jedoch übersehen hätten, dass Ehefrau und Tochter in Ferrara geblieben waren. Das könne aber auch Teil des Plans gewesen sein: Andrea Merighi, geborene Venturi, sei als Geisel genommen worden, um sie zu zwingen, den Safe zu öffnen und Geld und Schmuck auszuhändigen. Aber Signora Andrea, bekanntermaßen eine energische Frau, habe sich gewehrt, und da hätten die Verbrecher, die möglicherweise unter Drogen standen, ihr in den Rücken geschossen. Zwei Gäste, die gegen einundzwanzig Uhr zurückgekommen seien, seien dem Wagen der Mörder begegnet, die mit hoher Geschwindigkeit über die Via Piangipane geflohen seien. Auch die Polizei ermittle in dieser Richtung, es sei also sinnlos, sich in krankhafte und überspannte Spekulationen zu verrennen.

Camilla und Matilde sitzen auf einem Sofa. In dem großen Sessel hat Riccardo Platz genommen, und Fosca, die auf seinen Knien sitzt, hat die Arme um ihn geschlungen und den Kopf an seine Schulter gelehnt; ihre Augen sind geschlossen, von Zeit zu Zeit erschüttert ein Schluchzer ihren Rücken. Die beiden Filipinas, die zurückgekommen sind, nachdem sie die Nachricht im Radio gehört hatten, haben die blaue Uniform mit Haube angezogen, die sie bei wichtigen Diners oder Partys am Swimmingpool tragen, und stehen reglos wie Statuen neben der Glastür, die in den Park führt. Auch der Beamte, der die Ermittlungen leitet, steht, die Hände in den Taschen. Er lässt die anderen Polizisten im Park ihre Arbeit tun; sie nehmen Wasser- und Bodenproben, sichern Spuren und suchen die Patronenhülse. Das Projektil ist im Körper des Opfers stecken geblieben. Alle sind sich bewusst, dass sie an einem Fall arbeiten, der großes Aufsehen erregen wird. Sie dürfen sich keinen Fehler erlauben, vor allem nicht in diesem frühen Stadium der Ermittlungen.

Fosca hebt den Kopf und blickt ihren Vater an. Camilla bemerkt, dass das T-Shirt und die kurzen blau-weiß gestreiften Hosen ein Pyjama sind. Riccardo fragt sie, ob sie sich in der Lage fühle, mit dem Commissario zu sprechen.

Sie nickt. Sie habe sich in ihrem Zimmer über den ehemaligen Ställen aufgehalten, als Andrea getötet worden sei. Sie habe männliche Stimmen gehört und einen wütenden Schrei von Andrea, dann eine Stille, die ihr Angst gemacht habe, einen Schuss, das Geräusch von Schritten auf dem Kies der kleinen Allee und dann erneut Stille.

Das Mädchen vermeidet geflissentlich das Wort »Mama« und nennt das Opfer hartnäckig beim Vornamen. Während Fosca spricht, blickt sie ausschließlich ihren Vater an, als spreche sie nur zu ihm. Sie sagt, sie habe einen solchen Schreck bekommen, dass sie nicht gewagt habe, ans Fenster ihres Bunkers zu gehen, in den sie sich eingeschlossen hatte, bis sie Camillas und Matildes Stimmen erkannt und die Sirene des Krankenwagens gehört habe. Sie benutzt das Wort »Bunker«, das Andrea verwendet hat, um den Gedanken der von ihrer Tochter bewusst gewählten Isolation noch zu betonen.

An Fosca hatte Riccardo zuerst gedacht, als er aus Rom zurückgekehrt war. Er hatte Camilla bei den Schultern gepackt und heftig geschüttelt.

»Meine Tochter ... sie könnten auch ihr etwas angetan haben!«

Sie hatte ihn beruhigt: »Ich weiß, dass es ihr gut geht, weil ich sie am Fenster gesehen habe, von wo aus sie uns beobachtet hat. Ich habe es für besser gehalten, ihr den Anblick ihrer toten Mutter bis zu deiner Rückkehr zu ersparen.«

Der feste Griff hatte sich in eine Umarmung verwandelt. Fosca hatte unter Tränen erzählt, was sie wusste, aber von dem Film über den Tod ihrer Mutter kannte sie nur den Ton.

»Der Richter wird in ein paar Minuten da sein«, teilt der Commissario mit.

Er kommt mit zwei Polizisten, die ihn von zu Hause abgeholt haben. Jung, eine runde Brille auf der Nase, in Jacke und Krawatte, gründlich rasiert. Er kennt den Hausherrn, weil er, ohne irgendjemanden zu grüßen, direkt auf ihn zugeht, seine Hand drückt und ihn mit einer freundschaftlichen Geste zwingt, sitzen zu bleiben, da seine Tochter noch immer zusammengekauert auf seinem Schoß hockt und immer mehr wie ein kleines Mädchen wirkt.

Schließlich wendet er sich an alle, um sich endlich vorzustellen: »Ich bin Commissario Leo, Giovanni Leo. Leo ist mein Nachname. Dottore Ceresa bittet um Ihre Zusammenarbeit.«

Der Richter deutet auf Fosca und sagt zu Riccardo: »Wenn die Signorina sich in der Lage fühlt ...«

»Willst du dem Dottore erzählen, an was du dich von heute Nachmittag erinnerst?«, wendet sich Riccardo an seine Tochter.

»Bitte lass kein Detail aus, und mag es dir noch so unbedeutend erscheinen. Fang morgens an«, präzisiert Ceresa.

Fosca steht auf, geht zu dem Puff, der am Kamin steht, setzt sich darauf und beginnt zu erzählen, wobei sie den Teppich zu ihren Füßen betrachtet.

»Während ich in der Küche frühstückte, hab ich Matilde und Camilla mit dem Wagen wegfahren sehen. Riccardo war bereits weg. Am Nachmittag bin ich in die Küche zurückgekehrt, um etwas zu essen, und habe gehört, dass Andrea im Swimmingpool schwamm. Ich bin wieder in mein Zimmer gegangen, um Musik zu hören. Ich höre sie gern laut, so dass ich erst gemerkt habe, dass Leute im Park sind, als ich die CD gewechselt habe ...«

»Zum Glück haben die Banditen die Musik nicht gehört, sonst hätten sie feststellen können, wo sie herkommt«, unterbricht der Commissario.

»Sie konnten nichts hören, weil ich Kopfhörer benutze. Selbst wenn man voll aufdreht, dass es einem fast das Trommelfell zerreißt, dringt nichts nach außen.«

»Erzähl weiter.«

Riccardo rutscht in seinem Sessel hin und her. Die Zwischenbemerkung des Polizisten, der Foscas Worte zu bezweifeln scheint, hat ihm gar nicht gefallen.

»Als ich die CD wechselte, hab ich die Stimmen von Andrea und den Männern gehört. Stimmen von jungen Leuten, die ich nicht kenne. Sie sprachen laut und mit Nachdruck, als würden sie Befehle geben, und in einer fremden Sprache oder einem schwer verständlichen Dialekt. Von meinen Fenstern aus kann man den Swimmingpool nicht sehen, und ich hab sofort Angst bekommen, schon vor dem Schuss. Nach dem Geräusch von Schritten auf dem Kies hab ich nichts mehr gehört, bis ich die Stimmen von Camilla und Matilde erkannt hab, aber ich hatte immer noch große Angst. Ich hab die Tür erst geöffnet, als ich meinen Namen hörte und wirklich sicher sein konnte, dass mein Vater geklopft hatte.«

Sie schweigt, blickt zu dem Richter auf, dreht sich zu ihrem Vater um und lächelt ihm zu, glücklich darüber, dass sie brav gewesen ist und präzise geantwortet hat. Dottore Ceresa scheint mit Foscas Bericht zufrieden zu sein.

»Danke. Wenn du auf dein Zimmer gehen willst …«

Aber das Mädchen kehrt in die Arme des Vaters zurück, der sie auf die Stirn küsst, während er dem Richter zuhört.

»Polizei und Carabinieri haben Straßensperren in und außerhalb der Stadt errichtet. Wir hoffen, dass wir den

Wagen der Räuber abfangen können. Im Morgengrauen werden wir auch Hubschrauber einsetzen. Alles deutet darauf hin, dass es sich um versuchten Raub handelt, der durch die energische Reaktion der Signora ein tragisches Ende genommen hat. Vermutlich standen diese Männer, die von außen gekommen sind, sich auf Raubüberfälle in der Stadt spezialisiert haben und zu allem bereit sind, unter Drogen. Es geschieht nicht das erste Mal, dass sie schießen.«

Der Commissario ergänzt: »Früher oder später werden wir sie schnappen ... Sie versuchen es immer ein weiteres Mal, vor allem, wenn die Sache schiefgegangen ist. Mit Sicherheit sind sie erst seit kurzem in Italien und verlassen sich auf ihr Glück und eine Art Immunität dank der angeblichen Schwäche unserer Gesetzgebung. Erinnern Sie sich an den Fall der Mörder in der Gegend von Brescia? Zuerst sah es so aus, als würden sie alle ungeschoren davonkommen, aber schließlich ist auch noch das letzte Mitglied der Bande der Justiz ins Netz gegangen. Er hat sich in seiner Zelle erhängt, in Belgien ...«

»Was erzählen Sie denn da?«, unterbricht ihn Riccardo ein bisschen zu heftig. Er scheint aufstehen zu wollen, bleibt aber sitzen, weil seine Tochter sich noch immer in seine Arme schmiegt, die Augen weit aufgerissen, in Gedanken weit weg. »Sie reden, als könnten Polizei, Carabinieri und Justiz wirklich etwas tun ... Niemand wird mir Andrea zurückgeben, und die Verhaftung ihrer Mörder wäre nur ein schwacher Trost für mich und meine Tochter.«

Der Commissario entschuldigt sich nicht und scheint sich von Riccardo nicht einschüchtern zu lassen.

»Ich wollte Sie nicht trösten, sondern Ihnen nur unsere Arbeit erklären«, präzisiert er stattdessen.

»Es wäre gut, wenn Fosca versuchen würde, sich auszuruhen«, schaltet sich Camilla ein.

Riccardo zwingt sie aufzustehen.

»Ich bringe meine Tochter ins Bett.«

Hand in Hand gehen sie hinaus.

»Befragen wir die Hausmädchen«, sagt Ceresa zu Leo.

»Vorher möchte ich Ihnen meine Kollegin vorstellen, Inspektorin Camilla Cagliostri vom Präsidium in Modena.«

»Die den Fall des Serienmörders gelöst hat?«

»Höchstpersönlich.«

»Und warum haben Sie sie gerufen?«, fragt der Richter verblüfft und gekränkt. »Sind wir in Ferrara vielleicht nicht in der Lage, einen Raubmord aufzuklären?«

Trotz der angespannten Atmosphäre kann sich Camilla ein Lächeln über den entrüsteten Gesichtsausdruck des Richters nicht verkneifen und erwidert: »Ich bin seit ein paar Tagen hier, als Gast der Familie Merighi.«

»Dann ist es ja gut, ich mag es gar nicht, wenn andere sich einmischen … Gast aus beruflichen Gründen?«

»Aus Freundschaft.«

»Ich hoffe, Sie haben nicht vor, auf eigene Faust zu ermitteln.«

»Ich denke nicht im Traum daran«, beruhigt Camilla ihn, obwohl sie ganz genau weiß, dass das nicht der Wahrheit entspricht. »Ich bin im Urlaub.«

10

Vier Uhr morgens. Die Polizisten und der Richter haben die Villa verlassen, aber niemand entschließt sich, schlafen zu gehen, mit Ausnahme von Fosca, die nicht mehr aufgetaucht ist. Camilla, Riccardo und Matilde sitzen in dem großen Wohnzimmer, und von Zeit zu Zeit erscheinen die beiden Filipinas, um die Getränke zu servieren, die jeder bestellt hat. Kaffee, frisch gepresster Orangensaft, Mineralwasser. Sie scheinen Totenwache zu halten, und nichts anderes ist es, auch wenn der Leichnam der armen Signora fehlt. Beklommen blicken sie von Zeit zu Zeit zu der Glastür, die auf den Garten geht. Sie warten, dass der Tag anbricht, als könnte das Licht all das auslöschen, was während der Nacht geschehen ist.

Camilla versucht, das Gespräch nicht auf Andreas Tod kommen zu lassen, eine schwierige Aufgabe, da sie auch amüsante oder belanglose Bemerkungen vermeiden muss.

»Ich habe Matilde begleitet, als sie die Unterlagen in die Firma brachte. Ich hatte mir die Fabrik nicht so groß vorgestellt.«

»Man braucht Platz, um Maschinen für Erdarbeiten zu konstruieren oder zusammenzubauen«, erklärt Riccardo. »Bagger, Kipper, bewegliche Schaufeln und Greifer, Raupen- oder Radbagger ... Hast du sie auch von innen besichtigt?«

»Das möchte ich zusammen mit dir machen, bei der ersten Gelegenheit.«

»Wann immer du willst.«

»Beantworte mir eine Frage: Was bedeutet das Wort

Dragons im Firmennamen? Hattest du vielleicht einen ausländischen Partner mit diesem Namen?«

Riccardo lächelt. Ein wenig gelingt es ihm, sich abzulenken. In diesem Augenblick fühlt Camilla, dass sie ihn gern hat, er ist der Ricky aus der Bar von Bortolini, der attraktive Mann, zu dem sie als Mädchen voller Bewunderung und ein wenig unschuldiger Liebe aufblickte.

»Dragons steht wirklich für Drachen. Schon als kleiner Junge faszinierten mich die Bagger, die damals *draghe* genannt wurden. Ich hatte aus einer Blechbüchse, Getränkeverschlüssen und einer Fahrradkette einen Spielzeugbagger gebastelt. Er war mir so gut gelungen, dass meine Spielkameraden ihn bewunderten und – wie Kinder nun einmal sind – versuchten, ihn mir kaputtzumachen. Mich bezauberte auch der Name: *draga*, die weibliche Form von *drago*, ein Geschöpf, das mit seinen Eisenzähnen die Erde frisst. Es gab einen weiblichen Drachen in meinem Schicksal, und daran wollte ich erinnern, als ich das Unternehmen gründete. *Draga* ist zu *dragon* geworden, weil es im Englischen keine weibliche Form gibt. Den Plural habe ich gewählt, um die anderen Maschinen für Erdarbeiten, die wir bauen und vermarkten, mit einzuschließen.«

»Und wie geht es der Firma?«, fragt Camilla, um beim Thema zu bleiben.

»Die Konjunktur ist für die ganze europäische Industrie schwierig, aber langsam werden Zeichen für einen Aufschwung erkennbar. Bei uns kann man dank der Eigenschaften der Maschinen, die wir produzieren, nicht von einer wirklichen Krise sprechen. Die Merighi Dragons hat sich auf kleine wendige Maschinen spezialisiert, die für Arbeiten in Bergregionen, im Dschungel oder in den historischen Stadtzentren geeignet sind, also für solche Orte, an denen es schwierig, wenn nicht unmöglich ist, mit großen Maschinen zu manövrieren.« Plötzlich wird Riccardo des Themas überdrüssig. Er ruft sehr laut nach Lolli.

Sie erscheint sofort, als hätte sie hinter der Tür gewartet.

»Geh und frag Fosca, ob sie irgendetwas braucht«, befiehlt Riccardo der Filipina. »Wenn ich mich nicht irre, hat sie das Abendessen ausgelassen.«

Lolli geht, und Riccardo wendet sich an Matilde: »Ihr müsst auch Hunger haben.«

»Wir haben ausgiebig in der Osteria dal Prèt zu Mittag gegessen«, erwidert Camilla und beginnt, sich über den Ruf des Restaurants in San Biagio di Bondeno auszulassen, das von Daniele Biancardi und der Associazione Amici del Po empfohlen wird. Lollis Rückkehr unterbricht sie.

»Signorina Fosca schläft.«

»Umso besser«, sagt Riccardo.

»Das arme Mädchen«, seufzt Matilde. Dann besinnt sie sich und fügt, sozusagen aus Pflichtgefühl oder aus Gerechtigkeitsliebe, hinzu: »Arme Andrea.«

»Andrea leidet nicht mehr«, bemerkt Riccardo.

»Die Verbrecher schlagen jetzt schon am helllichten Tag zu«, fährt Matilde fort. »Und die Polizei kommt erst, wenn alles vorbei ist.«

Camilla will etwas zur Verteidigung der Polizei sagen, aber dann zieht sie es vor zu schweigen.

Die Unterhaltung gleitet in Gemeinplätze ab, doch keiner von ihnen hat Lust, sich in sein Schlafzimmer zurückzuziehen, am wenigsten Riccardo, den in seinem zu vieles an Andrea erinnern würde. Das Parfum beispielsweise, das Camilla sogar hier im Wohnzimmer wahrzunehmen meint.

»Ich habe euch schöne Ferien an der Costa Smeralda und in Ferrara geboten!«, sagt Riccardo. »Zuerst der Tod von Antonio Piras, jetzt der meiner Frau … Ich fühle mich verfolgt, und ich mach mir Sorgen um Fosca. Gestern hatte sie mit ihrer Mutter gestritten, und heute … Ich möchte nicht, dass sie sich die Schuld an Andreas Tod gibt.«

Er sieht Camilla an.

»Gut möglich, wenn man Foscas Situation bedenkt«, stimmt sie ihm zu. » Du musst für sie da sein und vielleicht einen Spezialisten hinzuziehen.«

»Ich werde warten, bis die Villa nicht mehr von Schaulustigen und Journalisten belagert wird. Die krankhafte Neugier der Leute ist wirklich unglaublich. Aber ich glaube nicht so sehr an die Psychologen, Psychotherapeuten und so weiter. Ich habe einen Freund, der in diesem Beruf arbeitet … ein eingebildeter Kerl, der es fertiggebracht hat, seine eigene Methode als ›Echographie der Seele‹ zu bezeichnen. Sie sollen Leserbriefe in Illustrierten beantworten, zu mehr taugen diese Leute nicht. Du, Camilla, darfst uns gerade jetzt nicht verlassen. Du warst hier, um Fosca zu verstehen und ihr das Bild einer starken Frau zu vermitteln. Jetzt bist du wichtiger denn je.«

»Ich habe das Gefühl, dass ich als starke Frau und insbesondere als Polizistin eher versagt habe … Andrea ist praktisch vor meinen Augen ermordet worden.«

»Red keinen Unsinn. Ich weiß, dass du in Modena das Dezernat für Jugendkriminalität leitest, und ich habe dich lediglich gebeten, als Freundin ein Mädchen mit Problemen zu beobachten … Wer konnte schon einen Raubüberfall vorhersehen, der derart tragisch endet?« Seine Stimme wird sanfter, die Falten auf der Stirn glätten sich: »Ich vertraue dir, ich habe dich gern.« Dann wendet er sich an Matilde: »Und ich bitte auch unsere sanfte Matilde zu bleiben. Ihr dürft nichts unternehmen, nicht einmal versuchen, euch mit Fosca anzufreunden, es sei denn, sie bittet euch darum. Ich will, dass Frauen im Haus sind, die dem Mädchen als Bezugspersonen zur Verfügung stehen.«

»Na schön«, gibt Matilde gehorsam nach.

Camilla wendet ein: »Riccardo, ich habe berufliche Verpflichtungen, die ich nicht einfach vernachlässigen kann, ich werde sehr bald schon nach Modena zurückkehren müssen.«

»Ich verlange ja nicht, dass du hier wohnst. Fahr nach Modena, nach Hause, ins Präsidium und komm zum Wochenende wieder her … Handle ganz nach Belieben, aber lass mich bitte nicht allein. Ich werde dich für deine Mühe und deine Leistung bezahlen.«

»Ich bin deine Freundin Camilla, keine Privatdetektivin.«

Er hört sie nicht.

»In ein paar Tagen wird alles vorbei sein.«

Der Hausherr organisiert, befiehlt, zahlt und setzt Fristen. Bewundernswerte Sicherheit in Chaos und Drama. Riccardo steht auf und beschließt: »Gehen wir schlafen.«

11

Commissario Leo hat die Reinigung des Swimmingpools erlaubt, und seit zwei Stunden arbeitet die jüngere Filipina, Dolores, in dem Becken, aus dem das Wasser abgelassen worden ist, mit Schwämmen, Reinigungsmittel und Lappen. Um sich besser bewegen zu können, hat sie Badesachen angezogen und sieht ziemlich grotesk aus in ihrem gelben Bikini, der mindestens zwei Nummern zu klein ist und ihre überaus üppigen Rundungen kaum zu bändigen vermag. Die andere Filipina, Lolli, kümmert sich ums Haus und ist für Fosca da. Das war auch vorher schon so, aber Camilla entdeckt es erst jetzt: Lolli bringt die Mahlzeiten in die Wohnung über den Ställen, putzt, überbringt Fosca Riccardos Botschaften und kommt mit Nachrichten über die Gesundheit und den Gemütszustand des Mädchens zurück. Camilla spricht mit Riccardo darüber, der ihr erklärt: »Lolli ist seit vielen Jahren bei uns, Andrea hat sie eingestellt, damit sie sich um das Mädchen kümmert. Sie war für sie Babysitter, persönliches Hausmädchen, und ist ihr auch eine Freundin. Eine Art zweite Mutter, die einzige Person auf der Welt, zu der sie – abgesehen von mir – Vertrauen hat.«

»Bedeutet das, dass sie sich ihr anvertraut?«

»Sagen wir, sie vertraut ihr. Welches junge Mädchen erzählt ihre intimsten Gedanken wirklich seinem Vater, seiner Mutter oder einer Ersatzmutter? Und schließlich hat Lolli auch ihre eigenen Probleme: einen arbeitslosen Mann und zwei kleine Kinder. Ich weiß nicht, ob du es bemerkt hast, aber spätabends verschwindet sie und geht nach Hause, etwas außerhalb von Ferrara, nach Pontelagoscuro. Nach den jüngsten Ereignissen habe ich sie gebeten, für eine Weile auch über Nacht zu bleiben. Der arbeitslose Mann wird sich solange um die beiden Kinder kümmern.«

»Warum beschäftigst du nicht auch ihn, als Gärtner oder als Wächter?«

»Platz gäbe es, Fosca bewohnt nur einen Teil der Unterkünfte über den Ställen … Ich habe darauf verzichtet, um nicht auch noch die beiden Kinder von morgens bis abends im Haus zu haben.«

»Da wir gerade beim Thema sind, ich habe einen Scheck auf dem Schreibtisch in meinem Zimmer gefunden. Was bedeutet das?«

»Du bist eine Freundin, aber du arbeitest auch, indem du mir deine kostbare Zeit widmest. Erlaube, dass ich mich erkenntlich zeige, so gut ich kann …«

»Du bist verrückt. Und du beleidigst mich.«

»Ich weiß. Es wäre eleganter gewesen, dir ein Geschenk zu machen. Aber dazu fehlt mir die Zeit, und außerdem bin ich nicht gut im Aussuchen von Geschenken.«

Camilla schüttelt den Kopf. Fürs Erste wird sie den Scheck dort lassen, wo sie ihn hingetan hat, als Lesezeichen in dem Roman, den sie gerade liest. Sie wird ihn zurückgeben, bevor sie abfährt. Neben Riccardos aggressiver Großzügigkeit verblüfft sie, dass er sich so gar nicht für die Ermittlungen der Polizei interessiert.

»Der Commissario hat mich und Matilde gebeten, ihm mitzuteilen, wo wir gewesen sind. Er behandelt mich wie alle anderen«, erzählt sie ihm.

»Es tut mir leid, dass du in diese Geschichte mit hineingezogen wirst …«

»Die Zeitungen berichten heute Morgen, dass die Polizei ein paar Verdächtige festgenommen hat, darunter zwei junge Marokkaner, die einen gestohlenen grünen Wagen fahren …«

»Ich habe dem Richter und dem Commissario bereits mitgeteilt, wie ich die Sache sehe. Ich suche keine Rache. Wenn die Mörder ins Gefängnis kommen, umso besser. Wenn sie nicht geschnappt werden, wird es ebenfalls ein böses Ende mit ihnen nehmen …«

»Ich habe die Arbeit der Ermittler beobachtet …«

»Willst du behaupten, dass sie nicht gründlich genug arbeiten?«

»Im Gegenteil. Ich beobachte und höre zu, und ich glaube nicht, dass sie zufrieden sind, vor allem Commissario Leo nicht. Es gibt zu viele offene Fragen. Wer hat den Räubern die Tür oder die Einfahrt geöffnet? Es gibt keine Zeichen eines Einbruchs, keinerlei Fingerabdrücke, abgesehen von unseren. Es gibt keine Kippen, keine Patronenhülsen, nicht den geringsten Hinweis darauf, dass Fremde im Park gewesen sind.«

»Wenn sie mit einem nichtautomatischen Revolver geschossen haben, bleibt die Hülse in der Trommel. Es ist nicht gesagt, dass die Banditen rauchen oder Gegenstände verlieren. Und was die Einbruchsspuren betrifft, wer sagt, dass Andrea sie nicht persönlich hereingelassen hat?«

»Sie klingeln am Tor, und sie öffnet ihnen, obwohl sie allein zu Hause ist und im Tanga?«

»Wenn es Nacht gewesen wäre, würde ich dir Recht geben. Aber am Tag gibt einer der Banditen sich durch die Sprechanlage als Bote aus, der ein Paket abzugeben hat. Andrea zieht den Bademantel an, öffnet und steht zwei oder drei bewaffneten Männern gegenüber ... Der Bademantel hing an seinem Platz, neben der Dusche, aber sie könnte gezwungen worden sein, ihn auszuziehen ... Ich will gar nicht dran denken.«

»Verzeih mir, ich hab als Polizistin argumentiert.«

Riccardo fasst sie am Arm und drückt ihn, um sie die Freundschaft spüren zu lassen, der ihre Worte nichts anhaben können.

»Andrea hatte keine Feinde.«

Er zieht sich in sein Arbeitszimmer zurück, wo das Telefon unaufhörlich klingelt. Solange die Belagerung andauert, kümmert er sich von hier aus um die Firma und die Geschäfte. Außerdem muss er unzählige Kondolenzanrufe beantworten.

Camilla geht zu Matilde, die die entfernteste Ecke des Gartens als Zufluchtsort gewählt hat, eine hinter Bambus versteckte eiserne Parkbank.

»Ich fühle mich gefangen«, sagt sie.

»Keiner hindert dich zu gehen und wiederzukommen. Dass wir Fosca beistehen sollen, ist sowieso nur so eine Idee von Riccardo. Man bekommt sie ja kaum zu Gesicht.«

»Bei all diesen Neugierigen in der Via Capo delle Volte bringen mich keine zehn Pferde von hier weg.«

Sie sitzen nebeneinander im Garten. Die Blumen, die Vögel und die Zikaden, ein Friede, der gestört wird vom Geräusch des Stadtverkehrs, der bis hierher dringt, ein fernes gleichmäßiges Rauschen, getarnt als Stille, wie die Erinnerung an das Drama, das sich soeben abgespielt hat und auch dann gegenwärtig ist, wenn die beiden Frauen versuchen, sich nicht daran zu erinnern.

»Heute Morgen hab ich Riccardo gesehen, wie er zu Fosca ging«, erzählt Matilde. »Er begleitete die Filipina. Sie schienen sich beide große Sorgen zu machen.«

»Dazu haben sie auch allen Grund«, bemerkt Camilla. »Kennen Sie die Geschichte von dem Pekinesen?«

»Welchem Pekinesen?«

»Ich hab sie von Lolli erfahren, mit der ich mich ein bisschen angefreundet habe. Sie liebt Fosca wie eine Tochter. Sie ist die einzige Person in diesem Haus, die Fosca Zuneigung entgegenbringt, Gefühle, die von Herzen kommen.«

»Du vergisst Riccardo.«

Matilde übergeht Camillas Einwand, und ihr Schweigen bestätigt, dass ihr das Verhalten des Papas seiner Tochter gegenüber nicht gefällt. Vielleicht weil er sie verwöhnt und ihr stets Recht gibt. Aus beruflichen Gründen hat Camilla an einer Tagung über das Thema »Übermächtige Mutter, übermächtiger Vater« teilgenommen, die die Universität von Padua organisiert hatte, um die Beziehungen zwischen Eltern und Kindern in Familien zu untersuchen, in denen das gesunde Gleichgewicht dadurch gefährdet ist, dass einer der beiden Elternteile präsenter ist als der andere. Vielleicht ist Riccardo in der gut gemeinten Absicht, die Abwesenheit der Mutter auszugleichen, allzu präsent. Auch zu viel Liebe kann der psychologischen Entwicklung eines jungen Menschen schaden.

»Der Pekinese gehörte Andrea. Eines dieser parfümierten Hündchen, die nur aus Fell und Schleifchen bestehen. Sie nahm es zum Tennis mit, im Körbchen ihres Fahrrads, wenn sie zum Shoppen in die Stadt ging, wenn sie Freunde besuchte …«

»Auf Sardinien hatte sie es nicht dabei.«

»Als Fosca neun oder zehn war, ließ Andrea den Hund einmal zu Hause. Fosca nahm ihn, trug ihn in den Garten, genau hierher, setzte ihn auf die eiserne Parkbank, übergoss ihn mit einem Fläschchen Parfum ihrer Mutter und zündete ihn an.«

Sie schweigt und blickt auf den schmalen Raum, der sie von Camilla trennt, als sehe sie dort den Hund.

»Erzähl weiter.«

»Der arme Pekinese sprang mit brennendem Fell von der Bank und begann zu winseln und wie verrückt umherzurennen. Lolli eilte aus der Küche herbei, aber sie kam zu spät. Wie die Filipina erzählte, schien Fosca sich plötzlich bewusst zu werden, was sie getan hatte, und stürzte sich auf das Tier, um die Flammen zu löschen. Sie verbrannte sich die Hände, und auch ihr Kleid und ihr Haar drohten, Feuer zu fangen. Es gelang ihr, die Flammen zu ersticken, aber der Pekinese rang mit dem Tod. Lolli musste Fosca mit Gewalt wegzerren. Das Mädchen weinte bitterlich.«

»Weiter.«

»Das ist alles. Lolli begrub den Hund im Garten, und als Foscas Eltern nach Hause kamen, erzählte sie eine ziemlich unwahrscheinliche Unfallgeschichte. Wie sie gehofft hatte, haben sowohl Riccardo als auch Andrea nach einem Augenblick der Verwirrung so getan, als würden sie die Geschichte glauben. Lolli zufolge war der Papa stets bereit herunterzuspielen, was das Mädchen machte, während sich die Mama immer entsetzter von ihr entfernte. Ist das nicht schrecklich?«

»Der verbrannte Pekinese? Ja, aber Fosca wollte nicht

ein Tier bei lebendigem Leib verbrennen. Meiner Meinung nach hasste sie es wirklich, aber als Ding, nicht als lebendiges Geschöpf. Als etwas, woran Andrea hing – Spielzeug, ein Plüschtier, eine Nippesfigur. Aber als der Hund winselt und verzweifelt umherrennt, wird dem Mädchen bewusst, dass es sich um ein echtes, lebendiges Tier handelt, das ihretwegen leidet. Also versucht sie, es zu retten, sogar auf die Gefahr hin, sich selbst zu verletzen.«

»Sie rechtfertigen also Foscas Tat.«

»Ich rechtfertige nicht, ich versuche zu verstehen.«

»Ein normales Kind hätte so etwas nicht getan. Genauso wenig, wie es die Großmutter nass gespritzt hätte.«

»Eine andere Geschichte, die Lolli dir erzählt hat? Du hast dir ja wirklich das Vertrauen der Filipina erworben!«

»Die Arme hat ja sonst niemanden, dem sie ihr Herz ausschütten kann. Sie liebt Fosca und betrachtet sie als ein krankes Mädchen, das niemand beschützen will.«

»Jetzt bin ja ich da.«

»Hoffen wir es.«

Matildes Ton klingt kränkend, aber Camilla überhört es.

»Erzähl die Geschichte mit der Großmutter.«

»Nichts Besonderes. Eines Tages kommt Andreas Mutter, die inzwischen gestorben ist, zu Besuch. Lolli war in der Küche, als sie die gellenden Schreie der alten Dame hörte. Sie lief in den Garten und sah, wie Fosca, die damals sechs oder sieben war, die Großmutter mit dem Gartenschlauch nass spritzte. Lolli drehte den Wasserhahn zu, und das war auch schon alles. Ich nehme an, für Sie ist das nichts als Kinderkram ...«

»Ich bin wie Lolli und du der Meinung, dass diese Geschichte schwerer wiegt als die mit dem Hund ... Man spritzt die Großmutter nicht nass. Das muss man nicht extra betonen. Wenn ein achtjähriges Mädchen damit Probleme hat, dann handelt es sich nicht um einen harmlosen Streich oder um kindlichen Übermut. Es ist ein Zeichen dafür, dass irgendetwas mit ihr nicht stimmt und dass man etwas unternehmen muss.«

Stimmengewirr dringt von der Villa heran.

»Was ist denn jetzt los?«

Dottore Ceresa, Commissario Leo und eine kleine Gruppe von Polizisten in Uniform und in Zivil sind gekommen. Sie finden sie im Wohnzimmer, wo Riccardo sie empfängt und dem Richter zuhört, der sich für die erneute Störung entschuldigt. Der Commissario beschränkt sich darauf, Riccardo Merighi den Befehl zu zeigen, der ihn ermächtigt, das Haus zu durchsuchen.

12

In der Ecke zwischen der Einfriedungsmauer und der Mauer der ehemaligen Ställe haben sie unter einem Haufen Kompost den Revolver gefunden, eine kurzläufige Smith & Wesson Kaliber 38.

»Ich versteh nicht, wie man darauf kommen kann, ausgerechnet hier zu suchen«, sagt Matilde.

»Wir Polizisten sind daran gewöhnt, im Dreck zu wühlen«, erklärt Camilla ihr. »Wie die Verbrecher.«

Alle sind ins Wohnzimmer gerufen worden. Nur Fosca fehlt.

»Ich möchte das Mädchen so weit wie möglich von allem fern halten, was sie an ihre Mutter erinnern kann«, sagt Riccardo.

»Kein Problem«, versichert Dottore Ceresa.

Der Commissario stellt sich ins Licht an die Glastür, damit ihn alle sehen können. Er hält die Waffe mithilfe eines in den Lauf gesteckten Bleistifts hoch.

»Kennen Sie diese Waffe?«

Camilla wird sofort klar, dass die Pistole ins Haus gehören muss, denn die beiden Filipinas sehen sich erschrocken an. Riccardo erhebt sich eilig aus dem Sessel, geht zum Commissario, setzt die Brille auf die Nase, die er nur zum Lesen benutzt, und sieht sich die Pistole aus der Nähe an.

»Das ist meine, da gibt es keinen Zweifel.«

Dottore Ceresa fühlt sich verpflichtet, Riccardo aufzuklären.

»Die Banditen haben sie gefunden, während sie nach Geld suchten ... vielleicht waren sie nicht einmal bewaffnet, als sie in die Villa eingedrungen sind. Mit der Pistole in der Hand haben sie sich in Mörder verwandelt. Bevor sie flohen, haben sie sich im Garten versteckt ...«

Riccardo starrt noch immer schweigend auf die Pistole.

»Herr Ingenieur, teilen Sie die Rekonstruktion des Dottore?«, fragt der Commissario.

»Die Pistole ist mir letztes Jahr im Juli gestohlen worden«, erwidert Riccardo. »Ich habe den Diebstahl den Carabinieri gemeldet.«

»Haben Sie noch eine Kopie der Diebstahlsanzeige?«

»Natürlich.«

Er verschwindet. Während seiner Abwesenheit öffnen

weder Commissario Leo, der noch immer mit Bleistift und Pistole in der Hand dasteht, noch der Richter, der ihn wenig freundlich anblickt, den Mund. Riccardo kommt mit einem Blatt zurück, das er dem Richter reicht. Dieser schenkt ihm ein leichtes aufmunterndes Lächeln, prüft die Anzeige und fragt: »Alles in Ordnung, aber warum die Carabinieri von Arzachena?«

»Ich war im Urlaub in meinem Haus auf Sardinien. Ich hatte die Pistole im Handschuhfach des BMW.«

»Abgeschlossen?«, will der Commissario wissen.

»Den Wagen schließe ich immer ab, das Handschuhfach nicht. Als ich bemerkte, dass der Revolver verschwunden war, hab ich den Verlust sofort den Carabinieri gemeldet. Ich hatte den Wagen bei einem Automechaniker in Olbia gelassen, damit er den Motor des hinteren Scheibenwischers repariert. Ich glaube, die Carabinieri haben das Personal der Werkstatt befragt, aber ohne Resultat. Nach ein paar Tagen hab ich nicht mehr daran gedacht, weil ich von anderen Dingen abgelenkt war.«

Der Commissario steckt die Waffe in eine kleine Plastiktüte und den Bleistift in die Jackentasche.

»Warum messen Sie der Pistole solche Bedeutung bei? Es ist doch gar nicht erwiesen, dass Andrea damit getötet worden ist«, fragt Matilde.

»Ich denke doch. Das Kaliber passt, und unsere Techniker werden problemlos überprüfen können, ob kürzlich damit geschossen wurde und ob das Projektil, das im Körper des Opfers gefunden wurde, zu dieser Waffe gehört.«

13

Camilla liegt angezogen und in Schuhen auf dem Bett. Sie bewundert die mit Weinreben bemalte Kassettendecke.

»Darf ich?«

»Komm nur herein, Riccardo.«

Im Grunde hatte sie seinen Besuch erwartet. Sie müssen über das neue Szenario sprechen, das noch schrecklicher ist als das vorige. Sie, die Polizeiinspektorin, hatte sich sogar dabei ertappt, dass sie sich fragte, ob ihr eigenes Alibi für den Nachmittag standhält, da sie nur Matilde als Zeugin dafür hat, dass sie nicht in Ferrara war.

Camilla setzt sich eilig auf, damit der Hausherr nicht sieht, dass sie mit Schuhen auf der seidenen Bettdecke lag. Riccardo setzt sich neben sie.

»Es geht mir gar nicht gut«, sagt er. »Zum Schmerz über Andreas Tod kommt die Sorge über den Gang der Ermittlungen. Ich war wie alle überzeugt, dass es sich um das Verbrechen einer albanischen oder marokkanischen Bande handelt. Die Entdeckung meiner Pistole ändert alles.«

Camilla will nicht wiederholen, dass diese Geschichte mit dem Raubüberfall am helllichten Tag im Zentrum von Ferrara ziemlich abwegig klingt. Zu bequem für alle, auch für sie.

»Die Polizei verdächtigt uns, die Hausbewohner«, fährt Riccardo fort. »Vor allem der Commissario. Wenn du wüsstest, wie sehr dieser Mensch mir auf die Nerven geht!«

»Logisch, dass er uns verdächtigt. Wenn aus der Pistole wirklich geschossen wurde, dann ist Andrea von jemandem getötet worden, der im letzten Sommer auf Sardinien war und jetzt in Ferrara ist. Wenn man die beiden Filipinas ausschließt, dann bleiben wir, die Gäste und die Familie. Aber du warst in Rom, und Matilde und ich, wir waren in Bondeno ...«

Sie wagt nicht weiterzusprechen. Riccardo tut es, doch ohne den Namen seiner Tochter zu nennen.

»Und genau das quält mich.« Er sucht nach einer anderen Lösung: »Es sei denn, eine Bande hat seit dem letzten Sommer meine Bewegungen verfolgt. Eine Bande von Sarden, die sich auf Raubüberfälle spezialisiert hat. Aus Presse und Fernsehen wissen wir ja, wie gut sie organisiert sind. In Porto Cervo behalten sie mich im Auge, jederzeit bereit, Andrea oder Fosca zu entführen, Lösegeld von mir zu erpressen. Sie stehlen meinen Revolver, um die Ermittlungen in die Irre zu leiten. Aber irgendetwas kommt ihnen dazwischen – vielleicht der Tod von Antonio Piras bei Lavezzi. Wer sagt uns eigentlich, dass der Junge nicht der Drahtzieher der Bande gewesen ist, dass er nur deswegen Foscas Freund geworden ist, um unsere Gewohnheiten auszuspionieren? Mir hat diese Freundschaft nie gefallen. Wie dem auch sei, die Sache klappt nicht, und wir kehren nach Ferrara zurück. Die Verbrecher ändern ihren Plan. Nichts hindert sie daran, das ausgesuchte Opfer fern von Sardinien zu entführen, auch wenn sie es nicht in Supramonte verstecken können. Die Außenbezirke der Städte und die ländlichen Gebiete, aus denen die Bauern weggezogen sind, bieten genauso sichere Schlupflöcher. An dem Tag, an dem die Entführer feststellen, dass Gäste und Hausmädchen abwesend sind und ich aus beruflichen Gründen unterwegs bin, dringen sie in die Villa ein. Andrea wehrt sich, sie erschießen sie und fliehen. Ich habe mit Dottore Ceresa telefoniert und ihm diese Version der Ereignisse vorgestellt. Er hat sich überzeugen lassen. Nicht so Commissario Leo. Dieser verdammte Kerl zieht es vor, von einem Mord innerhalb der Familie auszugehen, und wird diese Hypothese weiterverfolgen, selbst auf die Gefahr hin, nicht wiedergutzumachende Schäden zu verursachen.«

Schweigen. Er wartet darauf, dass Camilla ihm mitteilt, was sie davon hält, aber sie sagt nichts. Sie müsste ihm gestehen, dass sie den Verdacht des Commissario teilt, so furchtbar er auch ist.

»Hast du die Zeitungen von heute gelesen?«, fragt Riccardo sie.

»Nein.«

»Ich habe Dolores gebeten, sie zu kaufen. Sie liegen im Wohnzimmer. Die *Nuova Ferrara* und der *Carlino* haben Andrea bis gestern noch als Opfer der Unterwelt bezeichnet. Alberto Forni hatte auf der ersten Seite des *Carlino* eine stärkere Überwachung des Staatsgebietes von Seiten der Polizei gefordert und einen Einfall der Barbaren befürchtet, die bereits im Nordosten wüten. Heute reden sie alle von der wiedergefundenen Pistole, sogar die landesweiten Seiten, die uns bisher weitgehend ignorierten. Verbrechen, die in Familien verübt werden, stoßen einfach auf größeres Interesse, vor allem, wenn es sich um eine sehr prominente Familie handelt. Die Leute sind neugierig, sie wollen in die Privatsphäre von Menschen eindringen, die reich sind und vom Unglück verfolgt, ein einfacher Raubmord dagegen lässt sie kalt. Die Sache mit der wiedergefundenen Pistole hätte nicht an die Öffentlichkeit gelangen dürfen, schließlich ist ja noch gar nicht heraus, was die Untersuchungen der Fingerabdrücke und des Projektils ergeben. Ich könnte schwören, Commissario Leo hat etwas durchsickern lassen in der Hoffnung, dass ihn der Fall populär machen wird. Ich fühle mich machtlos und verwirrt, unfähig, irgendwelche Entscheidungen zu treffen.«

Camilla kann nicht länger den Gast spielen, der bei den Merighis seinen Urlaub verbringt; jetzt muss die Inspektorin Camilla Cagliostri die Bühne betreten, auch wenn sie eigentlich nicht befugt ist, in diesem Fall zu ermitteln. Sie muss Riccardo helfen, aus Freundschaft und um Fosca zu retten, schließlich hat er sie deswegen nach Ferrara kommen lassen, vielleicht aus einer Vorahnung heraus. Also sagt sie: »Ich habe noch nicht mit Fosca gesprochen, was eigentlich absurd ist. Bring mich zu deiner Tochter und lass mich mit ihr allein.«

»Willst du sie befragen?«

»Nicht als Polizistin, als Freundin.«

»Warten wir ab, wie sich die Dinge entwickeln.«

»Nein, sofort. Schon bald könnte die Polizei kommen, um sie mitzunehmen. Das Gespräch mit mir wird ihr helfen, die Befragung durch den Richter durchzustehen.«

»Das alles ist der reinste Albtraum. Wie kann man annehmen, dass Fosca ihre Mutter getötet hat? Ist dir klar, wie ungeheuerlich das ist? Die Polizei darf doch nicht den Schwächsten verdächtigen.«

»Bereite Fosca vor und beruhige dich. In ihrem Alter ist sie jedenfalls noch nicht straffähig.«

»Warten wir bis nach der Beerdigung.«

»Dann werde ich in der Zwischenzeit mit Commissario Leo sprechen.«

Das Präsidium befindet sich am Corso Ercole I d'Este, was Camilla für einen Spaziergang ins Zentrum nutzt. Sie liebt es, durch die Straßen von Ferrara zu spazieren, einer Stadt, die einer schönen Bäuerin in den Kleidern einer Adligen gleicht. Man fühlt sich wie auf dem Land: die Straßen, die mit den Steinen aus dem Fluss gepflastert sind, die Stille, die die Zeit anzuhalten scheint, die Farbe der Dachpfannen.

»Das Büro von Commissario Leo ist die letzte Tür rechts«, erklärt der Wachtposten.

Er begleitet sie nicht und erkundigt sich auch nicht, ob sie einen Termin hat. Er hat sie nicht einmal gefragt, wer sie ist. Ich muss ein Bullengesicht haben, denkt Camilla.

Sie klopft, glaubt, ein »Herein« gehört zu haben, und steckt den Kopf durch den Türspalt.

»Ich habe Sie erwartet, kommen Sie herein«, sagt der Commissario.

Sie hatte also einen Termin, ohne es zu wissen.

Das Zimmer ähnelt Camillas Büro im Präsidium von Modena, nur dass Leo es nicht mit anderen Kollegen teilen muss. Es ist vollgequalmt, er bemerkt es an Camillas Grimasse und öffnet das Fenster.

»Sie rauchen nicht, nehme ich an.«

»Ab und zu gönne ich mir eine Zigarette«, erklärt Camilla.

Keiner von beiden setzt sich. Er hält ihr das Päckchen hin, sie nimmt sich eine Zigarette.

»Haben Sie Ihren Dienst in Modena wieder aufgenommen?«

»Ich warte, bis diese furchtbare Geschichte vorbei ist.«

»Solange Sie nicht auf eigene Faust ermitteln.«

»Das haben Sie mir bereits gesagt.«

»Sie sind eine tüchtige Polizistin.«

»Haben Sie das in den Zeitungen gelesen?«

»Ich kümmere mich nie um das, was die Zeitungen schreiben. Ich kenne Ihren unmittelbaren Vorgesetzten, Commissario Savino. Wir haben ein paar Jahre zusammengearbeitet, bei der Antimafia. Ich habe mit ihm telefoniert. Er ist der Meinung, dass die Inspektorin Camilla Cagliostri der Versuchung nicht widerstehen würde, auf eigene Faust zu ermitteln, auch wenn der Fall sie eigentlich nicht direkt etwas angehe. Sie sei der geborene Bulle. Ich habe ihm nahegelegt, Sie zurückzubeordern. Er hat mir geantwortet, das würde nichts nützen. Ferrara sei zu nah an Modena, und Sie würden jede freie Minute nutzen, um in die Via Capo delle Volte zurückzukehren. Wissen Sie eigentlich, dass in der Via Capo delle Volte Nummer 50, hundert Meter von der Villa der Merighis entfernt, Lucrezia Borgia wohnte? Zumindest behauptet das der Volksmund.«

Der Gedankensprung vom Präsidium in Modena zum Haus von Lucrezia Borgia entwaffnet Camilla, und sie beschließt zu schweigen. Sie setzen sich, der eine hinter den Schreibtisch, die andere auf den Holzstuhl davor.

»Was kann ich für Sie tun?«, fragt Commissario Leo.

»Riccardo Merighi macht eine sehr schwere Zeit durch ...«

»Daran zweifle ich nicht, wenn man bedenkt, was ihm widerfahren ist. Aber fragen Sie mich bitte nicht, wie weit wir mit unseren Ermittlungen sind, Sie wissen, dass ich Ihnen nicht antworten darf. Und vor allem kann ich Ihnen keine Antwort geben, die Ihren Freund beruhigt.«

»Das ist bereits eine Antwort. Die schlimmste.«

»Hatten Sie die Geschichte von den Raubmördern etwa wirklich geglaubt?«

»Nein.«

Camilla drückt die Kippe im überfüllten Aschenbecher aus.

»Können Sie mir sagen, was die Autopsie ergeben hat?«

Der Commissario antwortet nicht. Er begleitet sie zur Tür. Sie schütteln sich die Hand, dann sagt er: »Sie haben nicht gerade viel getan, um Andrea Venturi und das Mädchen zu beschützen.«

14

»Ist das da deine?«, fragt Doktor Bellomi.

»Nein, ich bin im Urlaub«, erwidert Camilla.

»Das da« liegt auf dem Seziertisch im Gerichtsmedizinischen Institut von Modena und ist die Leiche einer etwa dreißigjährigen, ziemlich dicken Schwarzen mit unvorstellbar riesigen Brüsten. Der Pathologe hat Magen und Bauch geöffnet. Er deutet mit dem blutigen Messer auf sie und sagt: »Anoukka und ein Nachname, den man sich unmöglich merken kann, eine Schwarze aus Nigeria, wo Schwarzafrika am schwärzesten ist, achtundzwanzig, in Italien mit ordnungsgemäßer Aufenthaltserlaubnis, offiziell Hausmädchen, in der täglichen Berufsausübung Prostituierte in der Bruciata, *black zone*, eine von denen, die die Frage der Freier: ›Wieviel verlangst du?‹ mit: ›Zwanzig Eulo‹, beantworten. Aus diesem Grund ist der Euro in der Via Emilia am Stadtrand offiziell zum ›Eulo‹ geworden, eine Währung mit bevorzugter Geltung in den Ländern Osteuropas und der Dritten Welt.«

»Ist sie ermordet worden?«

»Um das herauszufinden, sind wir hier. Eine Streife der Carabinieri hat sie tot an ihrer Arbeitsstelle aufgefunden, auf dem Parkplatz des Ipercoop in der Bruciata. Natürlich war sie allein; wenn es gefährlich wird, verschwinden die Kollegen, die Zuhälter und die Freier ganz plötzlich. Anoukka lag auf dem Gehsteig, noch warm. Sie weist keinerlei Zeichen von Gewalt auf, hat keine Drogen oder Gifte im Blut und ist nicht in dem Alter, in dem man herzinfarktgefährdet ist. Kein Einstich einer Nadel auf der Haut. Schleimhäute ohne Spuren von Kokain. Den Untersuchungen zufolge war sie nicht HIV-positiv, hatte keine Malaria, keine Hepatitis und keine Beriberi. Kurz, sie erfreut sich bester Gesundheit.«

Er lacht hinter seiner Atemmaske. Der Witz ist nicht neu, er gehört zu seinem Repertoire, ebenso wie seine Definition des Gerichtsmedizinischen Instituts als »Beautyfarm«, weil die Leichen dort nicht nur untersucht, sondern auch so hergerichtet werden, dass sie eventuell vorhandenen Verwandten ohne Probleme vorgeführt werden können.

Bei Anoukka, die vor dem Hunger in Schwarzafrika geflohen ist, um in den Straßen des nächtlichen Modena zu sterben, ist das nicht der Fall. Ihre Verwandten sind wer weiß wo. Vielleicht werden sie nie von ihrem Tod erfahren und sie in der reichsten Welt der nördlichen Erdhalbkugel vermuten, mit eigenem Haus, einer gesunden Arbeit, genug zu essen, mit einem Mann und einem kleinen Kind, das sie mit ihren enormen Brüsten stillt.

Stattdessen liegt sie auf dem Seziertisch von Doktor Antonio Bellomi, dem Gerichtsmediziner, der sie aufgeschnitten hat, um herauszufinden, wie sie gestorben ist, auch wenn das für sie keine Bedeutung mehr hat. Unterdessen blickt Camilla in sie hinein, und ihre Gedanken gleiten ins Absurde ab, als sie feststellt, dass eine schwarze Frau innen genauso aussieht wie eine weiße Frau und dass man die Seele nicht sieht, obwohl sie ja da sein muss, denn was für einen Sinn hätte es sonst, sich von den Schweinen zu unterscheiden, die von den Händen und Messern der *mazadàr* geöffnet werden, und jetzt ist Anoukkas Seele fortgeflogen, nicht in den Himmel, sie ist nach Afrika geflogen, in einen Winkel, wo Afrika schwarz und sauber geblieben ist, ein Reservat, beschützt von einem WWF, der sich auf Männer und Frauen und ihre Seelen spezialisiert hat, und dort wird sie ihren Frieden finden und das Land des Eulo vergessen.

»Ich werde sehr bald entdecken, dass ihr Tod frei von Geheimnissen ist. Ich wette, es handelt sich um einen ganz gewöhnlichen Iktus«, erklärt Doktor Bellomi. Er dreht sich um und sieht Camilla an. »Du stattest mir also lediglich einen Höflichkeitsbesuch ab.« Ein winziger Blutstropfen klebt am rechten Glas seiner Brille. Auch Camilla muss ihm blutverschmiert vorkommen, aber das kümmert ihn nicht, so sehr ist er an Blut und Körpersäfte gewöhnt. Er verliert niemals seine gute Laune. »Hat dich eine unwiderstehliche Lust gepackt, mich zu sehen?«

»Du musst mir einen kleinen Gefallen tun.«

»Ich wusste es.«

»Hast du Freunde am Gerichtsmedizinischen Institut von Bologna?«

»Was brauchst du, Camì?«

»Informationen über die Autopsie, die sie gerade an der Leiche einer bestimmten Dame vorgenommen haben.«

»Andrea Venturi?«

»Du bist ja ein ganz Ausgeschlafener!«

»Endlich mal ein Kompliment. Dabei braucht es nicht viel, um das zu erraten. In den Kreisen des Präsidiums und der unmittelbaren Umgebung zweifelt niemand daran, dass du deine Nase in die Ermittlungen über den Tod deiner Freundin stecken wirst. Sie wurde praktisch vor deinen Augen ermordet, du warst ihr Gast, sämtliche Zeitungen haben darüber berichtet, und du glaubst, ich würde nicht erraten, über welche Leiche du Informationen willst?«

»Es eilt.«

Bellomi spült die behandschuhten Hände unter dem Wasserhahn ab, zieht die Handschuhe aus und deutet auf Anoukka:

»Sie kann warten, sie hat es nicht eilig. Jetzt werde ich mir erst einmal einen Cappuccino und eine Brioche in der Bar gönnen. Begleitest du mich?«

»Zuerst der Anruf in Bologna.«

»Was bist du doch für ein Quälgeist!«

Andrea Venturi, vierzig Jahre und drei Monate alt, weiß. In ihrem Magen, den die Kollegen von Doktor Bellomi geöffnet haben, fanden sich nur wenige noch unverdaute Speisereste, getoastetes Weißbrot, Schinken, Käse und Bier. Andrea nahm weder Drogen noch Psychopharmaka. Sie erfreute sich bester Gesundheit. Hoher Cholesterinspiegel, zweihundertvierzig. Ein paar Gallensteine. Der

Tod wurde von einem Projektil Kaliber 38 hervorgerufen, das in den Rücken eindrang, von der Wirbelsäule abgelenkt wurde und im Herzen stecken blieb, aus dem es noch vor der Autopsie entfernt wurde, um die Ermittlungen voranzutreiben.

15

Die kleine Tür in der Mauer zur Via Capo delle Volte bleibt offen, damit die Leute, die dem Witwer und der Halbwaise ihr Beileid aussprechen möchten, ungehindert kommen und gehen können. Der Witwer empfängt im *living*, das Mädchen zeigt sich nicht, bleibt in ihrer Wohnung über den Ställen. Von Zeit zu Zeit blickt sie vom Fenster verstohlen in den Garten hinunter, erschreckt von den vielen Leuten. Riccardo trägt einen grauen Anzug, ein bläuliches Hemd und eine gepunktete blaue Krawatte. Sonnenbrille. Voller Herzlichkeit erwidert er jeden Händedruck und jede Umarmung, sagt wenig und hilft den Besuchern, Männern oder Frauen, ihre Beileidsbekundungen auf ein Minimum zu beschränken.

Camilla bewundert ihn für seinen Mut und seine Gefasstheit, die dennoch seinen Schmerz nicht verbergen. Sie hat mit Matilde darüber gesprochen, aber die hat nur wortlos die Achseln gezuckt.

Um eins schließt Dolores das Türchen. In der Villa bleiben nur die wenigen, die zusammen mit dem Hausherrn zu Mittag essen, bevor sie ihn zur Beerdigung begleiten werden.

Lolli Macapagal, fünfunddreißig, geboren in Manila, kocht besser als ein Mädchen aus der Emilia Romagna, das mit Lambrusco gestillt und mit Tortellini entwöhnt worden ist. Sie hat Passatelli in Brodo, Bolliti misti, gebratenes Perlhuhn und Zuppa inglese gemacht. Als Vorspeise gibt es Salami und frittierte Gnocchi. Wäre es draußen kalt und gäbe es noch Pfefferkuchen, könnte man meinen, es sei Weihnachten. Die Filipinas haben im Esszimmer gedeckt, zwischen der Küche und Riccardos Arbeitszimmer, das Camilla noch nie betreten hat. Ein ovaler Tisch, Stühle und Anrichte im Stil der Zwanzigerjahre, Kassettendecke mit Blumenmustern, Jugendstil bis in den Servierwagen hinein. Und ein leicht muffiger Geruch. Gewöhnlich werden die Mahlzeiten im *living* serviert, im Essbereich, ein quadratischer Tisch aus Stahl und Holz wie die Stühle, oder am Swimmingpool, wenn das Wetter es erlaubt.

Riccardo geht den Gästen in den Jugendstilraum voraus und verteilt die Plätze, wobei er sich den am oberen Tischende vorbehält, mit dem Rücken zum Fenster, das auf einen mächtigen Baum blickt, der so alt ist wie das Haus. Rechts von Riccardo sitzt Camilla, links Matilde, die Mirto Galavotti neben sich hat, fünfzig, Cousin zweiten Grades der Verstorbenen. Dann Franca, Mirtos Frau, die einzige unter den anwesenden Frauen, die dunkel gekleidet ist: schwarzes Kostüm mit weißer Bluse und Männerkrawatte. Riccardo gegenüber sitzt Onkel Felice, so hat er sich Camilla vorgestellt, Felice Galavotti, dem man seine achtzig Jahre nicht ansieht, Onkel mütterlicherseits von Andrea. Er hat Ave neben sich, siebzig, seine zweite Frau. Sie sind die einzigen Verwandten, die Andrea geblieben waren, nachdem vor zwanzig Jahren ihr achtzehnjähriger Bruder durch einen Autounfall ums Leben kam. Der einzige Vertreter der Merighis ist Gustavo, der Sohn eines Bruders von Riccardo, dreißig, der in Bologna lebt, zwischen Ave und Camilla sitzt und häufig die Augen auf Matilde richtet, die ihm gegenübersitzt.

Wieder fehlt Fosca, die von Riccardo entschuldigt wird: »Sie fühlt sich im Augenblick nicht imstande, jemanden zu sehen. Ich habe ihr nahegelegt, der Beerdigung fernzubleiben.«

»Richtig, die Arme!«, ertönt es von allen Seiten und: »Warum soll man sie mit Beleidsbekundungen, Tränen und Umarmungen quälen?«

Ave trocknet sich die Augen, fügt hinzu: »Zum Glück hat sie einen feinfühligen Papa, der sie zu trösten und zu führen weiß«, und macht sich über die frittierten Gnocchi und die Salamischeiben her.

Das von der Filipina zubereitete Essen und der Wein aus Riccardos Weinkeller erhitzen schon bald die Atmosphäre im Raum und vertreiben den muffigen Geruch. Niemand erwähnt Andrea. Die Gespräche wandern von dem für die Jahreszeit viel zu schönen Wetter (es hat seit einem Monat nicht geregnet) zur Arbeit von Mirto Galavotti, der Vertragshändler von Fiat in Comacchio ist. Mirto setzt zu einem ausführlichen Loblied auf den Stilo an, er klingt wie ein Werbespot. Onkel Felice deutet mit dem Zeigefinger auf Matilde und sagt zu ihr: »Sie haben einen faszinierenden Beruf.«

Matilde bestätigt, ein wenig verblüfft: »Es gefällt mir in der Tat, den ganzen Tag nichts zu tun, aber einen faszinierenden Beruf würde ich das nicht nennen.«

»Sind Sie denn nicht Polizistin?«

»Die Polizistin bin ich«, wirft Camilla ein.

»Verzeihen Sie, ich hab mich von dem strengen Blick der anderen Signora täuschen lassen.«

Sie lachen. Jetzt fehlt nur noch, dass einer Witze erzählt. Erst beim Nachtisch, nachdem sie ihre Portion Zuppa inglese verputzt hat, erwähnt Franca Galavotti flüchtig die Hausherrin: »Die Zuppa inglese war Andrea Lieblingsnachtisch.«

Die Wagen – Mercedes, Jaguar, BMW, Ferrari, Maserati, ein Mini Cooper S, zwei Limousinen – kommen aus dem Viale della Certosa, halten vor der Kirche San Cristoforo, laden die Insassen aus, fahren weiter durch die Via Borso und verschwinden im Corso Porta Mare. Sie werden zurück sein, wenn es Zeit ist, die Trauernden wieder aufzunehmen. Eine kleine Gruppe Schutzmänner regelt den Verkehr, der aus gegebenem Anlass um die Certosa herum mit Halteverbots- und Einbahnstraßenschildern ausgeschildert worden ist. Camilla hat das Gefühl, in Modena zu sein, in der Umgebung des Parks Novi Sad, am Tag der Hochzeit von Luciano Pavarotti und Nicoletta. Sie war für die Antiterrormaßnahmen verantwortlich gewesen: Schließlich hätte Osama bin Laden auf die Idee kommen können, ihren geliebten Lucianone in die Luft zu sprengen! Auch heute Kleider berühmter Modeschöpfer, vorwiegend dunkel, und Hüte. Außerdem getönte Brillen. Besondere Bewunderung löst eine Dame mit Hutschleier aus.

Camilla hat gehofft, den Zauber eines anderen Besuchs des Kartäuserklosters vor ein paar Jahren wiederzufinden. Damals hatte sie sie allerdings allein besucht, eine Einsamkeit, die vom Nebel noch verstärkt worden war. Convento dei Certosini, das Entzücken über den Geist von Borso d'Este, des Lagers der napoleonischen Soldaten, die Ferrara besetzt hatten, und schließlich hatte der Friedhof, die Certosa mit ihrer Kirche und ihren Gräbern, welche die Kunst der Menschen und die der Natur so wunderbar geschmückt haben, sie mit stiller Heiterkeit empfangen. An jenem Tag war sie auf dem Friedhof spazieren gegangen und hatte die Gräber von Verwandten und Freunden der Familie gefunden, hatte die letzte Ruhestätte von Künstlern besucht, die sie liebte – Gaetano Previati, Giovanni Boldini, Filippo De Pisis, Lyda Borelli, Corrado Govoni und Aldo Luppi, den sie persönlich kannte, weil sie ihm vor dem Verkaufsstand von Tiziano Malossi und Doriana Melloni begegnet war.

»Ich hätte nicht geglaubt, dass so viele Leute kommen«, bemerkt Camilla jetzt.

»Für mich war das klar«, sagt Matilde. »Andrea gehörte einer der prominentesten Familien der Stadt an. Ich kenne diese Damen und Herren nicht, aber ich wette, dass sie bedeutende Namen haben und noch bedeutendere Bankkonten. Einige sind sogar aus Bologna oder von noch weiter hergekommen. Mancher war bereits am Meer, sehen Sie sich nur das Frauenzimmer da an, schwarz wie Kohle. Karibik oder Rotes Meer.«

»Oder Höhensonne.«

Zu viele Menschen, um die Eindrücke des ersten Besuchs der Certosa wiederzufinden, zu viele auch, um arbeiten zu können, wieder zur Polizistin zu werden und sich in der Menge, die auf Andreas Ankunft wartet, genau umzuschauen. Offenkundig bereitet es Mördern ein unwiderstehliches Vergnügen, an der Beerdigung ihrer Opfer teilzunehmen. Das mag sogar wahr sein, aber wie soll man das Gesicht des Mörders unter den Gesichtern der Unschuldigen erkennen? Vielleicht ist der Mörder die Dame dort in der blau gestreiften Hose, dem blauen Blazer im gleichen Ton und mit der federgeschmückten Robin-Hood-Kappe auf dem Kopf, die Einzige, die ein breites Lächeln zur Schau stellt, als sei sie auf einer Geburtstagsparty. Wenn ihr der Tod von Andrea Venturi so gleichgültig ist, könnte sie die Person sein, die in die Villa eingedrungen ist, die versteckte Pistole gefunden und geschossen hat. Aber bei genauerem Hinsehen ist das Lächeln der Dame gar kein richtiges Lächeln: Ihr Mund ist halb geöffnet und macht Reklame für ihren Zahnarzt, aber ihre Augen blicken ernst und traurig, wie es sich geziemt.

Camilla und Matilde lösen sich von der kleinen Gruppe der Verwandten und Freunde der Merighis und Venturis und mischen sich unter die anderen Leute. Aus einer schwarzen Limousine mit verspiegelten Fenstern wird der Sarg herausgehoben. Er wird von vier identisch gekleideten Totengräbern getragen, die auch hinsichtlich Größe und Physiognomie identisch sind, vielleicht Vierlinge, die das Bestattungsinstitut unter großen Mühen aufgetrieben hat. Der Leichenzug betritt den Friedhof.

»Eine sehr schöne Frau, die Signora Venturi. Dass sie so jung sterben musste …«

Ein junger Mann hat das gesagt, blaue Jacke ohne Krawatte, graue Hose, spitze schwarze Schuhe. Er geht rechts von Camilla, die sich bei Matilde eingehängt hat. Der Mann ist allein, hat Lust zu plaudern. Camilla nicht, aber sie geht dennoch auf ihn ein. Die Eindrücke kehren nicht zurück, keine Chance, den Mörder ausfindig zu machen, sie wird sich also damit begnügen, etwas Neues über das Opfer zu erfahren.

»Wirklich ein großes Unglück.«

»Eine der faszinierendsten Frauen Ferraras«, fährt der Unbekannte fort. »Haben Sie sie gut gekannt? Ich habe bemerkt, dass Sie aus dem Wagen gestiegen sind, der dem des Witwers folgte.«

»Ich kenne vor allem den Witwer«, erwidert Camilla. »Sind Sie aus Ferrara?«

»Ich? Nein, aber ich arbeite seit vier Jahren hier.«

»Kannten Sie Andrea Venturi?«

»Wir verkehrten nicht in denselben Kreisen. Ich habe sie einmal in der Öffentlichkeit gesehen, auf einem sehr auffälligen roten Fahrrad. Es wurde viel über sie geredet ...«

»Das hab ich auch gehört.«

»Liebhaber?«

Der Leichenzug hält an. Die Familienkapelle der Venturis befindet sich nicht weit entfernt vom Grab Francesco Mayrs, das Francesco Bartolini gemeißelt hat. Die Figur erinnert ein wenig an ein anderes Werk von Bartolini, *Das Vertrauen in Gott*, das Camilla im Museo Poldi Pezzoli in Mailand gesehen hat. Andrea würde sich eine Statue wünschen, die dem Vertrauen in die Gerechtigkeit der Menschen gewidmet wäre.

Sie sondern sich ab, es ist unmöglich, über die Mauer aus Rücken zu blicken, die die Kapelle der Venturis verdeckt. Ein Schatten stellt sich vor Matilde, Camilla und den Unbekannten.

»Guten Tag, Commissario.«

Leo wendet sich an den Unbekannten: »Ich hatte dich doch gebeten, eine Freundin der Venturis ausfindig zu machen, mit ihr ein bisschen zu plaudern und zu versuchen, das Gespräch auf das Privatleben der Verstorbenen zu lenken. Aus dem Getratsche der Frauen kann man immer interessante Dinge erfahren.«

»Ich ... ich ... Aber das hab ich doch getan«, entgegnet der Unbekannte verwirrt.

»Aus all den Damen, die auf der Beerdigung sind, hast du dir ausgerechnet eine Kollegin herausgepickt!«, höhnt der Commissario und stellt vor: »Inspektorin Cagliostri vom Präsidium in Modena, Inspektor Caponetto vom Präsidium in Ferrara.«

16

»Ciao, Fosca.«

»Ciao.«

Sie macht einen gelassenen, ansprechbaren Eindruck. Bevor er sie allein gelassen hat, hatte Riccardo ihr erklärt, dass Camilla ein bisschen mit ihr reden wolle. Sie hatte mit »okay« geantwortet.

Camilla blickt sich in dem großen Mansardenzimmer über den ehemaligen Ställen um; abgesehen von den bäuerlichen Möbeln aus dem neunzehnten Jahrhundert – Schrank, Kommode, Sessel, Tischchen und Bett mit einem Kopfende aus Feinblech, das den Golf von Neapel mit dem rauchenden Vesuv zeigt –, trägt das Zimmer den Stempel eines Mädchens ihres Alters. Von Fosca sind die

Poster von Madonna, Ligabue und den Strokes, eine an der Wand hängende Gitarre, der Fernseher, die Stereoanlage, das Plastikskelett einer Schlange, in deren Rippen etwa dreißig CDs stecken, über das Bett verstreute Plüschtiere (sogar ein Pekinese ist darunter!), eine ärmlich gekleidete Stoffpuppe (Rock und Bluse mit Flicken) und Schulbücher auf der Kommode. Auf dem Tischchen steht ein großes Tablett mit den Resten des Mittagessens. Fosca hat mit Appetit gegessen, auf den schmutzigen Tellern finden sich nur wenige Essensreste.

Fosca liegt auf dem Bett, auf der Seite, in Jeans und T-Shirt mit einem Krokodil auf der Brust, und sieht Camilla abwartend an. Die Inspektorin Cagliostri nimmt den Pyjama und ein Höschen (weiß, das einer erwachsenen Frau, mit hohem Beinausschnitt und durchbrochener Stickerei) vom Sessel, legt alles auf die Kommode, auf die Bücher, und setzt sich.

»Machst du dir keine Notizen?«, fragt Fosca sie.

»Ich bin keine Journalistin, ich will mich nur als Freundin ein bisschen mit dir unterhalten. Wie geht es dir?«

»Gut. Und dir?«

Diese Gegenfrage klingt leicht aggressiv. Camilla überhört sie, nicht zuletzt weil das Mädchen gesprächsbereit zu sein scheint. Sie wird jede Anspielung auf ihre Mutter vermeiden, nicht einmal ihren Namen erwähnen. Zumindest so lange nicht, bis Fosca ihr zu verstehen gibt, dass sie Vertrauen zu ihr gefasst hat.

»Denkst du manchmal an Antonio?«

»Toni?« Sie tut es jetzt, verblüfft über die Frage. »Ich denke ab und zu an ihn. Ich mochte ihn gern, er wäre ein großer Archäologe geworden.«

»Hast du andere Freunde?«

»Freunde oder Liebhaber?«

»Freunde oder Liebhaber.«

»Die Jungs interessieren mich vorläufig nicht. Meine Klassenkameraden sind Kinder.«

»Und die Älteren?«

»Ich bin ein paar Mal nachmittags ausgegangen, in ein Lokal oder auf Partys. Aber nur zu zweit.«

»Hast du dich amüsiert?«

»Ich tanze gern, und die Musik ist meine Leidenschaft. Ich wollte Gitarre lernen«, sie deutet auf die Gitarre, die an der Wand hängt, »aber dann hab ich's mir anders überlegt.«

»Warum?«

Fosca zuckt die Achseln.

»Hast du Kontakt zu anderen Jungs und Mädchen?«, fragt Camilla.

»Sie langweilen mich, sie machen immer die gleichen Dinge.«

»Gibt es keinen Jungen, der dir mehr als die anderen gefällt?«

»Toni gefiel mir, weil er mit mir spielte.«

»Was für Spiele?«

»Auf Sardinien haben wir eine Sandburg gebaut, die so schön war, dass die Leute kamen, um sie zu bewundern.«

»Und was ist daraus geworden?«

»Aus der Burg? Als wir am nächsten Morgen an den Strand zurückkamen, war sie zerstört. Irgendjemand hatte sich einen Spaß daraus gemacht, sie zu zertrampeln. Toni begeisterte sich für die Archäologie, er hat mir Geschichten über das Volk der Nur erzählt, die die Nuragen gebaut haben, wunderschöne Geschichten. Wusstest du, dass die Nur die Alten töteten, sobald sie eine Last für das Dorf wurden? Riccardo hätten sie um die Ecke gebracht.«

Sie lacht.

»So alt ist er doch gar nicht.«

Fosca wird wieder ernst. Beschämt, beeilt sie sich zu versichern: »Ich wollte ihn nicht beleidigen, er ist nicht alt … Erzähl ihm nicht, was ich gesagt hab.«

Sie beruhigt sich erst, als Camilla sagt: »Ich bin Polizistin, das weißt du. Aber ich bin auch deine und deines Vaters Freundin. Ich will nur dein Bestes. Du kannst sicher sein, dass ich dich nicht verraten werde; nicht einmal Riccardo wird erfahren, was zwischen uns gesprochen wird.«

»Super. Du kannst mich fragen, was du willst. Zum Beispiel: Fosca, hast du jemals einen Jungen geküsst?«

»Okay … Dann antworte dir.«

»Sehr oft.«

»Und hat es dir gefallen?«

»Das weiß ich noch nicht.«

Sie lügt. Weicht aus. Entzieht sich. Sie bleibt auf der Hut; auch wenn ein Körnchen Wahrheit aufscheint, bleibt sie hinter einer Barriere, die, wie Camilla deutlich spürt, hoch und solide ist.

»Spielst du gern?«

»Mit Puppen, wie alle Mädchen. Sogar mit der abscheulichen Barbie. Abscheulich nennt Riccardo sie. Und mit Plüschtieren.« Sie nimmt einen kleinen Gorilla vom Bett und umarmt ihn: »Das ist mein Lieblingstier.«

»Hast du Freundinnen in deinem Alter? Bist du gerne mit ihnen zusammen?«

»Ich streite nur mit denen, die unsympathisch sind.«

»Wo triffst du sie?«

»In der Schule. Ich bin immer auf Nonnenschulen gegangen.«

Camilla möchte sie dazu bringen, von ihrer Mutter zu sprechen, ohne direkte Fragen zu stellen. Es muss von Fosca kommen.

»Wer begleitet dich zur Schule?«

»Lolli. Und vor ihr andere Kindermädchen, an die ich mich nicht mehr erinnere, weil ich zu klein war.«

»Und wer holt dich ab?«

»Dolores. Manchmal gehe ich auch zu Fuß nach Hause, schließlich bin ich nicht behindert. Die Kindermädchen haben mich auch zum Ballett, ins Kino, ins Theater, zu Geburtstagsfeiern bei Klassenkameradinnen begleitet …«

»Du hast Ballett gemacht?«

»Ballett, Klavier, Kunstschwimmen … und einen Haufen andere langweilige Dinge. Ich habe nichts richtig gelernt. Ich kann nur deswegen ein bisschen schwimmen, weil Riccardo es mir in unserem Swimmingpool beigebracht hat.«

»Wer wollte, dass du Ballett machst?«

»Das weiß ich nicht mehr. Das gehört zu den Dingen, zu denen man gezwungen wird. Verstehst du, was ich sagen will?«

»Du weißt dich sehr gut auszudrücken, zu gut.« Wie eine Erwachsene. »Sag mal: Hast du allein geschlafen, seit du ein kleines Mädchen warst?«

Fosca deutet auf den kleinen Plüschgorilla: »Mit Alfred. In dem Zimmer, in dem du wohnst.«

»Warum bist du über die Ställe gezogen?«

»Um meine Ruhe zu haben.«

»Hattest du keine Angst, nachts allein zu sein, hast du keine Albträume gehabt?«

»Was willst du von mir hören?«

»Hattest du keine Angst, allein zu schlafen?«

»Wenn ich schlief, hat immer ein Lämpchen gebrannt.«

»Und wer hat dir vor dem Einschlafen Märchen erzählt?«

»Macht man das so? Bei uns ist das nicht üblich. Einmal hat Lolli mich ertappt, als ich nachts einen Film für Erwachsene anschaute. Sie hat den Fernseher ausgemacht und mir ein philippinisches Märchen erzählt – von zwei Fischerkindern, die einen wertvollen Rubin in einem erloschenen Vulkan suchen und ihn finden, nachdem sie gegen die Feuerdrachen gekämpft haben.«

Die Mutter existiert nicht, man könnte meinen, Fosca sei aus dem Nichts geboren und auf Riccardos Wunsch von ferraresischen und philippinischen Kindermädchen großgezogen worden.

»Gefällt dir dein Name?«

»Ich hab noch Glück gehabt: In der Familie pflegte man den Mädchen die Vornamen einer der Großmütter zu geben. Um ein Haar hätten sie mich Filomena oder Maria genannt.«

»Fosca klingt wie der Name aus einer Fernsehserie.«

»Er stammt aus einem Film.«

»Aus welchem?«

Sie kauert sich aufs Bett, der kleine Gorilla beschützt sie.

»Ich erinnere mich nicht.«

Sie muss sich erinnern. Wer weiß, wie oft ihr der Grund für diese Wahl erzählt worden ist. Camilla bedrängt sie:

»Wer hat ihn ausgewählt?«

»Meinen Namen? Riccardo.«

»Warum sagst du Riccardo und nicht mein Vater oder Papa?«

»Papa?«

»Papa.«

»Papa … parapapa, parapapa, das klingt wie eine Trompete für mich.«

»Kommen wir auf deinen Namen zurück. Bist du sicher, dass dein Vater ihn ausgewählt hat? Lolli sicher nicht, denn als du geboren wurdest, hat sie noch nicht für die Merighis gearbeitet.«

Fosca antwortet nicht, sie hat die Jalousie vollständig heruntergelassen. Sie lächelt Camilla zu, als wollte sie sagen: Ich bin schlauer als du, ich hab kapiert, wozu du mich bringen willst.

Camilla versucht es anders.

»Bist du ein glückliches Mädchen?«

»Nein. Warst du ein glückliches Mädchen?«

»Nein.«

Es klopft. Das muss die Filipina sein, die das Tablett mit dem Mittagessen holen will. Riccardo kommt herein, obwohl Camilla ihn gebeten hatte, sie während des Gesprächs allein zu lassen. Er wendet sich direkt an seine Tochter: »Da sind zwei Herren … du sollst mit ihnen gehen.«

Es klingt, als teile er etwas mit, worauf alle bereits gewartet haben, auch Fosca. Zwei Sozialarbeiter sind gekommen, um das Mädchen abzuholen.

17

Seit zehn Tagen berichten die nationalen Zeitungen und Fernsehsender ausführlich über das Verbrechen. Foscas Unterbringung in einer betreuten Wohngruppe hat ein Interesse ausgelöst, das immer größer wird. Der Fall besitzt alle Merkmale, um Aufsehen zu erregen: die schöne Dame der besseren Gesellschaft ermordet im Swimmingpool, die Tochter, fast noch ein Mädchen, dem Vater weggenommen auf Anordnung des Gerichts, der Schauplatz Ferrara mit all seinem Reiz. Außerdem fließen im Frühsommer die Nachrichten spärlich, sogar Regierung und Opposition scheinen im Hinblick auf die Sommerpause einen Waffenstillstand geschlossen zu haben. Die Journalisten konzentrieren sich auf Ferrara und schlachten es in jeder erdenklichen Beziehung aus. Einer erzählt von Marfisa d'Este und Lucrezia Borgia, ein anderer entdeckt die literarischen Orte der Stadt und ihrer Umgebung neu und zitiert Giorgio Bassani und Corrado Govoni. Auf Seite drei einer Zeitung aus dem Veneto taucht unter dem Titel, der über fünf Spalten geht («Swimmingpool-Krimi kurz vor Aufklärung«), im Kurztext zum ersten Mal das Wort »Muttermord«, versehen mit einem Fragezeichen, auf. Im Text berichtet der Redakteur, was aus dem Gericht und dem Präsidium durchsickert, gespickt mit zahlreichen »Vielleicht«, »Es heißt«, »Es scheint« ... Verschiedene Tests haben bestätigt, dass es sich bei der Pistole, mit der Andrea Venturi Merighi getötet wurde, um dieselbe handelt, die im Garten gefunden wurde – positiv der Paraffintest, dem das Mädchen unterzogen wurde, auf dem Schaft der Pistole sollen sich eindeutig Foscas Fingerabdrücke befunden haben. Fehlt nur noch das Geständnis. Und das Motiv. In einem Kasten in der Mitte der Seite interviewt der Redakteur Professor Alfredo Tornabuoni, einen Psychiater aus Bologna, den Camilla sehr gut kennt und den sie nicht besonders schätzt, weil sie seine Arbeit im Fall der minderjährigen Prostituierten kennen gelernt hatte, die angeklagt war, die Frau getötet zu haben, die sie auf den Strich geschickt hatte. Professor Tornabuoni muss gute Verbindungen haben, denn er tritt immer als Erster im Fernsehen und in den Zeitungen auf, wenn es um grausame Verbrechen geht, um Verbrechen, die von Serienmördern und Verrückten begangen wurden oder in die Minderjährige als Opfer oder Täter verwickelt sind. Im Fall des Verbrechens von Ferrara stützt er sich auf die Statistiken, um die These zu untermauern, dass Andrea Venturi von einem Familienmitglied ermordet worden ist: Innerhalb der eigenen vier Wände wurden in siebzehn Prozent der Fälle der Ehemann oder Lebenspartner getötet, in dreizehn Prozent die Ehefrau oder Lebenspartnerin, in zehn Prozent die Tochter, in acht Prozent der Sohn, in dreizehn der Vater, in zweiundzwanzig die Mutter, und in siebzehn Prozent wurde die gesamte Familie ausgelöscht. Der Muttermord ist demnach das häufigste Gewaltverbrechen innerhalb der Familie, und zumindest was die Zahlen betrifft, übertreibt der Psychiater leider absolut nicht.

Inspektorin Cagliostri nimmt sich vor, die Ermittlungsbeamten bei der ersten Gelegenheit darauf hinzuweisen, dass Andrea persönliche Feinde gehabt haben könnte. Verlassene Liebhaber zum Beispiel.

Sie versucht zu schlafen, aber es ist zu still, alle Personen, die in der Villa wohnen, sind in ihren Zimmern, fest verschlossene Boxen, nachdem sie schnell ein belegtes Brötchen oder eine andere Kleinigkeit in der Küche gegessen haben, wo Lolli und Dolores kalte Platten vorbereitet haben; jetzt lauschen sie der mittäglichen Stille und ihren Gespenstern. Man bekommt Lust, das Radio oder den Fernseher einzuschalten, um eine andere Musik zu hören, aber Camilla entdeckt erst jetzt, dass es in ihrem Schlafzimmer weder ein Radio noch einen Fernseher gibt, nur ein schweigsames Telefon.

Als sie gerade am Einschlafen ist, wecken sie das unangenehme Gedudel eines Handys und eine Stimme. Sie erkennt Matilde, die im Nachbarzimmer spricht. Camilla steht auf und öffnet das Fenster einen Spalt breit. Jetzt dringt die Stimme am Telefon klar und deutlich an ihr Ohr: »Wenn du bereits mit Ingenieur Merighi gesprochen hast, warum fragst du dann mich, wie die Dinge stehen?«

Schade, dass sie nicht auch die Stimme des Gesprächspartners hören kann. Sicher ist es Luca aus der Basilicata oder weiß der Teufel woher, besorgt wegen dem, was die Zeitungen schreiben.

»Ich wollte dich gestern anrufen, aber dann hab ich's vergessen.«

Eine weitere Pause. Schließlich: »Luca, das stimmt nicht …«

Sie spricht niemals liebevoll oder wenigstens freundlich mit ihm.

»Okay, wir hören wieder voneinander.«

Keinerlei Interesse zu erfahren, wie es ihm geht. Das Verhältnis zwischen Matilde und Luca war schon letztes

Jahr auf Sardinien kühl gewesen, allerdings hatte Camilla das auf eine übertriebene Zurückhaltung geschoben.

Jetzt klingelt auch ihr Handy. Die ganze Welt scheint zu wissen, dass die Stille sie stört.

»Commissario Savino.«

»Zu Befehl.«

»Wie geht's?«

Mit Sicherheit weiß er alles aus den Zeitungen.

»Ich versuche zu verstehen ... ohne mich in Ermittlungen einzumischen, die mich nichts angehen. Ist in Modena alles in Ordnung? Soll ich zurückkommen?«

»Alles in Ordnung. Bleib ruhig, wo du bist, aber halte dich von den Journalisten fern. Es hat mir nicht gefallen – und dem Polizeipräsidenten hat es ebenfalls nicht gefallen –, lesen zu müssen, dass eine Frau praktisch vor den Augen einer unserer Beamtinnen ermordet worden ist.«

»Wir unterhalten uns in Modena darüber, morgen oder übermorgen.«

»Verlässt du die Villa?«

»Ich komme und gehe. Ich kann Riccardo Merighi jetzt nicht allein lassen.«

18

Sie bewundert seinen Mut. Zuerst wird die Frau ermordet, dann die Tochter des Mordes angeklagt. Es scheint, als hätten die beiden Schicksalsschläge ihm eine Droge ins Blut gespritzt, die seinen Kampfgeist erst richtig anfacht. »Ich kann Andrea nicht mehr zum Leben erwecken, aber ich kann Fosca helfen«, hat er gesagt und hinzugefügt, als hätte er Camillas Gedanken gelesen: »Selbst wenn sie schuldig wäre, würde das nur bedeuten, dass sie ein krankes Mädchen ist.« Er telefoniert, schickt Faxe und E-Mails und empfängt Leute in seinem Arbeitszimmer neben dem Wohnzimmer. »Vielleicht wäre es besser, wenn wir die Villa verlassen«, hat Camilla zu ihm gesagt, auch im Namen Matildes. Er hat mit Nachdruck erwidert: »Ihr wollt doch nicht etwa jetzt gehen, wo ich euch am meisten brauche?«

Es ist schwer zu begreifen, inwiefern die beiden Frauen ihm nützlich sein können, da Fosca ja in einer betreuten Wohngruppe in Bologna untergebracht ist.

Riccardo bittet sie ins Wohnzimmer, wo bereits der Anwalt wartet. Giampaolo Sereni, Senator, Präsident der Anwaltskammer von Bologna, ein bekanntes Gesicht dank des Fernsehens und des Rufs, den er sich in berühmten Strafprozessen erworben hat. Er hat einen Freispruch aus Mangel an Beweisen für Francesca Piccin erwirkt, die Frau, die angeklagt war, ihren zweijährigen Sohn getötet zu haben. Camilla hat ihn am Gericht in Mailand kennen gelernt.

Sie begrüßen einander und setzen sich aufs Sofa.

»Riccardo hat sich den besten Strafverteidiger Italiens besorgt«, flüstert Matilde, die neben Camilla Platz genommen hat. »Einen, der nie aufgibt.«

»Den teuersten.«

»Er kann es sich leisten.«

»Wofür braucht er ihn? Fosca ist in ihrem Alter noch nicht straffähig.«

Sereni geht hin und her, schaut auf die Uhr, scheint in

Eile zu sein. Aber das ist nur eine Manier, sich und die anderen um ihn herum unter Spannung zu halten. Dass er tatsächlich ein Nervenbündel ist, verrät sein Aussehen: hochgeschossen, dünn, eingefallenes Gesicht, verschlagener Blick. Camilla hat einige seiner Prozesse verfolgt. Ein großer Stratege, ein faszinierender Redner, ein gründlicher Kenner der Prozessordnung, der seine Mandanten häufig dank unbedeutender Fehler von Seiten der Polizei und der Richter vor dem Gefängnis bewahrt.

»Habt ihr euch bekannt gemacht?«, fragt Riccardo einleitend, als er hereinkommt. Er wartet die Antwort nicht ab und informiert sie: »Rechtsanwalt Sereni wird beratend unterstützt von zwei Fachleuten, die er selbst ausgesucht hat: Frau Professor Maria Gallini Ciani, Inhaberin des Lehrstuhls für Entwicklungspsychologie an der Universität Padua, und Doktor Venanzio Trotta, Psychiater und Psychotherapeut.«

»Hervorragende Spezialisten«, sagt Camilla. »Vor allem die Professorin … Sie werden Fosca bestimmt helfen können … mehr als ich es in der kurzen Zeit konnte.«

Geduldig, ohne sich um den Anwalt zu kümmern, der wieder auf die Uhr schaut, nimmt Riccardo eine ihrer Hände und drückt sie.

»Du bist eine liebe Freundin, und du bist Polizistin, aber keine Psychotherapeutin; mehr konntest du nicht tun. Der Zufall hat gewollt, dass du in zwei wichtigen Augenblicken in Foscas Leben da warst. Letztes Jahr auf Sardinien, als ihr Freund Antonio Piras bei einem Tauchgang in Begleitung von Andrea ertrunken ist, und in den letzten Tagen, als du den Ausbruch von Foscas Krankheit miterlebt hast. Um es kurz zu machen: Meiner Tochter wird die

Zeugenaussage einer Polizeibeamtin, die obendrein noch Erfahrung im Umgang mit Minderjährigen hat, sicher helfen.«

Er lässt ihre Hand los und stellt sich wieder neben den Rechtsanwalt.

»Eine Polizistin, die berühmt ist, weil sie einen sehr schwierigen Fall gelöst hat«, unterstreicht Sereni.

Geschmeichelt fragt Camilla ihn: »Werden Sie versuchen, für das Verbrechen einen Schuldigen außerhalb der Familie zu suchen?«

Die Antwort des Anwalts kommt prompt: »Das Mädchen ist, was die Verantwortung für den Tötungsakt betrifft, nicht zu verteidigen. Was die Zeitungen geschrieben haben, entspricht der Wahrheit: Die Pistole ist letztes Jahr auf Sardinien aus dem Wagen von Ingenieur Merighi verschwunden, die Fingerabdrücke sind die von Fosca, und es steht außer Zweifel, dass sie geschossen hat, das bestätigt der Paraffintest.«

»Hat sie gestanden?«

»Wie könnte sie? Sie erinnert sich an nichts. Sie hat den soundsovielten Streit mit ihrer Mutter, den Schuss, die Geschichte, die sie erfunden hat, um jemand anderen zu beschuldigen, verdrängt: ein automatischer Schutzmechanismus, der vom Überlebensinstinkt ausgelöst wird. Andrea sieht in Fosca jemanden, der sich in ihr Leben drängt, eine Last oder eine künftige Rivalin. Fosca spürt die Feindseligkeit und erwidert sie. Andrea ist selbstsicher, distanziert, das aufsässige und rebellische Verhalten der Tochter erschreckt sie. Das Ergebnis ist, dass das Mädchen immer mehr eine Feindin in ihr sieht … Vergessen Sie nicht, dass Fosca krank ist. Und dann der Tod des Jungen auf Sardinien. Das erste Mal findet Fosca einen Liebhaber, und Andrea nimmt ihn ihr weg, für immer.«

Auch Camilla ist der Meinung, dass dies die einzige Wahrheit ist, obwohl Rechtsanwalt Sereni Andrea in seiner knappen Zusammenfassung in einem übertrieben schlechten Licht erscheinen lässt.

Matilde bringt es noch einfacher und grausamer auf den Punkt: »Ein Mädchen, das seine Mutter ermordet, kann nur krank sein.« Und nur für Camilla, fügt sie leise hinzu: »Allerdings hätte auch ich gern meinen Vater ermordet, wenn ich nur den Mut dazu gehabt hätte, obwohl ich im Großen und Ganzen gesund bin.«

Camilla versteht nicht, warum Matilde das sagt, sie ist wohl ein wenig durcheinander.

»Ehrlich gesagt, verstehe ich nicht, wozu Sie bemüht werden«, wendet sie sich an Sereni. »Fosca ist doch mit ihren zwölf Jahren noch gar nicht straffähig.«

»Meine Aufgabe mag einfach erscheinen«, erklärt Sereni. »Aber es genügt mir nicht, den Artikel 97 des Strafgesetzbuchs in Anspruch zu nehmen: Nicht straffähig ist, wer zu dem Zeitpunkt, da er die Tat begangen hat, das vierzehnte Lebensjahr noch nicht vollendet hat ... Aber auch wenn Fosca Merighi sechzehn oder zwanzig wäre, würde die Arme nicht ins Gefängnis gehen, dank des Artikels 85, der sich auf die Zurechnungsfähigkeit bezieht, oder besser noch Artikel 87: partielle Geistesgestörtheit ... Ich bin hier, um zu verhindern, dass sie einer öffentlichen Einrichtung übergeben, unfähigen Psychotherapeuten oder den Launen von Sozialarbeitern ausgeliefert wird. Das Gericht bildet sich ohne kontradiktorisches Verfahren ein Urteil über Foscas Persönlichkeit und Gefährlichkeit. In extremen Fällen kann das Gericht, wenn die Gefahr der Rückfälligkeit besteht, sogar die Einweisung in eine Besserungsanstalt anordnen.«

Sereni blickt Matilde an, als spreche er nur zu ihr. Er hat die Strategie gewiss schon mit Riccardo abgesprochen, und die Inspektorin Cagliostri kennt die Gesetze für Minderjährige praktisch so gut wie er.

Matilde fühlt sich verpflichtet zu sagen: »Die Besserungsanstalt ist schlimmer als das Gefängnis!«

»Aber Fosca Merighi lebt nicht in einer zerrütteten Familie und ist auch keine kleine wahnsinnige Mörderin«, fährt Sereni fort. »Es steht nicht zu befürchten, dass sie weitere Verbrechen begeht; das Mädchen wird also in der Wohngruppe bleiben, betreut von Spezialisten, die alles versuchen werden, um zu ihrer Resozialisierung beizutragen. Es kann sein, dass diese Spezialisten die nötige Kompetenz haben, aber wir möchten erreichen, dass Fosca sofort ihrem Vater und einem Team vertrauenswürdiger Psychotherapeuten anvertraut wird, damit sie wirklich vollständig genesen kann. Nur die Wärme und Geborgenheit ihres Zuhauses und die Nähe zum Vater können dieses kleine Wunder bewirken …« Er ist fast fertig, wendet sich an Riccardo und fügt hinzu: »Außerdem bin ich hier, um das Andenken der Signora Andrea Merighi vor Spekulationen der Presse und eventuellen Verirrungen der Ermittlungen von Seiten der Justiz und der Kriminalpolizei zu schützen.«

Rechtsanwalt Sereni setzt sich auf das Sofa, zufrieden und sogar bewegt. Er scheint es nicht mehr eilig zu haben. Sie sehen ihn bewundernd an. Wäre Camilla Richterin, gäbe sie ihm sicherlich Recht.

Drittes Kapitel

19

Commissario Savino hört sich schweigend den Bericht der Inspektorin Cagliostri an und beschränkt sich darauf, von Zeit zu Zeit zu nicken, um zu zeigen, dass er Camillas Ansichten teilt. Als sie fertig ist, sagt er: »Ein schönes Drama für deinen armen Freund, aber du kannst die Geschichte jetzt als abgeschlossen betrachten. Das Mädchen wird behandelt, und ihr Vater wird sein Möglichstes tun, um zu vergessen und das Mädchen vergessen zu lassen, was geschehen ist.«

»Und Andrea Merighi?«

»Amen. Mehr als in Frieden ruhen kann sie nicht.«

Camilla denkt an den Friedhof der Certosa. Ein schöner Ort, wenn jemand nicht die Wahl hat, weiter unter den Lebenden zu weilen. Nur dass es für Andrea nicht leicht sein wird, in Frieden zu ruhen, mit der Last auf ihrem Gewissen, eine so schlechte Mutter gewesen zu sein, dass ihre Tochter …

»Woran denkst du?«, fragt Savino.

»An den Friedhof von Ferrara.«

»Eine wunderschöne Stadt … Beabsichtigst du, noch lange dort zu bleiben?«

»Ich werde pendeln. Hab ich noch viele nicht genommene Urlaubstage?«

»Unmengen. Man könnte meinen, du hättest nie Urlaub gemacht. Ach übrigens, dieser Merighi kennt so einige wichtige Leute: Jemand aus Rom hat den Polizeipräsidenten gebeten, dich noch ein wenig in Ferrara zu lassen.«

Camilla begrüßt die Kollegen. Alle kennen die Geschichte von Andrea und Fosca aus dem Fernsehen, und alle sind überzeugt, dass Camilla auf eigene Faust ermittelt hat und dass es ihr Verdienst ist, dass Polizei und Justiz dem Mädchen auf die Spur gekommen sind. Es ist sinnlos, es zu leugnen, sie würden ihr doch nicht glauben.

Der Polizist Donato lädt sie auf einen Kaffee aus dem Automaten ein, der im Flur des Erdgeschosses steht, um mit ihr allein zu sein. Er hofft auf eine Einladung. Seit einem Monat haben sie nicht mehr miteinander geschlafen. Aber er spricht über andere Dinge, und Camilla ermutigt ihn nicht. Sie will ein paar Tage allein sein, hier in Modena, in ihrer Wohnung, in ihrer Welt.

Als Camilla aus Modena zurückkommt, findet sie im Garten in der Via Capo delle Volte Matilde, die im Schatten des Gartenpavillons ein Buch liest.

»Irgendetwas Neues?«, fragt sie.

»Morgen kommt Luca nach Hause.«

»Er hat dir gefehlt, nicht wahr? Vor allem nach dem, was geschehen ist.«

Matilde klappt das Buch zu.

»Überhaupt nicht.«

Sie verlassen das Grundstück, um einen Spaziergang zu machen. Die Neugierigen und die Journalisten haben den Belagerungszustand in der Via Capo delle Volte aufgehoben. Camilla kauft die Zeitungen, und sie setzen sich an einen Tisch der Enothek Al Brindisi in der Via degli Adelardi, ehemals Via del Gorgadello, hinter der Kathedrale.

»Warum gerade hier?«, fragt Matilde.

»Ich war mit dem Besitzer, Moreno Pellegrini, befreundet«, erwidert Camilla. »Und weil ich die Atmosphäre dieser Osteria, der ältesten in der Emilia, mag. Sie hieß Taverna del Chiucchiolino. Moreno, ein großer Weinkenner, hat gewisse Details im Innern beibehalten, um, wie er sagte, die alten Gespenster oder richtigen Geister zu ermutigen dazubleiben. Von der Osteria spricht sogar Ariost in der *Lena*: ›Die Augen von Cuchiulin würden klarer sein als die von Sabbatino, Mariano und dergleichen, wenn sie betrunken Gorgadello verlassen …‹«

»Sie haben ein gutes Gedächtnis!«

»Nur für manche Dinge … und ich kann dir nicht garantieren, dass das Zitat korrekt ist.«

Sie blättern die Zeitungen durch.

»Sie finden immer noch etwas, was sie schreiben können«, bemerkt Matilde. »Sie sollten lieber die Polizei ihre Arbeit tun lassen.«

»Für die Ermittler ist der Fall gelöst, auch wenn es kein volles Geständnis des Mädchens gibt. Rechtsanwalt Sereni hat mithilfe der psychiatrischen Gutachten seiner Spezialisten, die von den Sachverständigen des Gerichts bestätigt wurden, alle Welt davon überzeugt, dass Fosca nicht im Vollbesitz ihrer geistigen Kräfte war, als sie den Mord beging. Auch wenn sie volljährig und prozessfähig wäre, hätte er sie freibekommen.«

»Ein Wutanfall.«

»Diese These ist nur schwer aufrechtzuerhalten. Sie hat die Pistole ein Jahr zuvor gestohlen und gewartet, bis sie mit Andrea allein zu Hause war. Vorsätzliche Tötung. Da ist es schon besser, auf kaltblütigen Wahnsinn zu plädieren, das Reifen von Hass und Angst, die die Mutter in ihrem kranken Geist in eine feindliche Figur verwandelt haben. So wie Fosca den Pekinesen verbrannt hat, indem sie ihn als Gegenstand, als Plüschtier, betrachtete, gibt sie einen Schuss auf die Gliederpuppe ab, die sie an die Frau erinnert, die ihr die Liebe verweigert und den Jungen getötet hat, in den sie verliebt war.«

»Ich hatte nicht den Eindruck, dass sie in Toni verliebt war. Sie fühlte sich wohl in seiner Gesellschaft, er war ihr sympathisch, aber ein Mädchen, das sich verknallt hat, verhält sich anders, irgendwie törichter.«

»Du sprichst von einer normalen Heranwachsenden. Ich glaube, ein Psychiater würde bei Fosca das so genannte Borderline-Syndrom diagnostizieren. Das Mädchen hat Schwierigkeiten, sich selbst zu erkennen, sie ist ständig unsicher, was sie in Zukunft machen, an was sie glauben soll ... Aber es ist schwierig, das alles als Wahnsinn zu definieren, denn es handelt sich dabei um Phasen, die alle Jugendlichen mehr oder weniger intensiv durchmachen.«

»Dann bin ich auch ein Borderline-Fall, obwohl ich schon ein bisschen älter bin. Und außerdem weiß ich gar nicht so genau, in welchem Alter man von Jugend spricht, auch wenn ich zwangsläufig aus diesem Alter heraus sein muss.«

»Die Dinge werden sich für Fosca zum Guten wenden«, bemerkt Camilla. Sie deutet auf die Zeitungen. »Im Vergleich zu den ersten Tagen, als das Wort ›Muttermord‹ auftauchte und jemand sie ein kleines Monster nannte, ist die Stimmung umgeschlagen, jetzt überwiegt das Mitleid.

In unserem Fall muss Andrea mit ihrem Ruf bezahlen, aber sie kann sich nicht beklagen. Ich denke, sie kann dieses unfreiwillige Opfer aus Liebe zu ihrer Tochter ruhig bringen.«

»Andrea war nicht so, wie sie beschrieben wird, auch wenn die Ehe in der Krise steckte und sie nicht zur Mutter taugte – ein schwieriger Beruf, vor allem wenn einen das Verhalten der eigenen Tochter erschreckt. Wenn das so weitergeht, werden sie noch behaupten, Fosca habe recht daran getan, sie zu ermorden«, bemerkt Matilde.

»Sicher empfinden die Leute Mitleid mit Fosca. Ein gutes Zeichen.«

»Ist die Schlacht gewonnen?«

»Noch nicht. Rechtsanwalt Sereni will, dass Fosca so schnell wie möglich nach Hause zurückkehrt, zum Vater, überwacht und betreut von Psychologen.«

»Wäre sie arm, würde sie in eine Irrenanstalt für Kriminelle gesperrt.«

»Nicht heute, nicht eine Minderjährige. Nicht einmal, wenn sie das vierzehnte Lebensjahr vollendet hätte. Wenn der Richter zu dem Schluss kommt, dass die minderjährige Person nicht gefährlich ist, kann er zugunsten eines betreuten Aufenthalts in der elterlichen Wohnung oder in einem Betreuungszentrum entscheiden, wo sich diese dem Gericht zur Verfügung halten muss. Im Fall von Mord, wo eine Strafe von mehr als neun Jahren vorgesehen ist, wäre aufgrund der Verdunkelungs- oder Fluchtgefahr die Schutzhaft unvermeidlich.«

»Und wie lange dauert eine solche Schutzhaft?«

»Das entscheidet der Richter, der die Jugendfürsorge zu einem Resozialisierungsplan für den Minderjährigen verpflichtet. Das gilt nicht für Fosca, weil sie unter vierzehn ist. Sie ist lediglich ein krankes Mädchen, das sein Verbrechen nicht wiederholen wird, da der Gegenstand seiner Ängste verschwunden ist. Es ist richtig, sie der Familie und einem Team von Ärzten anzuvertrauen.«

Der Kellner kommt mit den zwei Gläsern Prosecco, die sie bestellt haben.

»Darf ich Sie in Modena besuchen?«, fragt Matilde.

»Wann immer du willst, wir sind Freundinnen, auch wenn du mich noch immer siezt.«

»Ich bring es einfach nicht fertig, zum Du zu wechseln. Sind Sie immer glücklich in Ihrem Beruf als Polizistin?«

»Ich hab ihn mir schließlich ausgesucht. Schade ist nur, dass er mir wenig Freizeit lässt.«

»Das würde ich nicht sagen, wenn ich bedenke, dass Sie hier sind, ohne zu arbeiten.«

»Ich baue nicht genommene Urlaubstage ab. Aber sobald Fosca wieder zu Hause ist, will ich die ganze Geschichte vergessen. Ich habe der Familie als Beobachterin zur Verfügung gestanden, ohne wirklich mit dem Mädchen sprechen zu können, und ich bin eine Art Beraterin für Riccardo Merighi und seinen Anwalt gewesen. Riccardo wollte mich sogar dafür bezahlen, aber ich habe ihm seinen Scheck zurückgegeben. Nicht zuletzt auch, weil ich nichts getan habe, weswegen ich mir von Commissario Leo vorwerfen lassen musste, ich hätte die Gefährlichkeit von Fosca unterschätzt und den Mord nicht verhindert. Zum Glück sehen die gerichtlichen Bestimmungen in Bezug auf Minderjährige den Schutz der Schweigepflicht vor, sonst wäre ich noch zum Gespött der Leute geworden. Riccardo, der Arme, hat sich mehrmals bei mir entschuldigt, dass er mich so tief in die Sache hineingezogen hat.«

Matilde erwidert nichts. Nicht einmal sie hat etwas für Andrea und Fosca tun können, aber sie ist auch keine Polizistin oder Psychologin.

»Begleiten Sie mich nach dem Mittagessen nach Hause?«

»Dann kann ich Luca Guten Tag sagen.«

»Er wird heute Abend um neun am Flughafen von Bologna ankommen. Wir können gemeinsam auf ihn warten.«

20

Camilla fährt Matilde nach Hause, nach Casumaro, ein Häuschen zwischen anderen Häuschen in Dreierreihe, alle gleich, manche noch zementfarben und mit verwilderter Wiese im Vorgarten. Vor dem Fernseher trinken Sie einen furchtbaren Kaffee, den Matilde gemacht hat; Auf Telestene wird gemeldet, Fosca Merighi werde schon sehr bald die Wohngruppe verlassen und dem Vater anvertraut werden, mit der Verpflichtung, im elterlichen Haus zu bleiben, wo sie psychiatrische Betreuung erhalten und ihre schulischen Aktivitäten wieder aufnehmen werde. Matilde dreht den Ton lauter, aber jetzt folgen die Sportnachrichten. Sie schaltet den Fernseher aus. Rechtsanwalt Sereni hat wieder einmal gewonnen.

»Fahren Sie mich zum Flughafen in Bologna? Nur hin. Zurück nehm ich mit Luca ein Taxi.«

Wieder nutzt Matilde sie aus. Und noch immer siezt sie

sie, aber sie macht sich nicht über sie lustig, sie ist nie ernster gewesen. Es hilft ihr, eine gewisse Distanz zwischen ihnen aufrechtzuerhalten. Matilde hat etwas an sich, was Camilla nicht zu fassen vermag, ein Faden, der unkontrolliert flattert, vielleicht nur irgendeine unbedeutende Kleinigkeit, vielleicht das Geheimnis, das helfen würde, auch den Rest zu verstehen. Warum lädt Riccardo sie immer zu sich ein, hier und auf Sardinien? Im Grunde ist sie lediglich die Frau eines seiner Angestellten.

Camilla beschließt, mehr über sie herauszufinden, das Umfeld ihres Lebens kennen zu lernen. Mehr zum Spaß beginnt sie im Internet: Matilde, dann auf Suchen klicken. Es erscheinen Schauspielerinnen, Schriftstellerinnen, Firmen. Mathilde von Magdeburg (eine deutsche Nonne) und Matilde von Canossa.

Sie wird in der nichtvirtuellen Welt weitersuchen, als Polizistin und Beinahelandsmännin von Matilde, unter Zeugen aus Fleisch und Blut. Sie weiß, wo sie anfangen muss.

»Du warst in der Villa von Merighi, als seine Frau ermordet wurde?«

Sie sind in der Bar Roial in Finale, und wie immer sitzt Gianni Botti am Tisch in der Ecke. Vorhersehbar auch seine Frage, die Camilla dazu nutzen wird, ihn auf Matilde zu bringen, ohne dass er es merkt. Erst einmal spendiert sie ihm was zu trinken.

»Ja, ich war Riccardos Gast. Aber an dem Nachmittag war ich hier in der Gegend, zusammen mit Matilde Pilloni. Wir hatten dem Chefbuchhalter der Firma Merighi

Dragons in Casumaro eine Aktenmappe gebracht und in Bondeno Station gemacht, um in der Osteria dal Prèt zu essen.«

»Ein zwölfjähriges Mädchen, das seine Mutter tötet! Früher hat es so was nicht gegeben.«

»Doch.«

»Aber die Mörderin wurde eingesperrt und der Schlüssel weggeworfen.«

Er hat den Namen »Matilde« nicht in den Mund genommen. Dabei ist auch er aus Casumaro und muss sie zwangsläufig kennen. Während sie nach einem anderen Vorwand sucht, um das Gespräch dorthin zu lenken, wo sie es haben will, ohne sich in Bargetratsche zu verlieren, kommt ihr Gianni Botti, der seinen mit Anisschnaps versetzten Kaffee ausgetrunken hat, zuvor: »Eine schöne Frau, die Luppi.«

Camilla tut so, als kenne sie Matilde nicht unter diesem Namen.

»Von wem sprichst du?«

»Von Matilde Pilloni, geborene Luppi. Ihr Vater war Schneider, seine Werkstatt befand sich neben dem Kino Magri in Casumaro.«

»Eine schöne und appetitliche Braut.«

»Mit dem Segen des Ingenieurs Merighi.«

Die Lust am Klatsch lässt seine Augen leuchten. Er wiederholt das Wort »Segen« und begleitet es mit der Geste des Segnens, die sich am Ende in eine vulgäre Gebärde verwandelt. Camilla wird das, was sie hört, nicht für bare Münze nehmen dürfen. Sie muss sich zusammennehmen, um ihn nicht zum Teufel zu schicken.

»Wer, glaubst du, hat Luca Pilloni, einen Sarden, der

nichts kann und nichts hat, in der Merighi Dragons untergebracht?«, fährt Gianni fort.

»Der Besitzer selbst?«

»Natürlich: dein Freund Riccardo Merighi, der auch ein Freund von Matilde ist, wenngleich die Freundschaft zu ihr anders ist als die zu dir – hoffe ich wenigstens.«

Er lacht wie über einen gut erzählten Witz. Dann erinnert er sich, dass Camilla bei der Polizei ist, und beeilt sich hinzuzufügen: »Ich mach gern einen Scherz, das weißt du ja.«

Camilla lächelt ihm zu, um ihm zu zeigen, dass sie ihm verziehen hat, und ermutigt ihn weiterzusprechen.

»Dorfklatsch. Einer mit einer schönen Frau findet eine gute Arbeit, und das Verdienst, nennen wir es so, wird ihr zugeschrieben.«

»Das sind Fakten, kein Klatsch«, bekräftigt Gianni. »Matilde hat sogar ein Kind von Merighi erwartet. Das ist zwölf Jahre her, als sie ein junges Mädchen war, aber viele erinnern sich an sie, als sie einen dicken Bauch hatte. Plötzlich war sie verschwunden und kehrte ohne das Kind zurück. Sie hatte es verloren, die Arme.«

Dieses »die Arme« so plötzlich zwischen all den gehässigen Äußerungen verblüfft und ärgert Camilla, aber sie lässt sich nichts anmerken. Im letzten Sommer hatte sie auf dem Boot Dehnungsstreifen auf Matildes Bauch bemerkt, die aber so leicht waren, dass sie sie auf eine Abmagerungskur zurückgeführt hatte.

»Vielleicht hatte sie nur zugenommen.«

»Ich kenne den *sguaitapìp*, der sie untersucht hat, einer aus Cento.«

»Wen?«

»Hast du unseren Dialekt verlernt? *Sguaitàr* bedeutet mustern, neugierig betrachten, während *pipa* das Geschlecht der Frauen bezeichnet.«

»Dann ist der *sguaitapìp* also der Gynäkologe.«

»Bravo. Er hat mir streng vertraulich von Matildes Unfall erzählt, nennen wir es mal so.«

»Und es hätte nicht Pillonis Kind sein können?«

Gianni breitet die Arme aus und blickt zur Decke der Bar Roial empor, als wohne Gott im Stockwerk darüber.

»Das weiß der Himmel. Ich glaube, dass Luca damals noch nicht mit Matilde verkehrte, auch wenn er sie schon kannte. In einem kleinen Dorf wie Casumaro kennen wir uns alle. Ich kann dir nicht sagen, ob Riccardo Luca überredet hat, seine junge Geliebte zu heiraten, um sie unter die Haube zu bringen und ständig zur Verfügung zu haben, oder ob Matilde ihn um eine Stelle für Luca gebeten hat, nachdem sie sich zusammengetan hatten. Wie auch immer, ein Nichtsnutz wie Luca hat sich ins gemachte Nest gesetzt. Gehörnt und bezahlt.«

»Du kannst ihn nicht gehörnt nennen, wenn die Beziehung zwischen Matilde und Riccardo bereits beendet war, bevor Luca auf den Plan trat.«

»Ich hab meine Zweifel, ob sie wirklich beendet ist. Seid ihr euch im Haus von Merighi nicht begegnet?«

»Auf Sardinien und in Ferrara, aber auf Sardinien war Luca dabei, und in Ferrara waren viele da, nicht zuletzt Riccardos Frau.« Sie wartet, bis der Kellner die Tassen weggebracht hat, und fügt hinzu: »Gehört Matilde deiner Meinung nach zu der Sorte Frauen, die dem Geliebten ein Kind schenken in der Hoffnung, die Stelle der Ehefrau einnehmen zu können?«

»Woher soll ich wissen, was einem Mädchen durch den Kopf ging und zwischen den Beinen juckte, das ich kaum vom Sehen kannte? Die Stelle würde viele reizen: Villa am Meer und in den Bergen, dicke Autos, die Fabrik … Ein schöner Sprung für die Tochter von Concincina, dem Schneider von Casumaro, der wegen seiner Leidenschaft fürs Kartenspiel so genannt wurde. Aber ich glaube nicht, dass sie so dumm gewesen ist, das wirklich zu denken. Zumindest nicht, solange Andrea lebte. Auch Matilde wusste wie alle sehr gut, dass Merighi sich niemals von sich aus scheiden lassen würde.«

»Wegen seiner Tochter?«

»Wegen des Vermögens seiner Frau. Weißt du denn nicht, dass Andrea Venturi die einzige Tochter von Samuele Venturi, einem der reichsten Großgrundbesitzer der Provinzen Ferrara, Modena und Bologna, ist? Riccardo hat einen grandiosen Coup gelandet, als er die schönste Erbin von Ferrara geheiratet hat. Stell dir nur vor, wenn er sich hätte scheiden lassen. Jetzt werden Riccardo und das Mädchen das Vermögen der Venturis erben. Und sie werden das Leben in vollen Zügen genießen. Vorausgesetzt, Fosca bleibt nicht für immer in irgendeiner Anstalt, aber das wird sie sicher nicht.«

»Jetzt könnte Matilde doch Luca verlassen und Riccardo heiraten.«

»Und sie würden glücklich und zufrieden leben?«

21

Der gemeine Floh im Ohr beginnt zu arbeiten, wobei er seine eigene Größe und Camillas Schwäche ausnutzt, die zu sehr Polizistin ist, um ihn zu ignorieren. Die Inspektorin Camilla Cagliostri war losgefahren in der Überzeugung, übles Gerede zu hören zu bekommen, ohne es allzu ernst zu nehmen und das bisschen Wahrheit herausfiltern zu können, das es enthalten mag. Jetzt aber glaubt sie ohne jeden Gegenbeweis Gianni Bottis boshaften Bemerkungen und spinnt sich eine Provinzposse über einen gehörnten Ehemann, Abtreibung und kleinliche Interessen zusammen. Wäre Matilde nicht am Tag von Andreas Ermordung mit ihr zusammen gewesen, würde sie ihr auch dieses Drama zur Last legen. Und sie würde ihr Riccardo als ihren Komplizen an die Seite stellen, wenn er nicht in Rom gewesen wäre. Im Grunde hat Fosca nichts gestanden, sie beschränkt sich darauf zu behaupten, sie könne sich nicht erinnern.

Riccardos Alibi hat den Ermittlungen von Commissario Leo, einem Polizeihund, der seine Beute niemals auslässt, standgehalten.

»Und Matildes Alibi bin ich.«

Könnte es nicht sein, dass die beiden mich ganz schön an der Nase herumgeführt haben?

Absurd. Sie wischt alles weg – fast alles. Es bleibt die Wut darüber, dass Matilde Riccardos Exgeliebte ist. Warum Ex? Camilla hatte sich schon auf Sardinien gefragt, ob sie nicht die heimliche Frau an Riccardos Seite sei, die, die ihn über Andreas Untreue hinwegtröstet.

Vielleicht sollte sie zu Luca gehen und ihm ins Gesicht schleudern: »Gib Acht, deine Frau geht noch immer mit deinem Chef ins Bett!« Vielleicht ist ja wenigstens er in der Kunst des Lügens nicht bewandert und verrät sich.

Anstatt nach Modena zurückzukehren, beschließt Camilla, nach Casumaro zu fahren. Sie fährt langsam, sie will im Dunkeln ankommen und in der Nähe des Hauses der Pillonis parken, um sie ein wenig auszuspionieren, aber nicht aus zu großer Nähe, weil Matilde den roten Mini kennt, der zu auffällig ist, um unbemerkt zu bleiben.

Ein kindisches, ja törichtes Unterfangen. Aber wie könnte man sich auch klug und erwachsen verhalten in dieser Geschichte, in der es zwei Schurken gibt – Matilde und Riccardo – und zwei Opfer – Andrea und ihre Tochter. Wenn da etwas faul ist, sollen es doch die Richter und Polizisten von Ferrara entdecken. Camilla, die sich als einfache Zeugin bereits die Vorwürfe des Dottore und des Commissario hat anhören müssen, kann sich zurückziehen, ohne dass jemand darunter leidet. Sie fühlt sich als Nebenperson, wie Luca Pilloni oder die beiden philippinischen Hausmädchen.

Casumaro feiert die schöne Jahreszeit, die Einwohner sind auf der Straße oder sitzen vor der Bar. Ein riesiges Zelt bietet Platz für Tische und eine Feldküche, es ist eine Art Fest der Einheit. Serviert werden Schnecken *alla casumarese* nach dem berühmten Rezept aus dem siebzehnten Jahrhundert. Es reizt Camilla, ein bisschen zu verweilen, aber leicht könnte sie Matilde begegnen, in fröhlicher Stimmung durch den Wein, glücklich über eine in der Lotterie gewonnene Gewürzsalami mit Marsala oder über die Musik der »Al Chermes e i suoi Savoiardi«, mittendrin in der guten und einfachen Welt, in der sie aufgewachsen ist, die sie aber insgeheim verrät, um auf Kosten anderer Ferien an der Costa Smeralda oder in der Villa innerhalb der Mauern von Ferrara zu verbringen. Ferien, die sie in ein Leben zu verwandeln trachtet. Besser, sie begegnet ihr heute Abend nicht, Gianni Bottis Worte sind noch zu frisch. Camilla könnte sie ihren ganzen Unmut spüren lassen. Außerdem weiß sie noch nicht so recht, wie sie diesen Unmut rechtfertigen soll – mit Eifersucht, mit der Verärgerung darüber, dass Matilde ihr nicht die ganze Wahrheit erzählt hat, oder mit dem Gefühl, Zeugin einer Verschwörung gewesen zu sein? Aber was für eine Eifersucht? Camilla hat Riccardo nie geliebt.

Sie fährt über den Platz, in Kolonne mit anderen Wagen, biegt nach rechts in eine schlecht beleuchtete Nebenstraße, biegt noch einmal nach rechts ab und kommt in das neue Viertel, in dem Luca und Matilde wohnen. Die Musik des Festes dringt nicht bis hierher. Sie parkt zwischen anderen Wagen, schaltet Motor und Scheinwerfer aus und steigt aus, um sich die Beine zu vertreten.

Matilde und Luca sind zu Hause, das Häuschen ist das einzige, dessen Wohnzimmerfenster, das auf die kleine Veranda geht, erleuchtet ist.

Sie steigt wieder in ihren Wagen und wartet, worauf, weiß sie nicht. Nur zu gern würde sie Matilde sehen. Sie hat ihren Wunsch noch nicht zu Ende gedacht, da erscheint sie schon am Fenster und blickt in Camillas Richtung, als hätte sie sie entdeckt, aber das ist unmöglich bei der Dunkelheit draußen und mit dem Licht im Zimmer hinter ihr. Vielleicht hat sie ihre Gegenwart gespürt. Der reinste amerikanische Film. Sie schließt das Fenster.

Das Licht geht aus. Sie werden beschlossen haben auszugehen, mit den anderen Dorfbewohnern zu feiern. Camillas Herz schlägt heftig. Sie kennt den Wagen der Pillonis nicht, es könnte der sein, der hinter dem Mini parkt, sie werden herkommen und Camilla erkennen. Eine Anwesenheit, die schwer zu erklären ist. Eine peinliche Situation.

Ein Schatten, einer nur, kommt aus dem dunklen Haus. Sie erkennt Matilde, als sie durch die Gittertür des Gartens geht. Ohne sich umzublicken, öffnet sie den Punto, der vor dem Haus steht. Sie steigt ein, lässt den Motor an und schaltet die Scheinwerfer ein. Camilla ist versucht, zu ihr zu gehen, sich zu erkennen zu geben, ihr zu sagen, dass sie gerade angekommen ist und mit ihr sprechen muss. Um ihr was zu sagen? Dass sie eine ausgezeichnete Schauspielerin sei?

Sie wartet, bis der Punto nach rechts abbiegt, dreht den Zündschlüssel und folgt ihr. Sie wird direkt zum Platz fahren, zum Schneckenfest, wo Luca auf sie wartet. Sie trifft Matilde auf der Staatsstraße wieder, zwischen den anderen Autos, drei Wagenlängen vor dem Mini. Sie fährt an dem Zelt, an der Kirche vorbei.

»Sie fährt nach Ferrara«, bemerkt Camilla laut. »Oder nach Mirabello, Vigarano, Porotto.«

Sie könnte schwören, dass sie auf dem Weg nach Ferrara ist. Das wäre wirklich die Krönung des Tages, wenn sie sie mit ihrem Geliebten überraschen könnte. Aus dem Gesicht, das sie und Riccardo machen würden, würde sie vieles ableiten können.

In Ferrara gibt es nicht nur Riccardo. Vielleicht will sie ja ins Kino, ins Theater, in ein Konzert, in den Jazzclub, eine Freundin besuchen oder sich mit Luca treffen.

Währenddessen folgt sie ihr auf der Statale Correggese über die Brücke über den Cavo Napoleonico. Sie sind noch zu dritt: der Mini, ein Mercedes und der Punto, der vorneweg fährt. Sie muss aufpassen, Matilde nicht zu verlieren, aber auch nicht von ihr entdeckt zu werden. Sie hat das Gefühl, in einem Film zu sein, doch sie amüsiert sich kein bisschen.

Matilde fährt direkt nach Ferrara, und zum Glück fährt auch der Mercedes, der den Mini verdeckt, dorthin. Bei Porta Po nimmt der Mercedes den Weg zum Bahnhof, während Matilde und Camilla in den Viale Cavour einbiegen. Jetzt herrscht reger Verkehr, und eine rote Ampel könnte sie trennen. Matilde fährt ruhig, man würde nicht glauben, dass sie zu einer dringenden Verabredung unterwegs ist. Oder sie ist sehr zeitig dran.

Corso Isonzo, dann nach links in die Via Piangipane, dann rechts in eine der Gassen bei den Rampari di San Paolo. Sie sucht einen Parkplatz, findet ihn, steigt aus und geht zu Fuß weiter. Camilla parkt nicht weit entfernt, in der Via Parmeggiano. Sie befinden sich in der Nähe der Via Capo delle Volte, in der Riccardo wohnt, aber noch ist nicht gesagt, dass sie wirklich zu ihrem Liebhaber will.

Ihr zu Fuß zu folgen ist einfacher, sie läuft nicht Gefahr, einen Unfall zu verursachen, sie muss nur aufpassen, dass Matilde sich nicht überraschend umdreht. Die anderen Passanten sind da ganz hilfreich. Es ist nicht das erste Mal, dass die Inspektorin Camilla Cagliostri jemanden beschattet. Sie folgt ihr durch die Via Ripagrande. Matilde geht direkt zu Riccardo nach Hause. Camilla hatte gehofft, sie würden sich woanders treffen, in einer Bar, wo viele Leute sind, oder wenigstens auf der Straße, wo sie überraschend auftauchen kann, während sie Händchen halten. Aber warum sollten sie sich in der Öffentlichkeit treffen, wo Riccardo doch eine riesige Villa zur Verfügung hat?

In der Via Capo delle Volte wechselt das Licht der Straßenlaternen mit Zonen tiefen Schattens ab, in denen sich Camilla verbirgt und Matilde beobachtet, die jetzt langsamer geht, vor der kleinen Tür in der Mauer stehen bleibt und auf weiß der Teufel was wartet. Sie läutet nicht. Sie überlegt es sich anders und kommt auf Camilla zu, die sich gegen die Mauer drückt. Matilde sieht sie nicht, sie bleibt vorher stehen, so sehr in ihre Gedanken vertieft, dass sie nicht auf ihre Umgebung achtet; dann überlegt sie es sich erneut anders und kehrt zu dem Türchen zurück. Als sie vorhin im hellen Licht stand, hatte Camilla deutlich ihr Gesicht sehen können, sie hatte nicht wie eine glückliche Frau gewirkt, die dem Treffen mit ihrem Liebhaber entgegenfiebert, sondern voller Angst und gequält von Zweifeln, den gleichen, die sie noch immer reglos vor der Tür zur Casa Merighi verharren lassen. Sie sind allein auf der Straße. Irgendwo schlägt eine Glocke. Camilla schaut auf ihre Uhr. Es ist dreiundzwanzig Uhr dreißig.

Matilde sucht irgendetwas in ihrer kleinen Umhängetasche, findet die Schlüssel, öffnet das Türchen. Sie braucht nicht zu läuten, sie hat die Hausschlüssel. Riccardo hatte allen Gästen welche gegeben, damit sie jederzeit kommen und gehen konnten. Auch Camilla hat sie nicht zurückgegeben. Sie wollte Foscas Rückkehr, das Ende der Geschichte abwarten. Theoretisch ist sie noch immer Riccardo Merighis Gast.

Matilde öffnet die Tür zwei Handbreit, schlüpft hindurch und verschwindet. Camilla bleibt nichts anderes übrig, als nach Modena zurückzufahren. Sie kann schlecht läuten und Riccardo durch die Sprechanlage fragen, warum Matilde ihn nachts besucht.

Sie kehrt zu ihrem Wagen zurück, doch anstatt den Motor anzulassen, betrachtet sie ihren eigenen Schlüsselbund; der Schlüssel des Türchens zur Casa Merighi ist länger als die anderen, und sein Ring ist mit rotem Plastik überzogen.

Sie überlegt nicht länger, um sich nicht vom gesunden Menschenverstand von ihrem Vorhaben abbringen zu lassen. Sie kehrt in die Via Capo delle Volte zurück. Insgeheim hofft sie, dass der Schlüssel nicht passt, dass Riccardo die Schlösser hat austauschen lassen, aber zwei Umdrehungen genügen, und sie ist im Garten. Sie schließt die Tür hinter sich. Sie erinnert sich gut an den nächtlichen Garten, aber sie hat ihn niemals allein durchquert, die Lichter um den Swimmingpool brennen nicht. Ihre Dreistigkeit scheint die Stadt draußen zum Verstummen gebracht zu haben. In der Stille vernimmt sie nur leise Geräusche, Rascheln, Zischen, Pfeifen, dann Gezwitscher, vielleicht eine Nachtigall angesichts der nächtlichen Stunde, aber sie macht die Nacht nicht schöner und lässt das Herz nicht langsamer schlagen. Wovor hat sie Angst? Sie kann sich immer noch darauf herausreden, sie sei gekommen, um Papiere zu holen, die sie im Gästezimmer zurückgelassen habe. Um diese Zeit? Die Dienstpläne einer Polizistin. Sag mir lieber, was Matilde hier bei dir macht!

Niemand lässt sich blicken, nicht einmal die philippinischen Hausmädchen. Lolli wird zu Hause sein. Allenfalls macht ihr die Tote Angst, während sie am Swimmingpool vorbeigeht. Sie erinnert sich genau an Andreas Leiche, die auf dem Bauch im vom Blut getrübten Wasser schwamm. Sie versucht, die Mordszene zu rekonstruieren, für die es keine Zeugen gibt: Fosca geht durch den Garten, die schwere Pistole, die sie ihrem Vater gestohlen hat, in beiden Händen, sie kommt zum Pool, sieht die Mutter von hinten, sie ist gerade aus dem Wasser gekommen, sie schießt auf sie, ein Mal nur, mit der Präzision eines Auftragskillers.

Vorausgesetzt, Andrea ist nicht tatsächlich von einem Auftragskiller getötet worden. Aber da sind die Spuren, die Ergebnisse des modernen Paraffintests, die gestohlene Pistole, die ein ganzes Jahr in einem Versteck bereitgehalten worden war.

Camilla blickt zu dem einzigen erleuchteten Fenster im ersten Stock hinauf. Es ist das von Riccardos Schlafzimmer. Sie hatte gehofft, ihn im Wohnzimmer zu überraschen. So kann sie sich als Protagonistin einer Burleske oder eines dieser erotischen Filmchen fühlen, die vor dreißig Jahren in Mode waren. Aber es gibt wenig zu lachen, wenn Matilde und Riccardo tatsächlich Komplizen wären bei etwas, das sich als sehr viel mehr als nur ein Ehebruch erwiesen hat.

Sie geht weiter, fest entschlossen, mit ihren eigenen Augen und nicht nur mit ihrer Phantasie zu sehen. Die Tür der Villa wird niemals abgeschlossen. Sie geht durch die Halle und die Treppe hinauf – im Dunkeln, sie weiß genau, wo die Möbel stehen –, dann durchquert sie den Flur im Schlafbereich bis zum Ende, wo die beiden ehelichen Schlafzimmer liegen. Licht dringt unter der Tür hervor.

Geflüster, sie erkennt Riccardos Lachen. Das Gelächter

hat eine genaue Identität, ist mehr als einfache Stimmen, es hat eine Seele. Sie nähert sich. Die Turnschuhe sind ideal für Polizisten. Die Tür ist angelehnt. Sie zögert. Schämt sich, stellt sich bereits den Anblick vor, der sie erwartet, Matilde in Riccardos Armen.

Im letzten Augenblick beschließt sie zu gehen, die beiden Liebenden zum Teufel zu schicken. Wenn sie etwas Schlimmeres zu verbergen haben, wird sie es bestimmt nicht finden, wenn sie sie im Bett beobachtet. Sie macht kehrt. Als sie in der Mitte des Flurs ist, hört sie die weibliche Stimme. Eine junge Stimme. Die Worte versteht sie nicht, aber sie ist sicher, dass es sich nicht um Matilde handelt.

Riccardo im Bett mit Dolores, der Filipina? Lächerlich. Allenfalls mit einer jungen Dame der guten Gesellschaft von Ferrara.

Camilla belügt sich selbst, um sich von der Wahrheit und vom Schlafzimmer zu entfernen. Sie hat die Stimme erkannt, aber sie versucht, dem Gehirn andere Antworten aufzuzwingen.

Es gelingt ihr nicht, aus dem Haus und vor der Wahrheit zu fliehen. Im Dunkeln geht sie wieder zur Tür, schiebt sie einen Spalt auf, um ihre Zweifel auszuräumen, und richtet ihren Blick auf die Geliebte, die auf Riccardo liegt, schmächtig, mit zarten Schultern, zerzaustem Haar, die kleinen Füße auf dem Laken.

Schließlich rennt sie weg und bleibt erst am Rand des Swimmingpools stehen. Die Villa liegt stumm da, niemand zeigt sich am Fenster, sie haben sie nicht gehört, waren zu sehr mit sich selbst beschäftigt.

Camilla setzt sich auf die Sonnenliege und versucht,

ihre Gedanken zu ordnen. Aber in ihrer Verwirrung lenkt sie der Duft ab, der vom Plastiküberzug der Liege ausgeht, er scheint ihr der von Andrea zu sein, der für immer an den Gegenständen ihres Hauses haftet, viel mehr als das, was von ihr im Gedächtnis und in den Gewissensbissen der Lebenden zurückgeblieben ist.

Camilla ist müde und schweißgebadet, ihre Beine tragen sie nicht, als sei sie stundenlang gerannt. Als Leiterin des Dezernats für Jugendkriminalität hat sie immer wieder mit ähnlichen Fällen zu tun gehabt, aber nie in so unmittelbarer Nähe.

Sie fährt zusammen. Ein Schatten bewegt sich auf der anderen Seite der Bambuswand, die wegen der großen Hitze dieses Sommers viele Blätter verloren hat, und verschwindet hinter dem Oleander; vielleicht ist es Riccardo, der die Schritte im Flur oder auf der Treppe gehört hat und nachsehen will, wer der Fremde im Garten ist, ein Spion oder ein Dieb oder eines der Raubüberfälle verübenden Gespenster aus Foscas Phantasie. Er wird so tun, als erkenne er Camilla nicht, und auf sie schießen, um sich hinterher der Polizei gegenüber rechtfertigen zu können: Ich habe sie für einen Dieb gehalten, sie hat nichts gesagt, ich war im *living*, um die Rückkehr meiner Tochter zu feiern – das arme Mädchen, dreimal mit einem gewaltsamen Tod konfrontiert!

Camilla entfernt sich vom Swimmingpool. Um zur Einfahrt zu gelangen, muss sie zwangsläufig den dicht bepflanzten Bereich des Gartens durchqueren, der wie geschaffen ist für einen Hinterhalt.

Plötzlich steht der Schatten vor ihr, auf dem Pfad, aufgetaucht aus dem Dickicht. Camilla entfährt ein absurder

Schrei, allerdings nur in Gedanken: »Andrea!«, bevor sie das Gespenst erkennt.

»Matilde!«

Matilde legt den Zeigefinger auf ihre Lippen und nimmt sie bei der Hand. Sie laufen zu dem Türchen in der Einfriedungsmauer. Plötzlich wird es taghell im Garten. Riccardos Stimme ruft aus der Ferne: »Wer ist da?« Camilla öffnet das Türchen, und sie schlüpfen hinaus. Als sie die Via Capo delle Volte entlanglaufen, kommt Camilla ihr Eindringen in die Villa bereits wie ein Traum vor. Sie geht nach einer Verabredung mit einer Freundin spazieren. Bevor sie etwas sagen, warten sie, bis sie im Corso Porta Reno sind, inmitten der Leute, die aus dem Kino oder aus der Pizzeria heimkehren. Matilde spricht als Erste: »Ob er uns erkannt hat?«

»Möglich.«

»Was haben Sie um diese Zeit in Riccardos Garten gesucht?« Matilde wartet die Antwort nicht ab: »Ich nehme an, Sie wollten ebenfalls persönlich nachsehen, gleich nachdem Sie im Radio die Nachricht gehört hatten, dass das Gericht Fosca erlaubt hat, nach Hause zurückzukehren. Ich habe einfach die Schlüssel benutzt, die ich noch nicht zurückgegeben habe. Wenn mein Verdacht wirklich gerechtfertigt sein sollte, hätten Riccardo und Fosca, wären sie …«

Sie findet nicht das richtige Wort.

»… hätten sie ihre Rückkehr gefeiert wie zwei Liebende«, spricht Camilla den Satz zu Ende. »Ich hätte es allerdings niemals für möglich gehalten, nicht einmal, als du mich auf gewisse intime Gesten aufmerksam gemacht hast, die ich als Ausdruck väterlicher Liebe gedeutet habe.

Sie nannte ihren Vater beim Vornamen, ihre Mutter aber auch. Nein, ich kann es noch immer nicht glauben. Wenn ich es nicht mit eigenen Augen gesehen hätte …«

»Ich dachte, in Ihrem Beruf werden Sie häufig mit solchen Fällen konfrontiert.«

»Als Polizistin bin ich eine Außenstehende und kenne die Beteiligten nicht näher. Solche Geschichten kommen ziemlich häufig vor, und oft ist der Vater das Ungeheuer. Ich habe Männer festgenommen, die sich als Opfer fühlten, verfolgt von absurden Gesetzen und fest davon überzeugt, dass das, was sie tun, ganz normal ist. Es bekümmert sie, wenn die Kinder sie anzeigen oder auch nur zurückweisen. Nur selten handelt es sich um physische Gewalt. Die Gewalt innerhalb der Familie ist heimtückisch, schleichend, erpresserisch, eine Verführung, die die Situation der gefühlsmäßigen Abhängigkeit des Jungen oder des Mädchens ausnutzt. Niedertracht, und ich …«

»Ich bin müde«, unterbricht Matilde sie, »nehmen Sie mich mit nach Modena, zu Ihnen.«

»Wo ist Luca?«

Matilde zuckt die Achseln.

»In der Hölle.«

»Wie wir.«

22

»Man sieht, dass das ein Singlehaushalt ist«, sagt Matilde, als sie in das Zimmer treten, das als Wohn- und Arbeitszimmer dient.

Camilla blickt sich um, sie versteht nicht, woran man das erkennen sollte; bevor sie heute Morgen aus dem Haus gegangen ist, hat sie schnell noch das Geschirr gespült und alles aufgeräumt, dann ist die Putzfrau gekommen, hat die Teller und die Töpfe weggeräumt und die Böden gewischt, das Einzige, was Lea wirklich gut macht. Camilla ist eine der wenigen Modeneser, die eine Putzfrau aus der Emilia haben. Der Unterschied zwischen Lea und einer Filipina ist, dass sie das Doppelte kostet und sich selbst als »Haushälterin der Zuchtmeisterin für Irre« bezeichnet, da für sie, die 1940 in San Giovanni in Persiceto geboren wurde, alle Verbrecher, kleine wie große, Verrückte im letzten Stadium sind, sonst würden sie nicht tun, was sie tun. Nicht einmal Lea ist ganz normal, sie behauptet, sie würde die Welt von heute nicht verstehen und die Fremden würden ihr Angst machen, alle, ungeachtet ihrer Hautfarbe und Nationalität, einschließlich der japanischen und amerikanischen Touristen.

»Woran erkennst du das?«

Matilde deutet auf eine Bluse, die neben der Tür auf einem Bügel hängt. Sie hängt schon so lange dort, dass Camilla sie nicht mehr als etwas betrachtet, das nicht an seinem Ort ist.

»Ihre Putzfrau und Ihr Freund schaffen es nicht, eine wirkliche Ordnung in Ihr Leben zu bringen?«, fragt sie.

Sie setzt sich auf das Sofa, das in der Mitte des Raums steht. Camilla gießt einen Fingerbreit Whisky ein, Matilde lehnt mit einer Handbewegung ab. Camilla leert das Glas in einem Zug, sie braucht das jetzt.

»Und was erzählst du mir über die Unordnung in deinem Leben?«

»Ich weiß gar nicht, wo ich anfangen soll«, erwidert Matilde, ohne sich zu ihr umzudrehen. Dann fügt sie hinzu: »Wenn man es Unordnung nennen will, dass man nichts tut, dass man das Leben nimmt, wie es kommt.«

Camilla legt ihr die Hände auf die Schultern, von hinten, und streichelt sie mit Bewegungen, die einer Massage gleichen, aber auch einer Botschaft, verbunden mit dem Verlangen, ihr den Hals mit der gebotenen Kraft zuzudrücken.

»Ich hab dir nicht die Wahrheit gesagt, was heute Nacht betrifft, als ich in Riccardos Haus eingedrungen bin und ihn mit Fosca überrascht hab, wie du ein paar Minuten zuvor.« Camilla macht eine Pause, die Hände noch immer auf Matildes Schultern. »Ich wusste nichts von Foscas Rückkehr. Ich bin dir gefolgt, seit du in Casumaro losgefahren bist.«

»Das hab ich gar nicht bemerkt. Warum sind Sie mir gefolgt?«

»Ich wollte wissen, ob du eine Verabredung hattest. Ich hatte kurz vorher erfahren, dass du Riccardos Geliebte gewesen bist und dass die Geschichte möglicherweise noch andauert.«

»Wenn Sie sich mir gegenübersetzen, kann ich Ihnen ins Gesicht schauen.«

Camilla setzt sich in einen Sessel.

»Wollen Sie es wirklich wissen?«, fragt Matilde.

»Das will ich immer.«

»Als Polizistin oder als Freundin?«

»Als Freundin, die dich gern gehabt hat.«

»Sie sprechen in der Vergangenheit.«

»Aber in der unvollendeten, wie unser Verhältnis von Beginn an.«

»Ich kenne Riccardo, seit ich ein kleines Mädchen war.«

»Noch vor seiner Heirat mit Andrea?«

»Ich bin seine Geliebte geworden, noch bevor ich eine Frau wurde.«

»Wie alt warst du?«

»Gerade zwölf geworden.«

»Mein Gott, Foscas Alter!«

»Ich war viel weniger entwickelt, körperlich. Damals wussten die Zwölfjährigen praktisch nichts vom Leben, und ich hatte nicht einmal eine Mutter, die mir davon erzählen konnte. Ich bin mit meinem Vater und Tante Maria aufgewachsen, der Schwester des Vaters meines Vaters, eine alte Jungfer, fünfundsiebzig, absolut ungeeignet, die Welt zu verstehen und sie einem kleinen Mädchen zu erklären. Sie beschränkte sich darauf, das Essen zu kochen und die Wohnung sauber zu halten. Ich glaube, sie war auch ein bisschen zurückgeblieben. Als ich meine erste Regel bekam, bin ich zu einer Nachbarin gegangen. Ich war verzweifelt und hab bitterlich geweint, fest überzeugt, dass es sich um eine Krankheit handele.«

»Hat dein Vater dich gern gehabt?«

»Klar: Ich gehörte ihm ja. Mit zwölf verkaufte er mich an den Ingenieur Merighi für Geld, das eigentlich dazu dienen sollte, das Haus zu bezahlen, in dem wir lebten. In

Wirklichkeit landete das Geld in den Taschen der Wucherer. Das, was mein Vater, einer der beiden Schneider von Casumaro, am Tag verdiente, verlor er nachts tausendfach beim Kartenspiel im Hinterzimmer des Caffè Commercio, wo die Spieler sich trafen. Papa nannten sie ›Concincina‹. Merighi hatte gerade sein Unternehmen gegründet, das gut lief. Damals kümmerte er sich persönlich auch um die kleinen Dinge und kam zu meinem Vater, um ihn zu beauftragen, das Markenzeichen der Merighi Dragons, einen kleinen, auf den Hinterbeinen stehenden Drachen, auf die Overalls der Arbeiter und die Kittel der Angestellten zu nähen. Mein Vater war der Schneider von Riccardos Vater, der wenige Jahre zuvor gestorben war, daher bat er ihn um die Summe, die er für das Haus brauchte. Als Darlehen. Ich weiß nicht genau, wie die Verhandlungen verliefen, Riccardo ließ sich mit Sicherheit nicht erweichen, schon deswegen nicht, weil alle über das Laster meines Vaters Bescheid wussten. Trotzdem floss das Geld, jedes Mal ein bisschen, und Riccardo wurde zu einem ständigen Besucher bei uns zu Hause. Er kam zum Mittagessen, unter dem Vorwand, Tante Maria mache die besten Tagliatelle der Emilia, manchmal kam er mitten am Nachmittag, und dann machte ich ihm Kaffee mit der neapolitanischen Kaffeemaschine. Ich verstand nicht so recht, warum dieser junge Herr so häufig unser Gast war. Ich wusste, dass er in Finale geboren worden war, dass er in Ferrara zu Hause war und dass er in seiner Fabrik in der Via Bondenese gegenüber von Pirani arbeitete. Und dass er sich seine Anzüge von einem Schneider aus Bologna anfertigen ließ. Eines Tages fuhren mein Vater und Tante Maria nach Modena, ich weiß nicht mehr, aus welchem

Grund. An diesem Nachmittag empfing ich Ingenieur Merighi bei uns zu Hause, als ich aus der Schule kam.«

»Mit zwölf Jahren.«

»Ich wirkte nicht wie zwölf, weder äußerlich noch innerlich. Ich war ein reizendes Mädchen, mehr nicht.«

Camilla würde ihr gern helfen, den schwierigsten Teil ihrer Erzählung zu beginnen, aber sie weiß nicht, was sie sagen soll.

»Ich hab noch nie darüber gesprochen. Nicht einmal mit mir selbst. Manchmal denke ich, das alles ist einer anderen Person passiert, ich habe keine Spuren davon zurückbehalten. Oder vielleicht doch, und ich wäre anders ohne diese Spuren, am ersten Tag all mein Blut und die Säfte, mit denen er mich danach besabbert hat, so viele Male über eine so lange Zeit hinweg, bis ich groß geworden war. Dass ich eine Frau wurde, hat mich befreit, ich hab ihn nicht mehr interessiert, und er hat mich verschenkt.«

Sie steht auf. Mehr braucht sie nicht zu erzählen, Camilla kann sich die Einzelheiten vorstellen. Matilde geht entschlossen durch den kleinen Flur, als sei sie die Hausherrin. Camilla folgt ihr. Das Schlafzimmer ist aufgeräumt, sie hat das Bett am Morgen gemacht, die Luft riecht nach dem Waldkiefernspray, das eine weitere von Leas Manien ist. Matilde beginnt sich auszuziehen. Camilla schaut ihr zu. Sie fragt: »Hat Riccardo dich verführt oder vergewaltigt?«

Matilde antwortet mit präzisen, erzürnten Fragen: »Was soll das heißen? Ist es etwa keine Gewalt bei einem zwölfjährigen Mädchen?« Sie nimmt die Tagesdecke vom Bett und streckt sich auf den Laken aus, nackt, weiß: »Riccardo hat mich geschändet, vergewaltigt … Wie er es vermutlich auch mit Fosca gemacht hat, nur dass er bei ihr schöne Worte benutzt und sie sanfter gestreichelt hat. Es läuft auf das Gleiche hinaus.« Sie wartet, bis Camilla sich ausgezogen hat und sich zu ihr ins Bett legt. Sie streichelt ihren Bauch: »Ich hab lange auf dem Bett gelegen, voller Blut. Er hat mich nicht allein gelassen, sicher fürchtete er, ich könnte zu einer Nachbarin gehen und sie um Hilfe bitten, oder zu den Carabinieri. Er hat mir gesagt, dieses kleine Missgeschick würde allen Frauen widerfahren, alle würden beim ersten Mal leiden – aber ich war ein Kind! –, danach würde es schön werden, und dann würde ich ihn darum bitten – was ich nie getan habe! –, und er würde mir schöne Geschenke mitbringen. Er hat mich gestreichelt, geküsst, er hat mich sogar gewaschen, mit einem nassen Handtuch …«

Matilde rückt näher an Camilla, umarmt sie. Camilla spürt, dass Matildes Körper kalt ist, und erschauert. Sie wärmen sich gegenseitig, langsam. Sie liegen Wange an Wange, so dass Camilla Matilde nicht mehr ins Gesicht schauen kann. Die Lippen an Camillas Ohr flüstert diese: »Riccardo hat mich wieder angekleidet. Er mag es, kleine Mädchen anzuziehen, mit mir hat er es jedes Mal gemacht. Er ist gegangen, als er meinen Vater und die Tante zurückkommen hörte. Sie sind schweigend aneinander vorbeigegangen. Als meine Tante in mein Zimmer gekommen ist, hab ich angezogen auf dem Bett gelegen und so getan, als schliefe ich. Ich hab mich geschämt, und ich habe nie jemandem erzählt, was geschehen war und weiterhin geschah … Sie sind die Erste.«

»Warum ich?«

»Sie müssen Riccardo bestrafen.«

»Du benutzt mich.«

»Sie müssen es tun, weil Sie als Polizistin dazu verpflichtet sind und weil Sie mich lieben.«

»Ich liebe dich nicht. Ich hab dich gern, das ist etwas anderes. Du erinnerst mich an andere Mädchen ...«

Lisa, Matilde, Fosca und die anderen.

»Ich liebe dich nicht«, hat sie gesagt, aber mittlerweile haben sich die Körper erhitzt, und das Spiel beginnt sie zu erregen. Camilla fragt sich, was sie da eigentlich macht, in ihrem Bett, in enger Umarmung mit einer Frau. Sie denkt an Donato, Kollege, Liebhaber, Freund, der nicht den Schlüssel zu Camillas Herz, aber die Hausschlüssel besitzt, er könnte plötzlich auftauchen und sie überraschen, wie sie Matilde mit Liebkosungen tröstet, die ihr die gewalttätigen männlichen Liebkosungen nehmen und die Erinnerung an das Blut von ihr abwaschen sollen.

»Riccardo kam ein paar Wochen später wieder, und ich bin seine Geliebte geworden. Er nahm mich mit nach Ferrara, er wohnte damals in der Via Spartaco, und ließ sich auch in der Öffentlichkeit mit mir sehen. Wenn wir mit jemandem sprachen, musste ich ihn Onkel nennen.«

»Ist das lange so gegangen?«

»So lange, bis ich äußerlich eine Frau geworden war und Luca geheiratet habe.«

»Hat es dann angefangen, schön für dich zu sein?«

»Mit Luca?«

»Mit Riccardo zu schlafen.«

»Ich hab nur Hass empfunden.«

»Der durchaus mit der körperlichen Lust vereinbar ist.«

»Nicht für mich ... Jetzt, in diesem Augenblick, empfinde ich Lust.«

»Hast du Frauen als Geliebte gehabt?«

»Nein! Spinnen Sie?«, sagt Matilde. Dann kommen ihr Zweifel: »Und Sie?«

»Nein! Spinnst du?«

Sie umarmen sich fester, aufrichtig.

»Nicht einmal mit Luca hab ich etwas empfunden, abgesehen von ein bisschen Zuneigung. Ich mache häufig Liebe mit mir selbst, der Einzigen, die mir niemals wehgetan hat.«

»Ich begreife nicht, warum du dich wieder mit Riccardo eingelassen hast.«

»Ich habe nie damit aufgehört. Er ist Teil meines Lebens.«

»Vielleicht liebst du ihn, ohne es zu wissen. Denk mal darüber nach.«

»Ich hasse ihn.«

»Hast du ihn geliebt?«

»Ich habe ihn immer schon gehasst.«

»Hast du von ihm profitiert?«

»Inwiefern?«

»Hast du Riccardo gebeten, deinen Mann einzustellen?«

»Als ich Luca kennen gelernt hab, hat er bereits bei der Merighi Dragons gearbeitet. Er war Kranführer. Eines Tages hat er mich auf der Straße angesprochen, als ich aus der Messe kam, in Casumaro. Ich hab damals in dem alten Haus gewohnt, bei Tante Maria. Mein Vater war ein paar Monate zuvor gestorben, und ich hab mich ziemlich allein gefühlt. Luca ist mit mir Fisch essen gegangen, am Scoglio, und dann ins Kino, in Ferrara. Ich kannte ihn vom Sehen, so wie man in einem kleinen Dorf alle vom Sehen kennt. Wie hätte ich darauf kommen sollen, dass er mir auf Befehl seines Chefs den Hof machte?«

»Wie hast du das herausgefunden?«

»Er hat es mir selbst gesagt, nach unserer Heirat. Ohne große Worte: ›Ingenieur Merighi hat mich darum gebeten, aber du hast mir sofort gefallen.‹«

»Konntest du dich nicht von ihm trennen?«

»Ich bin träge … oder gemein … suchen Sie sich's aus. Vielleicht auch beides.«

»Und das Kind? Bist du nicht schwanger geworden, bevor du dich mit Luca zusammengetan hast?«

»Kurz vorher. Riccardo hat mich auch deswegen Luca geschenkt, um mich unter die Haube zu bringen und dem Mädchen einen Vater zu geben. Als Frau interessierte ich ihn nicht mehr. Ich hatte bereits etwas Bauch, als Luca, der elf Jahre älter war als ich, mich vor der Kirche angesprochen hat. Als ich ihm meinen Zustand gebeichtet habe, wollte er die Einzelheiten und den Namen des Vaters nicht wissen. Er hat mich gefragt, ob ich ihn liebe, und gesagt, alles andere sei nicht wichtig. Für kurze Zeit hab ich Luca für den gütigsten und großzügigsten Mann auf der Welt gehalten.«

»War es ein natürlicher Abgang?«, fragt Camilla.

»In meinem Leben ist nichts natürlich. Dass ich das Kind verloren hab, ist ebenfalls Riccardos Schuld.« Matilde legt sich auf den Rücken. Sie starrt an die Decke, man könnte meinen, sie würde das Folgende ablesen. »Er hatte gerade Andrea geheiratet, und Luca und ich besuchten sie von Zeit zu Zeit. Die Gegenwart von Andrea, einer schönen, erwachsenen Frau, die in Riccardo verliebt war, half mir zu vergessen, wie er war. Aber eines Tages, wir saßen im Garten des Hauses in der Via Capo delle Volte, hat Andrea mich gefragt, ob der Ultraschall bereits das Geschlecht des Kindes erkennen ließe, das ich von Luca erwartete. Ich erwiderte, dafür sei es noch zu früh, aber es würde sicher ein Mädchen werden, das habe mir eine Wahrsagerin gesagt. Andrea hat gelacht, weil sie nicht an Wahrsagerinnen und andere Hexen geglaubt hat. Riccardo hat gesagt: ›Sie wird ein wunderschönes Mädchen sein.‹ Andrea hat bemerkt, wie blass ich plötzlich wurde – ich war einer Ohnmacht nahe –, aber sie kannte ja die Wahrheit nicht. Die Tochter von Riccardo, sein Eigentum, wie ich es gewesen war und wie ich es noch immer war, auch wenn ich ihm nicht mehr gefiel! Da war es schon besser, das Kind gar nicht erst auf die Welt zu bringen. Ich betrachtete die Abtreibung als eine mutige Tat, zum ersten Mal lehnte ich mich gegen meinen Herrn auf. Ich habe es bereut. Ich hätte jetzt mein Töchterchen, und vielleicht wäre ich ja in der Lage, es zu schützen. Später begann ich mir einzureden, dass Riccardo sich durch seine Heirat mit einer so wunderbaren Frau wie Andrea wirklich geändert hätte. Die Geburt ihrer Tochter hat dazu beigetragen, mich mit den Jahren zu beruhigen.«

»Aber aufgrund deiner Erfahrungen musst du doch trotzdem Angst um Fosca gehabt haben.«

»Die hab ich verdrängt, und einen so engen Kontakt hatten wir zu den Merighis nicht, wenigstens bis letzten Sommer, als Riccardo uns überraschend nach Sardinien eingeladen hat. Ich wollte in die Berge, Luca liebt das Meer. Zwei gegen eine. Ich hab nachgegeben, nicht so sehr, um Luca glücklich zu machen, sondern weil ich wusste, dass man Riccardos Befehle nicht diskutiert. Er schien sich Sorgen zu machen wegen des katastrophalen Verhältnisses zwischen Andrea und ihrer Tochter, und ich glaube, er meinte es aufrichtig, schließlich hat er auch Sie nach Sardinien und dann, vor der Tragödie, nach Ferrara eingeladen. In Porto Cervo hat mich irgendetwas an dem Verhalten von Fosca und Riccardo stutzig gemacht. Einmal hab ich sogar im Traum das Mädchen mit blutigem Bauch gesehen, so wie es mir damals ergangen war. Aber das hat nicht lange gedauert, schon deshalb nicht, weil dann der sardische Junge auftauchte und Fosca die Liebe ihres Vaters weniger nötig zu haben schien. Der nach Tonis unglückseligem Tod die Situation natürlich sofort ausgenutzt hat, um sich die Tochter zurückzuholen. Er liebt sie über alles, das ist mir jetzt klar geworden. Der Verdacht ist erst später zurückgekehrt, in Ferrara. Ich hab sogar versucht, es Ihnen zu sagen, indirekt. Ich hatte gedacht, als Polizistin würden Sie klarer sehen als ich. Stattdessen sind Sie vollkommen blind und taub.«

»Es ist schwierig, sich eine solche Ungeheuerlichkeit vorzustellen. Ein Mann im Bett mit der eigenen Tochter, einem kleinen Mädchen! Da wäre mir eine Vergewaltigung fast lieber gewesen. Stattdessen habe ich das Schlimmste überhaupt miterleben müssen, das Ergebnis einer allmählichen Verführung über viele Tage hinweg, Honig und Gift, die langsam in den Geist und den Körper eines wehrlosen Geschöpfes dringen. Wer weiß, wie lange ihre Geschichte schon geht. Mir wird jedes Mal übel, und ich kann es nicht fassen, wenn ich mit einem solchen Fall zu tun bekomme. Einmal ist ein Installateur hierher in meine Wohnung gekommen, um mir die Waschmaschine zu bringen und anzuschließen. Während wir uns unterhielten, kam das Gespräch auf die zahlreichen Ausländer, die in Modena leben. Gespräche, wie man sie im Bus oder auf dem Markt hört. Man soll ihnen besser in ihren eigenen Ländern helfen und ähnliche Theorien. Mein Installateur erzählte mir, dass er jedes Jahr dreihundert Dollar an eine thailändische Familie für den Unterhalt von zwei kleinen Mädchen schicke. Eine Art Adoption auf Distanz, bemerkte ich, überrascht von der Großzügigkeit des Installateurs, doch bei den heutigen Preisen, dachte ich, kann er sich das wohl leisten. Ich beglückwünschte ihn und fügte hinzu, wie schade es sei, dass man in solchen Fällen nicht nachprüfen könne, ob das Geld auch wirklich für die Erziehung der beiden Mädchen verwendet würde. ›Aber ich prüfe es ja nach‹, erklärte mir der Installateur, ohne seine Arbeit zu unterbrechen, den Kopf in dem Loch, in das die Waschmaschine eingepasst werden sollte, ›ich fahre jedes Jahr nach Thailand und hole mir die beiden Mädchen ins Bett.‹ Er sagte das mit der größten Selbstverständlichkeit, denn, so fügte er hinzu, er sei schließlich nicht so blöd, dreihundert Dollar für nichts auszugeben. Dann erklärt er mir, dass es sich nicht um Kinderprostituierte handele, die so viele europäische Touristen in der Dritten Welt suchen und auf Schritt und Tritt finden, sondern um die Töchter einer kleinen Familie, die sie wirklich auf die Schule schicke und sie von der Straße fernhalte. Und das sei sein Verdienst.«

»Was haben Sie zu ihm gesagt?«

»Nichts, er hätte es sowieso nicht verstanden. Ich habe ihm nicht einmal gesagt, dass ich Polizeiinspektorin bin.

Nachdem ich der Versuchung widerstanden hatte, ihm mit dem Engländer eins überzuziehen, hab ich mich darauf beschränkt, den Installateur zu wechseln … Was hast du heute Nacht empfunden, als du entdeckt hast, dass du Recht hattest, was Riccardo und Fosca betrifft?«

»Als ich aus dem Fernsehen erfahren hatte, dass Fosca Merighi nach Hause zu ihrem Vater zurückkehren würde, hab ich mir gedacht, dass sie aufgrund der langen Trennung den Wunsch haben würden, sich nahe zu sein und die Nacht zusammen zu verbringen, wenn sie wirklich ein Liebespaar sind. Ich hatte gehofft, mich zu irren. Ich bin nach Ferrara gefahren. In dem Zimmer hab ich mich selbst gesehen, und ich konnte den Anblick nur ein paar Sekunden ertragen. Dann bin ich weggelaufen. In dem Augenblick sind Sie in den Garten gekommen. Ich hab mich zwischen den Büschen versteckt. Ich dachte, dass auch die Polizistin Verdacht geschöpft hätte und heimlich zur Villa gekommen sei, um die Wahrheit herauszufinden. Was machen wir jetzt?«

Matilde löst ihre Lippen von Camillas, blickt Camilla in die Augen und sagt: »Ich hab mich entschieden, dich zu duzen.«

Viertes Kapitel

23

»Das ist kein dienstlicher Besuch? Dann lassen Sie uns einen Kaffee trinken gehen, einen richtigen, in der Bar«, sagt Commissario Leo.

Er hakt sich bei Camilla unter, die in Zivil ist, und gemeinsam gehen sie den Flur des Polizeipräsidiums von Ferrara entlang. Sie hatte ihn nicht so liebenswürdig in Erinnerung; es ist deutlich zu erkennen, dass er den Fall Andrea Venturi für endgültig abgeschlossen hält.

»Fahren Sie nicht in Urlaub?«

»Den hab ich im Mai gemacht. Ich mag die Hitze. Und ich mag Ferrara, wenn es halb verlassen ist, es kommt mir dann noch schöner vor.«

»Sind Sie aus Ferrara?«

»Ich bin Sarde, aus Sassari, aber in dieser Stadt aufgewachsen. Mein Vater wurde als Provinzschulrat hierher versetzt, und er ist nie mehr weggegangen. Ich kenne Ferrara wie nur wenige, auch wenn ich erst im Jahr 2000 zurückgekommen bin, nachdem mein Beruf mich durch halb Italien geführt hatte.«

»Hätten Sie sich je einen Fall wie den Venturi-Mord mitten in Ihrer Stadt, in der Via Capo delle Volte, vorstellen können?«

»Genau in dieser Straße musste die Polizei vor vielen Jahren häufig eingreifen«, erzählt Leo lächelnd. »Schlägereien, Messerstechereien, Taschendiebstahl und sogar ein paar Mordversuche. In der Gegend befanden sich damals ein paar Freudenhäuser. Ich schreibe gerade ein Buch über Ferrara in der ersten Hälfte des zwanzigsten Jahrhunderts, und ich habe unter anderem die Berichte eines Kollegen studiert, der damals für die öffentliche Ordnung in den Bordellen verantwortlich war. In der Via Capo delle Volte lag das berühmteste, ›Al Specc‹ genannt, wegen der großen Spiegel, die überall hingen. Die anderen Bordelle, mit Ausnahme des ›Al Bomport‹, hießen nach ihren Besitzern: das Antonio in der Via Quaglia, das Lucia in der Via della Sacca, das Manon in der Via Colomba, das Maria in der Via Romiti, das Maria, genannt ›La Zopa‹, in der Via Capo delle Volte, das Rina in der Via Quaglia, das Roseta in der Via Chiodaiuoli, das Sandrina in der Via Spilimbecco, das später unter dem Namen Maria in die Via Cisterna del Follo und dann an die Piazza San Giorgio umgezogen ist.«

»Sie sind ja wirklich eine Autorität, was die Bordelle von Ferrara angeht«, neckt Camilla ihn.

Sie finden keine offene Bar.

»Versuchen wir es weiter vorn.«

Leo hat es nicht eilig.

»Haben Sie das Alibi von Ingenieur Merighi, der an dem Tag, an dem seine Frau umgebracht worden ist, in Rom gewesen sein soll, auch wirklich gründlich überprüft?«, fragt Camilla plötzlich

»Die Frage beleidigt mich. Hätte ich es nicht getan, wäre ich ein erbärmlicher Ermittler.«

»Man kann sich irren oder getäuscht werden. Das passiert mir auch.«

»Ich habe, ohne die Anweisung des Richters abzuwarten, persönlich die Flugpläne der Fluggesellschaften und die entsprechenden Buchungen überprüft und mit den Personen gesprochen, die mir Merighis Anwesenheit in Rom zur Tatzeit bestätigen konnten. Unter den Zeugen befindet sich auch ein Unterstaatssekretär. Keine falschen Zeitangaben, kein Doppelgänger. Überprüfungen, die alle Zweifel, die ich hatte, endgültig ausgeräumt haben.«

»Zweifel, warum?«

»Weil mich die Geschichte der marokkanischen oder albanischen Räuberbande nicht überzeugt hat, auch wenn sie dem Richter durchaus zuzusagen schien. Leider hat es mir noch weniger gefallen, entdecken zu müssen, dass ein zwölfjähriges Mädchen seine Mutter umgebracht hat. Und wiederum ohne Dottore Ceresa zu informieren, habe ich auch Erkundigungen über die Vermögenssituation von Ingenieur Merighi eingezogen.«

»Die Geschäfte liefen schlecht.«

»Sagen wir ziemlich schlecht. Daran ist die wirtschaftliche Lage schuld, die diesen Industriezweig benachteiligt. Jetzt wird es allmählich wieder besser. Im Grunde hat er sich nie in einer so ruinösen Situation befunden, dass man darin ein Motiv sehen könnte. Um ganz sicherzugehen, habe ich auch Erkundigungen über Riccardo Merighi eingezogen, aber alle Zweifel wurden sehr schnell von den ballistischen Untersuchungen, den Fingerabdrücken und von Foscas Persönlichkeit ausgeräumt, die von angesehenen Psychiatern untersucht worden ist. Alles deutete auf Fosca als Täterin hin.« Sie sind vor dem Palazzo dei Diamanti. Der Commissario bleibt stehen und sieht Camilla an. »Und jetzt hören wir mal, warum Sie diese Geschichte, einen gelösten Fall, wieder ausgraben. Dank des rechtzeitigen Eingreifens von Rechtsanwalt Sereni und ein paar Heiliger im Himmel ist die Minderjährige bereits wieder bei ihrer Familie. Oder was von der Familie noch übrig ist. Hoffen wir nur, dass das Mädchen bald ganz gesund wird und zur Normalität zurückfindet. Sind Sie noch Gast im Haus der Merighis?«

»Nein, nicht mehr, aber ich muss noch ein paar Dinge holen, die ich im Gästezimmer zurückgelassen habe … Sehen Sie, Commissario, ich habe irgendwie das Gefühl, von Riccardo an der Nase herumgeführt worden zu sein.«

»Ich dagegen hatte das Gefühl, dass Sie dort waren, um ihm zu helfen … um jeden Preis zu helfen. Aber lassen wir die Gefühle, die Vermutungen, die Ahnungen, die Sinnesänderungen, die Trotzreaktionen … das alles taugt nicht, um einen Fall wieder aufzunehmen. Und Sie, liebe Kollegin, wissen das besser als ich. Man braucht Beweise, und zwar konkretere als während der ersten Ermittlungen. Haben Sie etwas entdeckt, was Ihren Freund belasten könnte?«

Er zögert, bevor er das Wort Freund ausspricht. Camilla schüttelt den Kopf.

»Ermitteln Sie um Gottes willen nicht auf eigene Faust, auch wenn Merighis Verhalten oder Ihr Versagen Ihnen keine Ruhe lässt.«

»Welches Versagen?«

»Sollten Sie Fosca nicht vor sich selbst beschützen?«

»Das wurde nicht von mir verlangt. Riccardo sprach von einer starken, wenn auch vorübergehenden Präsenz, die sich zwischen Mutter und Tochter schieben sollte. Mehr konnte ich nicht tun, und ich glaube, Riccardo wollte mir gar nicht wirklich die Gelegenheit geben, Fosca und Andrea zu helfen. Allenfalls war ich ihm nützlich, ihn zu schützen: Warum sollte man einen Mann verdächtigen, der ausgerechnet eine Polizistin in sein Haus einlädt, weil er fürchtet, dass sich das Verhältnis zwischen Mutter und Tochter immer mehr verschlechtert?«

»Kommen wir auf die eigentliche Frage zurück: Wenn Fosca unschuldig ist, wie hat ihr Vater es angestellt, Andrea Venturi umzubringen?« Commissario Leo erwartet keine Antwort und macht sich auf den Rückweg zum Präsidium. »Lassen Sie die Hände von dem Fall, und geben Sie mir Bescheid, falls Sie etwas wirklich Konkretes erfahren … allerdings ohne auf eigene Faust zu ermitteln.«

»Und der Kaffee?«

»Ach ja, den hab ich ganz vergessen.«

Sie gehen weiter bis zur ersten Bar, auf die sie am Corso Porta Mare stoßen.

»Was quält Sie so?«, fragt Leo sie.

Es hat keinen Sinn, ihm den Rest zu erzählen, von Riccardo und Fosca, wenigstens im Augenblick.

Camilla geht vor dem Commissario zur Kasse.

»Jemand muss bezahlen«, sagt sie.

Und sie meint nicht den Kaffee.

Fünftes Kapitel

24

»Vielleicht geht der Geist von Marfisa d'Este noch in ihrem Haus und in ihren Gärten um?«, bemerkt Camilla, während der Kellner den frisch gepressten Orangensaft serviert.

Zwischen den beiden Säulen des Bogengangs erkennt sie den Tennisplatz, auf dem Tillis Mann und ihre Tochter spielen.

»Die harten Schläge mit dem Rakett, der Schrei, der sie begleitet, die Kommentare. Und dann das Gelächter und der Klatsch an der Bar …« Tilli schüttelt den Kopf: »Nein, ich glaube eher, dass sich die uneheliche Tochter von Francesco d'Este, beleidigt von unserer Welt, in ihre eigene verkrochen hat, denn man hört schon seit einer ganzen Weile nichts mehr von dem Gespenst.«

»Wenn es zurückkehrt, dann tut es das nachts, wenn der Tennisclub, der seinen Namen trägt, geschlossen ist. Oder wenn die Felder wegen des Regens oder des Nebels nicht bespielbar sind. Es findet sich in der Gesellschaft von Giorgio Bassani wieder, der seit seiner Jugend hier verkehrte.«

Trotz der Worte gelingt es Camilla nicht, den Zauber zu finden, den sie sucht. Das Herbstlicht ist zu warm, es sind zu viele Leute da, alles ist zu wirklich. Sie wendet sich Gespenstern zu, die ihr näher sind, die der Grund für ihre

Anwesenheit im Garten der Palazzina Marfisa sind, in der sich der Tennisclub befindet.

»Du warst eine enge Freundin von Andrea.«

»Wir haben zusammen die Schule besucht und auch, nachdem wir geheiratet hatten, Kontakt gehalten. Wir haben uns immer hier getroffen, mindestens dreimal die Woche, wenn wir nicht auf Reisen oder krank waren. Sie war eine hervorragende Tennisspielerin, selbst unter den Männern gab es nur wenige, die sie zu schlagen vermochten. Ein Aufschlag wie von einer Profispielerin! Ihr Tod ist ein furchtbarer Schlag für mich gewesen, noch heute passiert es mir, dass ich sie vor mir sehe, wenn ich einer Frau beim Tennisspielen zuschaue. Eine blitzartige Erinnerung, ausgelöst von einem T-Shirt, das ihren ähnelt, einem Lachen, einer Stimme ... Wenn ich dann genauer hinsehe oder hinhöre, kehren meine Gedanken zu dem zurück, was geschehen ist. Umgebracht von der eigenen Tochter ... das klingt wie eine Geschichte aus Marfisas Zeit. Hat diese Dame, ich meine Marfisa, nicht ihre Liebhaber getötet und dann in den Rasiermesserbrunnen geworfen, der sich in dem Garten befand, in dem wir heute spielen?«

»Schauergeschichten, die zur Legende geworden sind. Die Leute haben Marfisa d'Este schließlich mit Lucrezia Borgia verwechselt, die sich doch immer ganz gut benommen hat. Die arme Marfisa hat ihre letzten Jahre in vollkommener Einsamkeit verbracht.«

»Und wie geht es dir so in Modena?«

»Ich arbeite viel.«

»Gefällt es dir, Polizistin zu sein?«

»Niemand zwingt mich dazu.«

»Immer noch Single?«

»Immer noch.«

»Auch dazu zwingt dich niemand, nehme ich an. Ich dagegen schaffe es nicht mal, auch nur einen Tag allein zu sein. Als ich das Haus meiner Eltern verlassen habe, bin ich sofort zu meinem Mann gezogen, und dann sind die Kinder gekommen. Was ist das eigentlich, Einsamkeit? Was empfindet man, wenn mehr als eine Stunde verstreicht, ohne dass dir jemand auf die Nerven geht?«

Tilli sagt das mit einem Lächeln, aber ihre Worte müssen ein Körnchen Wahrheit enthalten. Sie blickt zu ihrem Mann und ihrer Tochter, die eine Partie spielen, die sie ziemlich fordert, Schiedsrichterin ist die andere Tochter des Paars.

»Hat Riccardo seine Frau niemals begleitet?«, fragt Camilla.

»Zum Tennis? Nie. Er hat sich hier nur blicken lassen, wenn es irgendeine Feier gab. Er ist ein Arbeitstier, mehr in seinen Betrieb verliebt als in seine Frau.«

»Hat Andrea viele Freundschaften geknüpft?«

Tilli blickt Camilla durch ihr leeres Glas an. Sie sieht sie rot, gefärbt von dem, was von dem frischen Orangensaft am Glas haftet. Camillas Interesse überrascht sie nicht, sie fragt sich allenfalls, ob sie sich aus Neugier oder aus beruflichen Gründen danach erkundigt.

»Mit Freundschaften meinst du Liebhaber?« Sie wartet die Antwort nicht ab, vielleicht aus Angst, dass Camilla beschließt, das Thema zu wechseln. »Andrea war eine freie Frau, ihre Ehe erfüllte sie nicht. Sie hat nicht viel über sich gesprochen. Mit mir ein bisschen. Natürlich hat sie Liebhaber gehabt, ein paar mit Sicherheit, aber nicht so viele, wie die bösen Zungen behaupten! Wie Marfisa haben sie ihr auch die Abenteuer der anderen angedichtet. Sicher war Andrea eine auffällige Blume, die eine große Zahl männlicher Insekten anzog. Ich erinnere mich, wie sie einmal mit einem neuen Fahrrad durch Ferrara fuhr. Rot, wie es auffälliger nicht sein konnte. Nicht, dass Andrea spezielle Farben gebraucht hätte, um die Blicke auf sich zu lenken. Obwohl die Ferrareser schöne Mädchen auf Fahrrädern gewöhnt sind, blieben sie jedes Mal stehen, wenn sie vorbeiradelte, auch die Frauen. Ihre Schenkel waren stets gut sichtbar. Die Dreistesten bückten sich, wenn sie sie in der Ferne kommen sahen, um sich den Schuh zuzubinden. Auf diese Weise hatten sie einen guten Blick von unten, denn es ging das Gerücht, dass Andrea kein Höschen tragen würde.«

»Und die Leute bedauerten Riccardo.«

»Ich nicht. Für mich ist Riccardo nicht so sehr der traurige und verletzte Ehemann gewesen, sondern jemand, dem das alles ziemlich egal ist. Mir kam sogar der Verdacht, er wäre schwul, aber das glaube ich nicht wirklich! Er ist lediglich ein schlauer Fuchs ohne erkennbare Laster. Seine Frauen hat er sich vermutlich außerhalb von Ferrara gesucht, fernab der Clubs und Salons.«

»Ich glaube, ich kenne einen von Andreas Liebhabern: den Architekten Balboni.«

»Sergio ist der letzte gewesen. Aber nicht der wichtigste.«

Camilla denkt an Commissario Leo: Ob er über Sergio Balboni Nachforschungen angestellt hat?

»Wichtig inwiefern?«

»In Bezug auf die Dauer, gemeinsame Interessen, Komplikationen … Die Nummer eins ist Germano Tosatti gewesen.«

»Den kenne ich nicht.«

»Großgrundbesitzer. Sein Vater und Andreas Vater waren enge Freunde. Die Großväter gehörten zu den wichtigsten Unterstützern der *squdres* von Italo Balbo, jener Schlägertrupps, die sich während der Auseinandersetzungen zwischen Großagrariern und Sozialisten als Ordnungshüter aufspielten. Mit Balbo verband sie eine enge Freundschaft. Aber im Unterschied zu den Venturis fließt in den Adern der Tosattis kein blaues Blut. Sie sind reich geworden zur Zeit Napoleons, als sie für ein Spottgeld den Landbesitz der Kirche kauften. Seit kurzem verheiratet, sie mit einem aufstrebenden Industriellen, er mit einem Mädchen, das einen beachtlichen Immobilienbesitz in Ferrara geerbt haben soll, hatten sich Germano und Andrea auf den Tennisplätzen wieder getroffen, und es war die große Leidenschaft. Die beiden taten alles, um ihr Verhältnis geheim zu halten. Sie trafen sich in einem Bauernhaus, das Tosatti gehörte, in der Gegend von Ro. Auf den Partys, auf denen der eine war, fehlte die andere, und sie vermieden es, sich gemeinsam im Wagen zu zeigen. Einzige Ausnahme: Sie bildeten ein festes Paar beim Tennis, im Doppel. Es sollte wie eine rein sportliche Partnerschaft aussehen, aber in einer kleinen Stadt muss man schon zu anderen Mitteln greifen, um gewisse Dinge zu verbergen. Alle wussten alles.«

»Und wie ging die Beziehung auseinander?«

»Ich glaube, sie hat sich auf natürliche Weise totgelaufen. Die Liebe war erloschen. Vergiss nicht, dass ich von einer Geschichte spreche, die mindestens ein Dutzend

Jahre her ist, und die nicht länger als zwei Jahre dauerte.«

Tillis Mann und ihre beiden Töchter kommen zu ihnen.

»Ich habe wieder gewonnen«, sagt er und wischt sich den Schweiß mit einer Serviette ab.

Er ist völlig außer Atem und verdreht die Augen. Er riskiert einen Herzinfarkt, wenn er es weiterhin darauf anlegt, die Tochter zu schlagen. Camilla begrüßt sie; Tilli hat ihr alles erzählt, was sie weiß. Wenig, was ihr weiterhelfen könnte. Camilla ist an Informationen über Riccardo interessiert. Vater und Töchter gehen zu den Umkleideräumen. Camilla küsst Tilli auf die Wange.

»Lass von dir hören.«

»Ciao.« Sie schickt sich an zu gehen.

Tilli setzt erneut an: »Germano …«

Camilla kommt zurück. Tilli scheint unentschlossen, ob sie fortfahren soll. Dann senkt sie die Stimme: »Damals wurde gemunkelt, Fosca, die kleine Merighi, sei die Tochter von Germano Tosatti und nicht des guten Riccardo.«

25

Der gute Riccardo ruft sie zu Hause an: »Du lässt dich ja gar nicht mehr blicken. Und du bist nicht einmal gekommen, um Fosca nach ihrer Rückkehr in die Arme zu schließen. Schließlich ist es auch dein Verdienst, dass das Mädchen nach Hause zurückgekehrt ist.«

Camilla beeilt sich zu betonen: »Das ist ganz und gar nicht mein Verdienst. In keinerlei Hinsicht.«

»Heilige Worte, Camilla. Du siehst also, du kannst den Fall als abgeschlossen betrachten, in jeder Beziehung.«

Sie nimmt eine Drohung in Riccardos Worten wahr, mehr in dem, was er sagt, als wie er es sagt. Sie versucht, Zeit zu gewinnen.

»Ich hab meinen Dienst wiederaufgenommen und stecke schon bis zum Hals in der Arbeit. Sobald ich einen Moment zum Durchschnaufen komme, schaue ich bei euch vorbei. Ist Fosca in den Händen von guten Psychotherapeuten?«

»Erstklassigen. Komm bald, dann kannst du auch deine Sachen mitnehmen … Ich hab hier ein Buch vor mir, *Appennino* von Raffaele Crovi, und einen gelben Pullover mit zwei aufgestickten C.«

»Ich werde kommen.«

»Und sei brav bis dahin!«

Weiß er von ihrem Verhältnis mit Matilde, von ihrem Bündnis? Sie sind vorsichtig, machen einen Bogen um Casumaro und die Orte, an denen Luca und Riccardo verkehren, aber irgendjemand könnte Matilde beschattet haben. Um sich heimlich mit Camilla zu treffen, benimmt sie sich wie die perfekte Ehebrecherin. Ihrem Mann hat sie gesagt, sie würde in Ferrara einen Zuschneidekurs besuchen und einen kleinen Laden zum Mieten im Zentrum suchen. Sie würde gern Schmuckschachteln, Körbchen für Stickarbeiten, Glasbilder verkaufen, Dinge, die sie als »schön und nützlich« bezeichnet, und unter diesem Namen – »Schön und nützlich« – wolle sie den Laden eröffnen. Die Idee gefällt ihr wirklich, obwohl sie sie in diesen Tagen lediglich dazu benutzt, um von zu Hause fortzukommen.

Der Anruf hat Camilla verwirrt. Dieses »Sei brav« ist eine Drohung, auch wenn es scherzhaft klingen sollte. Vielleicht hat er sie in jener Nacht aus der Villa fliehen sehen, und jetzt werden ihm weitere Hinweise zugetragen: Die Polizistin ermittelt, sie stellt Fragen, trifft Leute in Casumaro, in Finale, in Ferrara. Deswegen hat er sie angerufen.

Das Handy lässt sie zusammenfahren. Sie wird sich entschließen müssen, einen fröhlichen Klingelton zu wählen.

»Ciao.«

Matildes Stimme beruhigt sie.

»Geht es dir gut?«

»Und dir?«

»Ja.«

Nur wenige Worte, aber sie erwärmen die Seele.

»Morgen fliegt Luca mit Riccardo nach Rom. Sie werden bis Dienstag bleiben. Gehen wir Samstagabend zusammen aus?«, fragt Matilde.

»Magst du Jazz?«

»Ich mag jede Art von Musik.«

»Dann werden wir zum Torrione fahren zum Konzert von Gerry Gennarelli, Rossano Sportiello, Giorgio Rosciglione und Gegè Munari. Klassische neapolitanische Lieder in Jazzarrangements.«

Bevor sie nach Casumaro weiterfährt, macht sie einen Schlenker über Ferrara und hält in der Via Capo delle Volte. Sie will die Dunkelheit und Riccardos Abwesenheit ausnutzen und sich Gewissheit verschaffen.

Sie parkt vor der Einfahrt und streckt den Arm mit der Fernbedienung zum Toröffner aus. Nichts passiert. Vielleicht ist die Batterie leer. Sie steigt aus und versucht, die kleine Tür in der Mauer mit dem Schlüssel zu öffnen. Er passt nicht.

Rasch verlässt sie die Via Capo delle Volte, bevor sie den philippinischen Hausmädchen begegnet. Riccardo hat die Schlösser ausgetauscht.

26

Der Jazzclub von Ferrara hätte keinen eindrucksvolleren Ort als den Torrione San Giovanni finden können, wo die Rampari di Belfiore von der Porta a Mare unterbrochen werden. An der alten Mauer, die am jüdischen Friedhof und am Friedhof der Certosa, auf dem Andrea Venturi ruht, entlangführt, ist es nicht schwierig, Matilde mit ihrem Fahrrad zu treffen, die trotz der nächtlichen Kälte einen Rock, eine Baumwollbluse und weiße Socken trägt.

Sandro Listri umarmt zuerst Matilde und dann Camilla und führt sie zu dem reservierten Tisch in der letzten Reihe, wie die Polizistin es gewünscht hatte.

»Kennst du Germano Tosatti?«

»Er ist eines unserer Gründungsmitglieder. Er versäumt nicht ein Konzert.«

»Wer ist er?«

»Ich zeig ihn dir, wenn er kommt. Er wird dort unten sitzen, in der ersten Reihe, mit Giorgio Conte.«

»Wird Giorgio auch auftreten?«

»Als Freund und Ehrenmitglied werden wir ihn drängen, wenigstens ein Lied zu singen.«

»Sorg dafür, dass es *Marina Vlady* ist. Und wenn Tosatti kommt, stell mich vor.«

»Zu Befehl, Inspektorin!«

»Und nenn mich nicht Inspektorin.«

»Zu Befehl, Camilla!«

Er geht, und das Konzert beginnt.

»*Voce 'e notte*, mein Lieblingslied«, sagt Camilla zu Matilde.

»Ich muss noch viele Dinge über dich lernen. Bist du wirklich eine Expertin in Sachen neapolitanische Lieder?«

»Ich könnte an einem Quiz über das Thema des neapolitanischen Wesens im Allgemeinen und der neapolitanischen Lieder im Besonderen teilnehmen. Ich fühle mich halb als Emilianerin und halb als Neapolitanerin, weil es für mich eine Affinität zwischen dem Charakter der Neapolitaner und dem der Emilianer gibt: extrovertiert, gesellig, genial ...«

»In aller Bescheidenheit, man will ja nicht generalisieren.«

»Nicht zufällig befinden wir uns südlich des Po.«

»Die Süditaliener des Nordens.«

»So könnte man sagen.«

»Ich stelle dich auf die Probe: Wer hat *Voce 'e notte* geschrieben?«

»Nicolardi und De Curtis.«

»Totò?«

»Ein anderer De Curtis, Ernesto. Totò kann es nicht sein, das Lied ist von 1904.«

Sandros Hand auf Camillas Schulter unterbricht ihr Gespräch.

»Ich stelle dir unseren Tosatti vor.«

Germano Tosatti ist um die fünfzig, kahl, schlank und groß, mit gebeugten Schultern, wie es häufig bei sehr großen Personen vorkommt. Camilla kann ihn sich beim besten Willen nicht als Liebhaber der strahlend schönen Andrea vorstellen. Er sieht sie ratlos an, als hätte er die Gedanken der Polizistin erraten. Camilla verabschiedet sich von Matilde, indem sie ihr über den Handrücken streicht, und geht mit Germano zur Bar. Auf dem Weg dorthin sucht sie nach den Worten für die Frage, die ihr am Herzen liegt. Wie stellt man es an, einen Mann zu fragen: »Sind Sie der leibliche Vater von Andrea Venturis Tochter?«

Sie bestellen Whisky. Das Glas in der Hand, schlägt Camilla vor: »Begleiten Sie mich nach draußen und schenken Sie mir zehn Minuten. Es ist nicht sehr kalt.«

Er folgt ihr.

»Sandro hat mir gesagt, dass Sie Polizeikommissarin sind.«

Sie beruhigt ihn: »Inspektorin, aber nicht im Dienst.«

Germano trinkt einen Schluck Whisky und verhält sich abwartend, aber er bleibt neben Camilla, geht mit ihr ein paar Schritte in den Schatten der Mauer hinein. Sie könnten in Neapel sein: Die Klänge von *Nun è peccato* und Gerry Gennarellis Stimme dringen zu ihnen.

»Ich höre«, sagt Tosatti. Aber dann kommt er ihr zuvor: »Ich denke, es geht um Andrea Venturi. Schickt Merighi Sie?«

»Nein, mich quält ein Gedanke … Mit Riccardo Merighi habe ich keine Beziehungen, vor allem keine guten.«

»Ich hatte gehört, Sie seien Freunde … und vielleicht sogar mehr.«

»Nichts als Klatsch.«

»Was wollen Sie wissen?«

»Ich will wissen, ob Andrea die Wahrheit gesagt hat, letztes Jahr auf Sardinien, als sie mich zu ihrer Vertrauten erwählt hatte. Sie hat mir erzählt, Sie hätten eine Liebesbeziehung gehabt.«

Sie hat zu einer Lüge gegriffen, etwas Besseres ist ihr nicht eingefallen, um Germano Tosatti zum Sprechen zu bringen. Die Vorstellung, dass Andrea Camilla ins Vertrauen gezogen hat, überzeugt Tosatti. Er zündet sich eine Zigarre an und erzählt: »Als Kinder waren Andrea und ich unzertrennlich, zumindest während des Sommers. Ihre Mutter war unser Gast im Landhaus in Ostellato, zur Erntezeit. Und meine Mutter besuchte, wenn im September die Weinlese anstand, die Venturis in ihrem Haus in Sorbara. Eine Gewohnheit, die über Jahre beibehalten wurde. Unsere Väter waren befreundet, Wortführer im Bauernverband mit gemeinsamen Interessen und sehr den Traditionen unserer Erde verbunden. Viele dachten, dass Andrea und ich dazu bestimmt wären zu heiraten, aus Liebe und um den Besitz der beiden Familien zusammenzuführen. Daher haben wir uns von Kindheit an verlobt und für die Ehe bestimmt gefühlt. Dann ist mein Vater gestorben, die sorglosen Zeiten, die wir auf dem Land verbrachten, waren vorbei, und wir haben uns aus den Augen verloren, nicht zuletzt, weil die Venturis in Ferrara und wir in Copparo wohnten. Als wir in die Stadt gezogen sind, habe ich Andrea wiedergetroffen, die inzwischen eine Frau geworden war. Wir verkehrten im selben Tennisclub und trafen uns auf der Straße im Zentrum. Als ihr Vater starb, bin ich zur Beerdigung gegangen und habe sie nach Hause begleitet ...«

Er stellt sein Glas auf den Boden, Camilla tut es ihm gleich. Bei diesem Tempo wird er erst im Morgengrauen zum Schluss kommen.

»Sie sind ein Liebespaar geworden, als sie bereits Merighis Frau war?«, kürzt sie ab.

»Seit zwei Jahren, und auch ich war bereits verheiratet, sonst hätte ich sie gebeten, mit mir zu leben«, erwidert Germano, nachdem er sich ein paar Schritte entfernt hat. Camilla sieht die Glut seiner Zigarre und den roten Schatten seines Gesichts, wenn er einen Zug nimmt. »Das sage ich, denn zu verstehen, was Andrea durch den Kopf ging, ist nie einfach gewesen. War sie in Riccardo verliebt? Ging sie aus einer Laune heraus mit mir, weil ich ihr wirklich gefiel oder weil sie sich an ihrem Mann rächen wollte, der sie vernachlässigte? Ich habe es nie herausgefunden. Andrea war eine komplizierte Frau, die ihren Kummer, ihre Ängste und ihre Probleme hinter Lachen und einem frivolen Verhalten verbarg, mit dem sie die Leute täuschte. Ich glaube nicht, dass ich ihr erster Geliebter gewesen bin.«

»In Ferrara geht ein Gerücht um.«

»Ich kenne dieses Gerücht.« Er zieht an seiner Zigarre und stößt den Rauch aus. Camilla atmet ihn ein und bekommt Lust, ihn um eine Zigarre zu bitten, aber sie will ihn gerade jetzt nicht ablenken. »Wenn es wahr wäre, wäre das schrecklich. Ich der Vater eines kranken Mädchens, das seine Mutter umgebracht hat! Ich habe nach Andreas Tod nächtelang nicht geschlafen.«

»Und was ist die Wahrheit?«

»Das weiß der Himmel. Andrea und ich waren miteinander im Bett, intensiv und regelmäßig. Wir trafen uns in

Ostellato, in demselben Landhaus, wo wir als Kinder gespielt hatten. Sie wurde schwanger. Ich habe sie gefragt, was sie tun wolle. ›Mama werden‹, erwiderte sie. ›Und ich?‹ ›Was hast du damit zu tun?‹, sagte sie, verblüfft über die Frage. ›Ist es mein Kind?‹ ›Woher soll ich das wissen?‹, erwiderte Andrea. ›Mit Sicherheit ist es mein Kind, also lassen wir die Dinge, wie sie sind.‹ Und dabei blieb es. Noch ein paar Monate, und dann hörten wir auf, uns zu treffen. Sie hatte jetzt einen dicken Bauch. Nach der Geburt des Mädchens haben wir unsere Beziehung beendet. Sie hatte Riccardo oder andere Abenteuer, und ich hatte mein Leben. Da wir eine vor allem sexuelle Beziehung führten, gab es keine Komplikationen, kein dickes Ende, keine plötzlichen Sinnesänderungen und keine Trauer.«

»Empfinden Sie etwas für Fosca?«

»Ich habe sie nie in meinem Leben gesehen, nicht einmal aus der Ferne.«

»Hat Andrea Ihnen gegenüber nie bestimmte Eigentümlichkeiten erwähnt, die Sie auf den Gedanken hätten bringen können, dass das Mädchen Ihre Tochter ist?«

»Nie. Auch wenn ich letzten Endes immer Zweifel gehabt habe. Aber jetzt, da Andrea tot ist, betrachte ich auch diese Geschichte endgültig als begraben. Und ich verstehe nicht, warum Sie Ihre Nase da hineinstecken. Nach allem, was geschehen ist, kann das Mädchen gewiss keine weiteren Traumata gebrauchen. Lassen Sie sie in Ruhe bei ihrem Vater leben. Riccardo Merighi liebt sie, und er hat es verstanden, sie zu schützen. Haben Sie gesehen, was für Geschütze er aufgefahren hat, als sie des Muttermordes beschuldigt wurde? Die besten Rechtsanwälte, Psychiater und Psychologen ... und wir wissen nicht, was für geheime Karten er ausgespielt hat.«

Er geht zum Torrione zurück. Camilla folgt ihm.

»Danke.«

»Ich hoffe, dass ich Sie nie mehr sehen werde«, sagt er.

Camilla kehrt zu Matilde zurück, die inzwischen einen Meeresfrüchtesalat auch für sie bestellt hat und eine Flasche Vermentino. Sie isst mit Appetit und hört auch nicht damit auf, als Camilla sie informiert: »Wir wissen nicht mehr als vorher.«

Das Lied im Hintergrund, *Tammuriata nera*, trägt nicht gerade dazu bei, Camillas Laune zu verbessern.

27

Die junge Sekretärin empfängt sie hinter einem Klostertisch, der ihr als Schreibtisch dient, in der Mitte des Bogengangs im Erdgeschoss des Hauses, das im neunzehnten Jahrhundert errichtet wurde, um eine arme Familie zu beherbergen, und zum Atelier eines reichen Architekten des beginnenden einundzwanzigsten Jahrhunderts umgebaut wurde.

»Haben Sie einen Termin?«

»Um fünfzehn Uhr. Ich bin Camilla Cagliostri, wir haben miteinander telefoniert.«

Sie stellt sich nicht mit Dienstgrad und Qualifikation vor, da niemand sie autorisiert hat, Zeugen zu befragen. Ein Privatbesuch.

»Der Architekt wird Sie sofort empfangen.«

In der Zwischenzeit bittet sie sie in das Wartezimmer, dessen Fenster auf die Via del Pozzo geht. Camilla versucht herauszufinden, welchem Zweck dieses Zimmer vor ein paar Jahrhunderten gedient haben mochte. Von früher ist das unbehandelte sichtbare Gebälk geblieben. An den weiß gestrichenen Wänden hängen gerahmt und unter Glas Titelseiten: *AD*, *Casa Vogue*, *Architetture d'Interni*. Auf dem Glastisch ein paar Hefte dieser Zeitschriften, geordnet nach Titel und Datum, die letzte Nummer jeweils oben und perfekt in einer Reihe ausgerichtet. Zu große Ordnung und Symmetrie. Camilla beschließt, Sergio Balboni nicht zu beschäftigen, nicht einmal, wenn es unumgänglich werden sollte, sich ihre Wohnung von einem Innenarchitekten einrichten zu lassen.

»Meine Liebe, wie geht es dir?«

Sergio kommt mit einem Ungestüm auf sie zu, das sie Umarmungen und Küsse fürchten lässt. Einen Schritt vor ihr bleibt er stehen, ergreift mit beiden Händen ihre Hand und drückt sie.

»Gut. Und dir?«

Andrea hatte sie nur sehr flüchtig auf Riccardos Geburtstagsparty miteinander bekannt gemacht.

»Schrecklich ... Ich kann noch immer nicht glauben, dass Andrea tot ist ... Auf diese Weise zu sterben ...«

Er beendet den Satz nicht. Stattdessen legt er die Hand auf Camillas Schulter und führt sie ins Arbeitszimmer, einen großen Raum mit einem antiken Schreibtisch, zwei modernen Zeichentischen und brennenden Strahlern, die auf farbige Pläne gerichtet sind: Wohnungspläne und Skizzen von einzelnen Räumen, eingerichtet mit Möbeln, Besatzware und Bildern.

Sergio deutet auf eine der Zeichnungen: »Ich arbeite am Haus von Arturo Soffritti.«

Es muss sich um einen bekannten Industriellen oder jemanden mit viel Grundbesitz handeln, aber Camilla erinnert der Name nur an die gute emilianische Küche.

Sie setzen sich in die Sitzecke, auf zwei kleine Korbsofas mit geblümten Kissen.

»Untersuchst du Andreas Tod?«

»Die Untersuchungen führt das Polizeipräsidium von Ferrara. Ich hatte mich mit Andrea angefreundet, auch wenn ich auf Einladung von Riccardo in ihrem Haus war. Jetzt möchte ich nur verstehen, als Freundin. Ich weiß, dass Sie ... dass du ... der Armen sehr nahe warst, zumindest in der letzten Zeit ...«

»Das ist kein Geheimnis. Hier in Ferrara ist es wie in allen Kleinstädten praktisch unmöglich, eine Beziehung geheim zu halten ...«

Vor allem dann nicht, wenn man sie offen zeigt, wie er es tat.

»Ich glaube, auch Riccardo wusste Bescheid«, deutet Camilla an. »Und ich wundere mich, dass er keine Eifersucht zeigte. Wir sind in Ferrara, nicht in Vigata ...oder gar in Stockholm!«

»Ihm war Andrea ziemlich egal ... Auch wenn er hinterher alles tat, um Streit und eine endgültige Trennung zu vermeiden. Wenn man den Leuten glaubt, die ihn als Opfer sahen – als das, was man gemeinhin einen Gehörnten nennt –, verhielt er sich so, um Fosca das Trauma einer Trennung zu ersparen ... einer Trennung, zu der es früher oder später auf jeden Fall gekommen wäre.«

»Wie kannst du das sagen? Riccardo hat Andrea immer

gut behandelt, sich aufmerksam und liebevoll um sie gekümmert … und sie haben noch miteinander geschlafen.«

»Davon weiß ich nichts, aus dem einfachen Grund, weil sich Andrea niemandem anvertraut hat, sie hat immer alles in sich hineingefressen. Sie litt unter dem katastrophalen Verhältnis zu ihrer Tochter, als enttäuschte Ehefrau hasste sie Riccardo, und sie fürchtete ihn … Aber das habe ich nur aus Andeutungen, Pausen, Stimmungswechseln, Gelächter und vorgetäuschter Fröhlichkeit geschlossen … Es kann also alles auch einfach nur Einbildung gewesen sein. Eines aber kann ich beschwören: Andrea war nicht die unsensible und selbstsichere Frau, als die sie in der Öffentlichkeit wahrgenommen wurde. Sie steckte voller Widersprüche. Sie liebte ihre Tochter und hatte Angst vor ihr, sie wollte sich mit Riccardo auseinandersetzen und hat den Moment immer wieder hinausgezögert, sie ging mit mir aus und dachte an andere Dinge und rief mich dann um zwei Uhr nachts an.«

»Wann hast du das letzte Mal von ihr gehört?«

»Seit dem Abend der Gartenparty habe ich sie nicht mehr gesehen und auch nicht mehr gesprochen. Sie hatte mir wegen irgendeiner Kleinigkeit Vorwürfe gemacht, und ich hatte abgewartet, dass ihre Gereiztheit vorüberginge.«

»Worüber hatte sie sich geärgert?«

»Albernheiten … Meine Hand auf ihrer nackten Schulter in der Öffentlichkeit.«

»Deiner Meinung nach dachte sie also an Scheidung?«

»Ich glaube ja, aber sie hat die Worte Trennung und Scheidung niemals in den Mund genommen, wenigstens nicht in meiner Gegenwart.«

»Vorhin hast du gesagt, Andrea habe ihren Mann gefürchtet. Warum?«

Sergio zögert, überlegt, beißt sich auf die Unterlippe und sagt: »Ich möchte keinen Unfrieden stiften in einem so schwierigen Augenblick, und ich will auch nicht, dass Merighi Schwierigkeiten bekommt wegen eines Satzes, den Andrea in einem Anfall von Wut gesagt hat ...«

»Ich werde ihn schon entsprechend sorgfältig und vorsichtig interpretieren. Du kannst mir vertrauen.«

Warum sollte er einer Polizistin vertrauen, die so viele Fragen stellt, obwohl sie vorgibt, nicht zu ermitteln? Aber Sergio will ihr Glauben schenken.

»Nichts Besonderes. Es war nur eines der vielen Male, da Andrea sich darüber Gedanken machte, wie sie von ihrer Tochter behandelt wurde. Sie sagte: ›Fosca hört zu sehr auf ihren Vater, zu sehr, zu sehr ... Und ich habe schlimme Träume und Angst vor ihm ...‹ Dieses dreimal wiederholte ›zu sehr‹ hat mich stutzig gemacht, und auch die Erwähnung der Albträume kommt mir heute wie eine Vorahnung vor. Was meinst du?«

Camilla zieht es vor, die Sache herunterzuspielen.

»Das könnte nur Andrea beantworten.«

Sergio schweift ab: »Ich bin Junggeselle, aber ich habe in der Familie immer den sichersten Ort für den Einzelnen gesehen. Heute jedoch ...«

»Die Familie ist noch immer ein Ort der Geborgenheit«, sagt Camilla. »Abgesehen von den seltenen Fällen, in denen sie zum Ort des Verderbens wird.«

»Von denen liest man ja dauernd!«

Und die schlimmsten bleiben im Verborgenen. Man braucht bloß Matilde zu fragen.

28

Der Bäcker informiert sie im Morgengrauen über die Sprechanlage: »Dottoressa, ist der Wagen, der auf dem Bürgersteig gegenüber parkt, Ihr Mini?«

»Ja, warum?«

»Kommen Sie herunter.«

Die vier Reifen sind zerschnitten, die Windschutzscheibe ist zertrümmert, an verschiedenen Stellen sind Beulen.

»Sie müssen eine Eisenstange benutzt haben und für die Reifen ein Messer«, sagt der Bäcker. Er deutet auf den Wagen, der zwei Meter weiter vorn parkt. »Der Golf hat nicht einmal einen Kratzer, obwohl er ebenfalls die ganze Nacht hier gestanden hat.«

Die Rowdys hatten es eindeutig auf Camilla abgesehen. Sie ruft mit dem Handy ihren Automechaniker zu Hause an, damit er mit dem Abschleppwagen kommt.

»Kommt die Versicherung für solche Schäden auf?«, fragt der Bäcker mitfühlend.

Matilde ist bereits aufgestanden, sie trägt Camillas Bademantel und ist dabei, am Küchentisch, der für zwei gedeckt ist, zu frühstücken. Camilla erzählt ihr, was mit ihrem Wagen passiert ist.

»Mein funkelnagelneuer Mini!«

»So funkelnagelneu ist er auch nicht mehr. Du hattest ihn schon auf Sardinien.«

»Zweiundzwanzigtausend Kilometer gefahren. Ohne einen Kratzer, ohne eine Panne.«

»Nutz die Gelegenheit und kauf dir einen neuen.«

Überrascht, fast beleidigt, fragt Camilla: »Gefällt er dir nicht?«

»Er ist schön, aber zu jugendlich für dich. Nimm einen Stilo oder einen BMW, wie der von Riccardo.«

Camilla weiß nicht so recht, ob Matilde sie auf den Arm nimmt. Matilde lächelt ihr zu und berührt Camillas Lippen mit ihren, die nach Kaffee schmecken.

»Die Autos in unmittelbarer Nähe haben nicht einen Kratzer. Es handelt sich um eine Strafaktion oder um eine Warnung.«

»Weil du Polizistin bist?«

»Ich glaube, Riccardo steckt dahinter.«

Matilde verzieht das Gesicht und schüttelt den Kopf.

»Ich kann mir nicht vorstellen, dass Ingenieur Merighi nachts hierherkommt, die Reifen deines Wagens zerschneidet und mit einer Stange auf ihn einschlägt.«

»Er braucht nur irgendeinen Idioten zu engagieren.«

»Das wäre möglich. Einen Idioten oder ... Luca.«

»Aber es hat auch sein Gutes.«

»Was soll daran gut sein?«

»Wenn Riccardo so weit geht, mich zu bedrohen, dann bedeutet das, dass ich auf der richtigen Fährte bin. Dass ich seinen verbrecherischen Plan durchschaut habe. Ein richtiger Krimi, anders kann man es nicht nennen. Mit einer originellen und furchtbaren Tatwaffe.«

»Was für ein Krimi denn? Meinst du mit Tatwaffe die Pistole, die Fosca benutzt hat? Ich dachte, du stellst Nachforschungen an, um eine Möglichkeit zu finden, Riccardo für das zu bestrafen, was er dem Mädchen angetan hat!«

»Ich hoffe, ihm nachweisen zu können, dass er Andrea getötet hat.«

»Was, zum Teufel, redest du da?«

»Das erklär ich dir gleich. Zuerst das Motiv. Anfangs hab ich gedacht, die schlechten Geschäfte seiner Firma hätten Riccardo zum Äußersten getrieben. In Wirklichkeit aber geht es der Merighi Dragons gar nicht so schlecht, es sieht sogar so aus, als hätte sie die Krise bereits überwunden. Das Motiv, die tödliche Triebfeder, ist nicht das Geld, auch wenn Riccardo keineswegs die Absicht hatte, auf das Vermögen seiner Frau zu verzichten. Der Entschluss, sie umzubringen, entsteht aus der Angst heraus, Andrea könnte entdecken, was er Fosca angetan hat. Andrea hat bereits einen Verdacht, aber sie lässt sich nichts anmerken, sie versteht es hervorragend, sich hinter der Maske der flatterhaften, dümmlichen, nur in sich selbst verliebten Frau zu verbergen. Früher oder später wird sie ihn mit Fosca oder mit den Mädchen, die nach ihr kommen werden, überraschen und ihn mit einem Tritt in den Hintern aus ihrem Leben verjagen. Riccardo muss sich frei bewegen können. Daher der Entschluss, sie umzubringen.«

»Vielleicht hatte Andrea Angst.«

»Ja, und er muss handeln. Aber er ist zu teuflisch und zu intelligent, um es selbst zu tun, und er kann nicht einem gedungenen Mörder vertrauen, der ihn ein Leben lang erpressen würde. Also wählt er den billigsten, den sichersten Mörder, der in seiner Zerbrechlichkeit am besten kontrollierbar und bereits sein Sklave ist: die Tochter. Fosca – ein kleines Mädchen! – ist Riccardos Waffe gewesen, eine tödliche Waffe, die er geduldig und mit kaltblütiger Grausamkeit präpariert hat. Fosca, ein Borderline-Mädchen, dessen Verhältnis zur Mutter das denkbar schlechteste ist, Geliebte von Riccardo, der sie verführt, nachdem er ihr enthüllt hat, dass er nicht ihr leiblicher Vater ist. Fosca, Tochter der Sünde, einer der vielen Sünden der wunderschönen Andrea. Der Mörder beginnt seine Arbeit: Er schürt den Hass des Mädchens auf seine Mutter, nutzt den Unfalltod von Toni, um Andrea dafür verantwortlich zu machen; Toni, die einzige Person, mit deren Hilfe Fosca sich von Riccardo hätte befreien können. Aber das Glück steht auf der Seite der Mörder, das ist offensichtlich: Der Tod des Jungen auf Sardinien räumt einen Rivalen aus dem Weg und steigert Foscas Hass ins Unermessliche; sie stiehlt die Pistole ihres Vaters, die er ihr wie zufällig gezeigt hat.«

»Er hat wirklich an alles gedacht!«

»Das sind nur Details. Die Hauptarbeit steht ihm noch bevor: Er muss, gestärkt durch seine Doppelrolle, die die väterliche Autorität und den Geliebten einschließt, auf die Psyche des Mädchens einwirken. Sie sind nicht Vater und Tochter, die ein inzestuöses Verhältnis haben, sondern heimlich Liebende, und Foscas Gewissen wird von Schuldgefühlen gequält, da sie nicht vergessen kann, dass sie Andreas Tochter ist. Sie muss die Mutter umbringen, um sich von der Last der Blutsverwandtschaft zu befreien. Mit einem einzigen Pistolenschuss wird sie die böse Mutter, die Rivalin im Bett des Geliebten, die Frau, die Tonis Tod zu verantworten hat, und die Ehefrau, die von Anfang an ihren Vater betrogen hat, beseitigen. Riccardo hat eine tödliche Waffe geschaffen. Um sie zum Schießen zu bringen, wird ein Befehl genügen, ein letzter Peitschenhieb, den er der Mädchenseele versetzt, und alles ist bereit für den entscheidenden Schlag, den Schuss, der pünktlich losgehen wird, während er weit weg ist von Ferrara.«

»Madonna, das klingt alles so logisch!«, sagt Matilde. »Riccardo hat sich nie etwas aus Andrea gemacht. Obwohl sie schön und begehrenswert war, hatte sie den Fehler, dass sie eine Frau war, denn er mag nun einmal nur junge Mädchen. Er hat sie wegen des Geldes geheiratet. Er will Fosca. Nachdem er entdeckt hatte, dass sie nicht seine Tochter ist, hat er sie verführt oder vergewaltigt, wie er es mit einem anderen Mädchen getan hatte, um sie zur Sklavin zu machen und später ihre Schwäche auszunutzen und sie in eine Waffe, wie du sie nennst, zu verwandeln.«

»Das Mädchen hat seit langem gelernt, das Geheimnis seines Verhältnisses mit Riccardo für sich zu behalten, und verrät sich niemals während der Verhöre, nicht einmal, als sie von den Psychologen untersucht wird. Die Mauer, die sie um sich herum errichtet hat, um sich zu schützen, hält den Worten stand. Auch ich bin an ihr abgeprallt. Sie erzählt den Polizisten die Geschichte von den Räubern, die in die Villa eingedrungen sind. Riccardo weiß, dass die Polizei und der Richter diese Version nicht ohne weiteres schlucken werden. Aber man kann ja nie wissen, vielleicht funktioniert es ja doch. Der Richter ist ein Freund, und die Hypothese des Muttermords lässt einen schon beim bloßen Gedanken daran erschaudern. Commissario Leo hat mit den albanischen oder marokkanischen Räubern kurzen Prozess gemacht. Die Pistole wird gefunden. Die Fingerabdrücke und der Paraffintest führen zu Fosca. Alles ist von Riccardo vorausgeplant. Das beginnt schon mit der Tatsache, dass ein zwölfjähriges Mädchen nicht straffähig ist. Und erst recht nicht ein krankes Mädchen, das unfähig ist, zwischen Gut und Böse zu unterscheiden, verletzt von einer Mutter, die für diese

Rolle ungeeignet ist. Die Welt zeigt Mitgefühl und Verständnis für den armen Mann, der trotz seines Schmerzes über den Verlust seiner Frau alles tut, um seine Tochter zu beschützen. Seit langem schon hatte er die Schwere der Krankheit begriffen und die Gefahr vorausgeahnt. Deswegen hatte er letztes Jahr auf Sardinien und jetzt in Ferrara Fosca eine befreundete Polizistin zur Seite gestellt. Was aber nichts gebracht hat, ebenso wenig wie die Nähe einer anderen jungen Frau, die für Fosca eine Mutterfigur ohne die Fehler ihrer echten Mutter hätte sein sollen.«

»Wir beide: die befreundete Polizistin und die ernste junge Dame.«

»Er hat uns zynisch und weitblickend benutzt. Besonders mich. Ich habe ihm sogar als Zeugin gedient, als ich seine Entschlossenheit, für Fosca zu sorgen, bestätigt und ein psychologisches Profil des Mädchens geliefert habe. Er hat mich an der Nase herumgeführt, er hat mich benutzt, er hat mich sogar mit einem Trinkgeld abgespeist. Und ich glaube, er hat mich vor allem deshalb in die Geschichte hineingezogen, um sich selbst herauszufordern: ein Wettstreit mit der berühmten Polizistin.«

»Wie konnte er sicher sein, dass Fosca schießen würde?«

»Das war er nicht ... auch die beste Waffe kann versagen. Aber er hatte sie so gut präpariert, dass er fast davon ausgehen konnte ... Vielleicht hatte er den richtigen Satz in petto, der sie veranlassen würde, den Abzug zu drücken, vielleicht eine Äußerung über Toni ... Bevor er nach Rom geflogen ist, hat er ihn ausgesprochen und damit Andrea zum Tode verurteilt und Fosca zum Wahnsinn.«

»Das Meisterwerk eines Teufels.«

»Das kann man sagen, besonders wenn man bedenkt, dass wir keinen einzigen Beweis gegen ihn haben.«

»Es würde reichen, wenn Fosca die Wahrheit sagen würde, nur ein einziges Mal …«

»Das wird sie nicht, die Welt würde zusammenbrechen, die Riccardo um sie herum errichtet hat. Und es würde auch nicht viel bringen. Wie soll man einem Mädchen wie Fosca glauben, das plötzlich, aus heiterem Himmel, seinen Vater beschuldigt? Es müsste eine Gegenüberstellung geben. Nein, es ist und bleibt ein Meisterwerk, und der Mörder kann sich sicher fühlen.«

»Warum hat er dann Angst vor dir? Vorausgesetzt, derjenige, der dein Auto zertrümmert hat, ist tatsächlich von Riccardo geschickt worden.«

»Vielleicht weist sein Plan eine Schwachstelle auf. Aber ich kann sie nicht finden.«

»Schenk doch einfach Commissario Leo reinen Wein ein.«

»Das hat keinen Sinn. Riccardo hat mich herausgefordert.«

29

Ferrara wechselt zu jeder Jahreszeit seine Garderobe und zeigt seinen Schmuck. Mit der ersten Kälte kleidet es sich in Nebelmäntel, die sehen und nicht sehen lassen, die das Geheimnis verstärken und die grellen Farben mildern. So wie heute, ein ruhiger Samstag, auch in den Farben und den Geräuschen.

Sobald sie die Stadt verlassen hat, in Richtung Porotto, verschwindet der Nebel, und die Sonne kommt hervor. Normalerweise ist das Gegenteil der Fall, aber der Nebel der letzten Nacht muss sich zwischen den Häusern von Ferrara verfangen haben. Camilla ist es lieber so: Scheint die Sonne, sind mehr Leute unterwegs, und sie ist nicht so allein bei ihrem Treffen mit Riccardo Merighi. Um das Treffen hat er gebeten, den Ort hat sie gewählt: den linken Damm neben der Brücke über den Cavo Napoleonico, den Kanal, der unterwegs das Wasser der Trockenlegung sammelt und dem Po zuführt. Und während er die Landschaften und Dörfer streift, sammelt und verbreitet der Cavo auch die Geschichten der Menschen, die an seinen Ufern wohnen, uralte Märchen wie das von der Stadt Ansa, die ihren Namen von der lombardischen Königin und Frau von Desiderius hat, einer Stadt, die für immer im Nebel verschwunden ist, oder neue Märchen, wie die von dem Wels, der einen Fischer aus Vigarano Mainarda gefressen haben soll, mit Haut und Haaren, Hut, Stiefeln und Fahrrad; Silingardi Umberto ist tatsächlich aus der Tiefebene verschwunden, aber viele behaupten, er sei mit einer Dirne aus Bologna durchgebrannt.

Camillas gute Laune kehrt zurück, während sie an diese Dorfgeschichten denkt. Sie parkt den Mini, der neue Reifen und eine neue Windschutzscheibe hat und frisch lackiert ist, vor der Rampe und steigt auf den Damm, um den Kanal zu bewundern, der im rechten Winkel zu der Straße verläuft, auf der Riccardo kommen muss. Die Brücke über den Cavo Napoleonico, zwischen Casumaro und Ferrara, führt durch eine Landschaft von atemberaubender Schönheit: Hier oben weitet sich der Blick auf das von Seerosen betupfte Wasser und unermessliche Inseln aus Schilf, zwischen Dämmen, die eine Grenze bilden zwischen der Welt von heute und einem Abbild des ehemaligen Sumpfs der Poebene. Vor dem Damm erhebt sich die kleine Kirche Santa Maddalena dei Mosti, halb verfallen und zugewachsen von Efeu und Winden, ohne dass man so recht weiß, ob sie sie verschönern oder zerstören wollen.

Riccardo kommt, sie erkennt den BMW, er parkt hinter dem Mini, steigt aus, sieht Camilla, winkt ihr fröhlich zu, man könnte meinen, sie seien mit dem Fahrrad gekommen, um Indianer zu spielen, wie die Kinder aus Casumaro. Aber es bleibt ein Kriegsspiel, gefährlich, mit dem Skalp als Trophäe.

»Ciao«, begrüßt er sie.

»Ciao.«

Sie blicken zu den drei Fischern am Ufer des Kanals. Sie haben kleine Lichtungen ins Schilf geschlagen und es sich mit Weinflasche, Klappstuhl und Angelgerät bequem gemacht. Sie starren auf die Wasseroberfläche und die Schwimmer und warten darauf, dass die Fische anbeißen, während die Zeit und das Wasser langsam fließen.

»Ich würde verrückt, wenn ich meine Tage so verbringen müsste«, bemerkt Riccardo.

»Ich beneide sie ein bisschen«, sagt Camilla. »Sie sind an der frischen Luft, im Grünen, träumen und reden mit den Fischen.«

»Ich hoffe, der Riesenwels verschlingt sie«, beendet Riccardo die Plauderei achselzuckend und sieht Camilla an: »Also, was ist los mit dir?«

»Nichts Besonderes«, erwidert sie, fest entschlossen,

sich nicht von dem leicht drohenden Ton in seiner Stimme einschüchtern zu lassen. »Ich beneide die Fischer um ihr Nichtstun, aber ich bemühe mich, die Geschichte von Andrea, Fosca und dir besser zu verstehen.«

»Was hast du mit uns zu tun?«

»Du wolltest mich zu einer der Personen in dieser Geschichte machen: zuerst als Freundin, die Fosca nahe sein sollte, dann als Zeugin, die sie vor einer furchtbaren Anklage schützen sollte. In beiden Rollen habe ich versagt, aber das war nicht meine Schuld. Ich diente einem anderen Zweck, und diese Täuschung kann ich nicht verwinden. So wie ich deine Grausamkeit nicht ertragen kann.«

»Sprichst du von gekränkter Ehre, von Rache, von Wiedergutmachung? In allen drei Fällen lässt sich Abhilfe schaffen.«

»Es würde schon reichen, dem Richter oder dem Commissario die Wahrheit zu erzählen. Und zu versuchen, das unglückselige Mädchen wirklich zu heilen.«

»Du bist verrückt, verrückter als die Fischer. Was für eine absurde Geschichte hast du dir da ausgedacht?«

»Um Andrea umzubringen, hast du deine Tochter benutzt, eine psychisch labile Minderjährige.«

»Du solltest Romane schreiben, anstatt bei der Polizei zu arbeiten. Oder prägt deine Arbeit als Bulle Tag und Nacht deine Phantasien?« Sein Lächeln verwandelt sich in eine Grimasse. Er scheint niesen zu müssen, doch das Niesen kommt nicht. Seine Augen tränen, aber es handelt sich nur um eine Erkältung, wie er betont.

Er zündet sich eine Zigarette an. »Deine Beschuldigungen sind absurd. Du wirst doch nicht wollen, dass Fosca erneut Verhören, Einschränkungen und anderen Qualen ausgesetzt wird? Zum Glück wird dir niemand glauben. Und jetzt halt dich von mir und meinem Haus fern!«

»Ein Meisterwerk, ein perfektes Verbrechen … Wer könnte Fosca überzeugen, dich zu beschuldigen? Wer wird dein Verbrechen beweisen können?«

Er nimmt es als Kompliment, das kann sie in seinem Gesicht lesen. Er hat einen grausamen Wettkampf mit der Polizistin gesucht und gewonnen. Und er verrät sich nicht, beißt nicht an, er ist schlauer als die Fische im Cavo Napoleonico. Er beschränkt sich darauf zu lächeln, ohne ein Wort zu sagen – Camilla könnte ein Aufnahmegerät versteckt haben.

»Dann sind wir uns also einig«, sagt er. »Hüte dich, deine Lügengeschichten zu verbreiten, sonst bekommst du es mit meinen Anwälten zu tun.«

Er wirft die Kippe ins Gras und geht zu seinem Wagen. Bevor er einsteigt, dreht er sich zu Camilla um, die auf dem Damm geblieben ist.

»Und lass Matilde in Ruhe. Auch sie ist nicht ganz richtig im Kopf.«

Er steigt ein, schließt die Wagentür und fährt los.

Er hat allen Grund, sich sicher zu fühlen. Seine Gewissheit, mit heiler Haut davonzukommen, ist unerschütterlich.

Camilla steigt in den Wagen, holt die Plastikhülle, die die Wagenpapiere enthält, aus dem Handschuhfach, und nimmt die Papiere heraus. Dann kehrt sie auf den Damm zurück und hebt die Kippe auf, die Riccardo weggeworfen hat. Er raucht noch immer Dunhill.

30

Matilde will Camilla nicht zu Lolli begleiten.

»Sie wird alles Riccardo erzählen.«

»Das glaube ich nicht, wenn es uns gelingt, ihr begreiflich zu machen, dass wir nur zu Foscas Bestem handeln. Du musst endlich aufhören, Angst vor ihm zu haben«, versucht Camilla, sie zu überzeugen.

»Das Hausmädchen bekommt ein Gehalt von Riccardo, und sie gehorcht ihrem Chef. Gut möglich, dass sie dadurch, dass sie schon seit Jahren im Haus der Merighis ist, vieles weiß, aber sie wird sich hüten, darüber zu reden, um nicht entlassen zu werden oder sich anderen Repressalien auszusetzen. Und wenn sie tatsächlich die Wahrheit kennt, dann weiß sie, wozu er fähig ist … Außerdem bin ich gar nicht so sicher, ob wir wirklich zu Foscas Bestem handeln.«

»Lolli hat bereits bewiesen, dass sie eine sensible, aufmerksame und intelligente Frau ist, die das Mädchen sehr gern hat.«

»Es hat keinen Sinn, dich davon abbringen zu wollen. Aber was kann ich dabei tun?«

»Zu dir hat Lolli bereits Vertrauen gefasst, und die Anwesenheit einer zweiten Frau, die keine Polizistin ist, wird sie beruhigen. Wir wollen sie doch nur darum bitten, irgendeinen wertlosen Gegenstand aus der Villa herauszuschmuggeln.«

»Da du solchen Wert auf meine Hilfe legst, werde ich mitkommen.«

»Zuerst werden wir bei Caterina Corazzari in Reno

Centese vorbeifahren, die für kurze Zeit Foscas Kindermädchen war. Ich hab schon mit ihr telefoniert, sie erwartet uns. Sie ist nicht gut auf Ingenieur Merighi zu sprechen, weil sie von ihm nicht die Abfindung bekommen hat, die sie sich erhofft hatte.«

»Schon wieder geht es um Geld«, bemerkt Matilde, die sich damit abgefunden hat, Camilla zu begleiten.

»Es geht fast immer um Geld.«

Das Zentrum von Reno Centese besteht aus fünf Häusern, der Kirche mit dem Pfarrhaus, dem Friedhof, einer Bar, einem Lebensmittelgeschäft und einer Filiale der Sparkasse von Cento, außerdem dem Glockenturm auf dem Platz, getrennt von der Kirche, fast ein Monument für sich, ein Obelisk, der irgendeinem Bauerngott geweiht ist.

Caterina Corazzari wohnt neben der Pfarrei in einem kleinen Haus, das durch Neuerungen so verändert worden ist, dass sie in ihrer Aufdringlichkeit seinen ländlichen Ursprung unkenntlich machen: ein kanariengelber Verputz, ein Streifen aus blauen Kacheln, Plastikrollos und auf dem Dach eine Antenne mit zahlreichen Zweigen und Metallblumen, die mit Sicherheit imstande sind, Fernsehsender aus allen Teilen der Welt zu empfangen. Vom Land ist wenig geblieben; das, das von dem Fenster an der Rückseite des Hauses umrahmt wird, sieht aus wie gemalt. Auch Caterina hat sich dem modernen Geschmack entsprechend verändert: dicker Hintern in enger Jeans, knapper bauchnabelfreier Pullover, Turnschuhe. Fünfzig. Am Telefon hat sie gesagt, sie kümmere sich noch immer um die Kinder anderer, aber nur als Babysitter.

Das alkoholische Getränk, das sie ihnen anbietet, erinnert an die Gastfreundschaft früherer Zeiten: Marsala mit Ei. Matilde lehnt ab, Camilla akzeptiert aus Neugier. Es lässt sie an die Jahre des Lebertrans denken. Trotz ihrer Gäste, die auf dem Sofa sitzen, lässt Caterina den Fernseher weiterlaufen, sie dreht lediglich den Ton aus.

»Fosca war ein bisschen merkwürdig, aber kaum anders als andere Kinder«, erzählt sie, noch bevor Camilla die erste Frage stellt. »Als ich auf Telestense gehört hab, dass sie ihre Mutter getötet hat, musste ich weinen. Die arme Mama und das arme Mädchen.«

»Inwiefern merkwürdig?«, fragt Camilla.

»Nichts Besonderes, Kleinigkeiten, die sie von den anderen Kindern unterschieden.«

»Ein bisschen was hat mir das philippinische Hausmädchen erzählt.«

»Lolli? Eine gewissenhafte Person. Sie war nicht nur Hausmädchen, sondern hat auch versucht, Kindermädchen und Ersatzmutter für Fosca zu sein, nachdem ich von Merighi entlassen worden war.«

»Aus welchem Grund?«

Caterina zögert. Sie blickt zum stummen Fernseher und schüttelt den Kopf.

»Das habe ich nie begriffen. Ich hab mich um das Mädchen gekümmert, ihre Garderobe in Ordnung gehalten, sie erzogen und ihre Hausaufgaben kontrolliert. Ich habe das Lehrerdiplom und kenne die Lehrpläne. Eines schönen Tages rief der Ingenieur mich in sein Arbeitszimmer und sagte, ich sei nicht die geeignete Erzieherin für seine Tochter. Er benutzte wirklich das Wort Erzieherin. Ich sei zu sehr hinter ihr her, erklärte er, Fosca müsse frei atmen können, sie müsse ein wenig allein sein können, dürfe nicht wegen jedes kleinen Fehlers getadelt werden. Er nannte mich einen Marineoffizier und reichte mir den Umschlag mit dem Gehalt und einer Summe, die er für eine angemessene Abfindung hielt. Ich war so verdattert, dass ich mich nicht einmal verteidigen konnte. Ich ein Marineoffizier, ausgerechnet ich, die ich mich für ein Familienmitglied und Foscas Freundin hielt! Ich verließ weinend das Arbeitszimmer. Signora Andrea war auf Reisen, in Österreich, wenn ich mich recht erinnere. Ich bin sicher, dass hinter der Entlassung allein der Ingenieur steckte und dass er seiner Frau weiß der Teufel welche Lügen über mich erzählt haben wird. Als ich das Haus der Merighis verlassen hatte, hab ich mich an die Gewerkschaft gewandt, ohne allerdings auch nur eine Lira mehr herausschlagen zu können.«

»Von dem Tag an gewann Lolli an Bedeutung.«

»Das denke ich mir. Aber die Filipina musste sich auch um das Haus kümmern, das groß ist, wenn man die Ställe und den Park mit dem Swimmingpool dazurechnet. Fosca hat sicher mehr Freiheit gehabt und mehr Zeit allein verbracht. Ich sage nicht, dass sie deswegen geworden ist, was sie geworden ist.«

Caterina redet gern, was Camilla ausnutzt, um sie weiter auszufragen: »Ich wollte von Ihnen etwas mehr über das Verhältnis zwischen Mutter und Tochter, zwischen Andrea und Fosca erfahren. Ich hatte nicht genug Zeit, beide richtig kennen zu lernen. Signora Merighi war für mich eine Unbekannte mit einem nicht leicht zu durchschauenden Charakter. Eine katastrophale Mutter, zumindest wenn man den Zeitungen glaubt: abwesend, zerstreut, egoistisch, entsetzt über die psychische Labilität des Mädchens. War es wirklich so?«

»Ich habe niemanden aus der Familie wiedergesehen. Zu meiner Zeit war Fosca noch keine Signorina, sie kann sich also sehr verändert haben, auch charakterlich. Das muss sie sogar, wenn man bedenkt, was sie getan hat. Meiner Meinung nach hat ihre Mutter sich nie so schlimm benommen, wie viele glauben machen wollten. Nicht schlimmer als andere Mütter, die ich als Kindermädchen oder Babysitter kennen gelernt habe. Gewiss sind die Frauen von heute, besonders wenn sie reich und jung sind, nicht so präsent wie meine Großmutter und meine Mutter es sein konnten, die Bäuerinnen und Töchter von Bauern waren. Nicht umsonst haben die Merighis mich bezahlt, um mich um das Mädchen zu kümmern. Signora Andrea war nicht viel zu Hause, sie hatte viele Freunde. Entweder hat ihr Mann sie nicht genug geliebt, oder es war ihm ganz recht so. Ich hab auch gedacht, er sei vielleicht ein *palpaciòz*. Sie hatte mit Sicherheit die rote Ameise.«

»Was bedeutet das?«

»Die roten Ameisen, die kleinen Waldameisen, sind die schlimmsten. Sie beißen voller Lust, und selbst wenn sie nur wenig Schaden anrichten, juckt es wie verrückt. Stellen Sie sich vor, Sie hätten eine rote Ameise zwischen den Beinen, die Sie ständig mit ihrem Getrippel und ihren Bissen quält: Man kommt nur zur Ruhe, wenn man Jagd auf sie macht …«

Matilde und Camilla lachen, die Geschichte der roten Ameise amüsiert sie. Ein Tier, das Camilla nur allzu gut kennt. Ein Exemplar lebt in ihrer Wohnung, weiß der

Teufel, wo es sich eingenistet hat; die rote Ameise versteckt sich zwischen den Seiten der Bücher, zwischen den Platten mit den neapolitanischen Liedern oder in den Schuhschachteln. Eine Ameise, die nur selten schläft, meist aktiv ist und in der Wohnung herumläuft. Die kleine Ameise klettert aufs Bett, schlüpft, angelockt von Camillas Wärme, unter die Laken, schöpft Atem, bevor sie den weißen Hügel der Hüften hinaufklettert, wobei ihr der Stoff des Baumwollhöschens hilft, läuft über den Bauch bis zum Bauchnabel, findet den Weg unter das Gummiband und dringt – angespornt von der Erinnerung an frühere Reisen und Abenteuer – in den Wald der dichten schwarzen Haare ein, wo sie endlich ans Ziel gelangt,wo sie sich umzuschauen beginnt, herumklettert, stöbert, trippelt, beißt, sich der Wirkung bewusst, die sie auf ihre Opfer ausübt, besonders nachts, in dem sie Träume hervorruft, sie versüßt und wahrmacht.

»Was sagten Sie über die Merighis?«, fragt Camilla, die nicht zugehört hatte.

»Ich kümmere mich nicht allzu sehr um das Eheleben der Leute, bei denen ich arbeite«, wiederholt Caterina. »Aber ich erinnere mich, dass die Signora immer, wenn sie nach Hause kam, noch zu ihrer Tochter ging. Gewöhnlich schlief Fosca schon, dann beugte Andrea sich über sie, küsste sie auf die Stirn und zog sich in ihr Zimmer zurück. Einmal haben ihre Lippen festgestellt, dass sie glühte. Sie hat mich gerufen, ich schlief im Nebenzimmer, und wir haben Fieber gemessen. Fast vierzig Grad. Ich hab den Arzt benachrichtigt, der kurz darauf kam. Zwei Tage ist Signora Andrea am Bett ihrer Tochter geblieben. Sie hat ihre Hand gehalten, ihr Märchen vorgelesen und sich große Sorgen gemacht. Kurz, alles, was eine Mama so tut, daran hab ich mich nach dem Verbrechen wieder erinnert. Wie konnte Fosca nur zur Mörderin ihrer Mutter werden? Das Mädchen, das schon lächelte, wenn es sie nur sah. Irgendetwas muss in diesen wenigen Jahren geschehen sein.«

»Was ist ein *palpaciòz*?«, fragt Matilde. »So hat diese Frau Riccardo im Dialekt genannt.«

»Auch meine Freundin Tilli aus Ferrara hat diesen Verdacht geäußert, aufgrund von Riccardos Verhalten seiner Frau gegenüber. Leider irren sie sich. Riccardo ist ganz etwas anderes. *Palpaciòz* bedeutet *palpa-chioccia*, einer, der die Glucke betastet. Das machte man früher, um sich zu vergewissern, dass sich das Ei gebildet hatte. Man betastete den Hintern der Henne. Heute, wo wir unsere bäuerliche Kultur und unsere Muttersprache vergessen haben, benutzen wir die Sprache der Amerikaner, und die *palpaciòz* nennen wir *gay*.«

Sie sitzen wieder im Wagen, in dem Mini, der keinerlei Narben mehr von dem Attentat aufweist, und fahren in Richtung Ferrara. Matilde dagegen hat viele Narben, besonders in der Seele. Seit ein paar Tagen schon spürt Camilla, dass sie weit weg ist, dass sie ihr aus dem Weg geht, ihr entgleitet, dass es ihr nicht gelingt, ihre Aufmerksamkeit oder ihren Blick auf sich zu lenken, wie auf Sardinien, wie in den ersten Tagen im Haus von Riccardo. Sie hat nicht mehr versucht, sie zu liebkosen. Es würde ihr schon reichen, wenn sie es verstehen würde, aber sie ist sich sicher, dass nicht einmal Matilde das Leiden zu benennen wüsste, das kommt und geht und sie schon ewig quält. Sie versucht sie in die Ermittlungen einzubeziehen.

»Was für einen Eindruck hast du von dieser Begegnung?«

»Es ist sinnlos, in der Vergangenheit Andreas und ihrer Tochter herumzustochern. Eine Aussage wie die von Caterina Corazzari wird Riccardo nicht belasten. Sie ist auf ihren ehemaligen Arbeitgeber nicht gut zu sprechen, weil er sie entlassen hat ... Wozu sind wir eigentlich nach Reno Centese gefahren?«

»Um etwas nachzuprüfen. Ich hatte immer schon das Gefühl, dass Andrea nicht das Ungeheuer von Mutter war, als das alle sie hingestellt haben. Sicher, als ich sie kennen gelernt habe, war ihr Verhältnis zu ihrer Tochter bereits zerrüttet. Sie hatte Angst vor ihr, aber sie liebte sie. Und sie war eine ganz normale Mutter, liebevoll und bereit, sich aufzuopfern. Hinter ihrem Rücken war Riccardo Tag für Tag darauf bedacht, Fosca zu verführen, sie sich hörig zu machen und gegen ihre Mutter aufzubringen. Für ihn existierte keine Blutsverwandtschaft mit Fosca, Tochter von Andrea und weiß der Teufel wem. Andrea hatte er nur aus Geldgier geheiratet. Hurensohn und Mörder. Manchmal denke ich an die Zeit zurück, als er bei uns zu Hause verkehrte und ich ihn als kleines Mädchen bewunderte und vielleicht sogar ein bisschen verliebt in ihn war. In dem damals noch jungen Herzen nistete das Böse, und das Lächeln eines kleinen Mädchens oder ein drohender finanzieller Ruin hätten genügt, um es zum Ausbruch zu bringen.«

»Ich bin sicher, Riccardo wird weder für die Frau, die er getötet hat, noch für die, die er töten wird, je bezahlen. Wie du sagst, er hat das perfekte Verbrechen begangen.«

»Von welcher zweiten Frau sprichst du?«

»Fosca. Jetzt schützt er sie und benutzt sie wie eine Puppe, es macht ihm Spaß, sie zu beschmutzen. Aber schon bald wird sich Fosca verändern, und Riccardo wird sie nicht mehr begehren. Sie wird eine Frau werden, eine voll entwickelte Frau. Die Brüste werden sich wölben, die Hüften sich runden, die Lippen werden nicht mehr die eines Mädchens sein und noch weniger der Blick, die Bewegungen, der Gang. Als das mit mir geschah, hat Riccardo aufgehört, mich zu begehren. Vernachlässigt von dem Mann, der ihr vor geraumer Zeit enthüllt hat, dass er nicht ihr Vater ist, könnte Fosca dann die Kraft finden, sich gegen ihn aufzulehnen oder sich wenigstens auf andere Weise an Andrea zu erinnern. Sie wird gefährlich werden für Riccardo, der unterdessen ein anderes Mädchen gefunden haben wird, das er zerstören kann.«

»Daran hatte ich nicht gedacht.«

»Er wird sie töten oder vollends in den Wahnsinn treiben.«

»Wir werden ihn vorher stoppen.«

»Und wie?«

Camilla weiß es nicht, sie antwortet nicht, will Matilde nicht mit Lügen oder Gemeinplätzen trösten wie »Am Ende wird das Gute siegen«. Dummes Geschwätz.

»Als Kind hatte ich ein weißes Kätzchen«, erzählt sie Matilde. »Ein junger Mann hat es ganz in unserer Nähe überfahren. Ich stand in der Haustür, der Cinquecento kam die Straße entlang, er fuhr nicht schnell, ich blickte dem jungen Mann am Steuer ins Gesicht – ein blonder Typ, der ganz sympathisch aussah –, er lächelte mir zu, fuhr vorbei, sah das Kätzchen am Straßenrand im Gras, einen halben Meter von der Straße entfernt, gab Gas, fuhr mit der rechten Seite auf den Randstreifen, erwischte meine Katze und kehrte auf den Asphalt zurück. In aller Seelenruhe, als wäre es das Natürlichste von der Welt. Die menschliche Natur kann sehr grausam sein, das begann ich damals zu begreifen.«

Sie umfahren Ferrara und kommen nach Pontelagoscuro, das Dorf, das auf den Po blickt. Camilla kennt Lollis Adresse und erinnert sich, dass heute ihr freier Tag ist. Sie hofft, sie zu Hause anzutreffen.

Lolli wohnt im Erdgeschoss einer Wohnanlage aus den Sechzigerjahren, grau und anonym. Sie öffnet persönlich, und das Lächeln auf ihrem Gesicht verschwindet sofort.

Matilde, instruiert von Camilla, die überzeugt ist, dass die Filipina mit einer Polizistin weniger gern spricht, fragt: »Dürfen wir hereinkommen? Wir werden Sie nicht lange aufhalten.«

Lolli schlägt den beiden Frauen die Tür vor der Nase zu. Wortlos. Sie kehren zum Wagen zurück.

»Auch wenn sie die Wahrheit kennt, wird sie sich niemals gegen Riccardo stellen«, sagt Matilde. »Sie will Fosca beschützen. Was sollte sie eigentlich für dich aus der Villa schmuggeln?«

»Ein benutztes Taschentusch, eine Serviette, einen Slip … Hauptsache, etwas von Fosca.«

Matilde schaut sie an, als sei sie verrückt geworden.

31

Camilla hört Geräusche im Flur. Lea, ihre Putzfrau, ist vor kurzem gegangen, also muss es sich um Matilde handeln, die aus Casumaro zurückgekehrt ist.

Sie öffnet die Wohnungstür, und da steht sie vor ihr, außer Atem, zerzaust, mit verstörtem und zufriedenem Blick. Auf dem Boden zwei Koffer und ein riesiger Rucksack.

»Meine Sachen«, erklärt sie. »Es fehlen die Kleider, die ich nicht einpacken konnte, ohne sie zu zerknittern. Ich ziehe zu dir … wenn du mich willst.«

Sie umarmt sie. Sie riecht angenehm.

»Das hättest du schon längst tun sollen.«

Sie bleibt in Camillas Armen.

»Ich wollte mir ein paar Schuhe und T-Shirts holen. Zu Hause bin ich Luca begegnet, er war gerade zurückgekommen. Er weiß, dass wir uns treffen, dass wir uns gegen Riccardo zusammengetan haben … Er hat mich Hure und undankbar genannt. Die Hure versteh ich ja, aber undankbar? Ich schulde ihm absolut nichts.«

»Hat er dir wehgetan?«

»Luca ist kein schlechter Kerl. Er macht nur, was sein Chef ihm befiehlt.«

»Wenn Riccardo ihm also aufgetragen hätte, dir das Gesicht einzuschlagen …«

»Dann hätte er es getan.«

»Wirklich ein artiger Junge! Was hat er sonst noch gesagt? Es interessiert mich, vielleicht sind es Riccardos Worte!«

Matilde löst sich von Camilla. Sie tragen die Koffer ins Schlafzimmer. Camilla wird Platz in den Schränken schaffen müssen.

»Er hat gesagt: ›Meine Schuld, ich hätte dich nicht mit dieser Schnepfe herumziehen lassen dürfen.‹ Er hat dich eine verlogene Bullenschlampe genannt. Du willst Riccardo ruinieren, weil du schon lange eifersüchtig bist und weil du dich rächen willst, nachdem deine Vorgesetzten dir vorgeworfen haben, du hättest den Ernst von Foscas Zustand nicht erkannt ... Er hat mir zugeschaut, während ich meine Sachen zusammengesucht habe, und mir dann geholfen, die Koffer in den Wagen zu laden. Zum Abschied hat er gesagt: ›Ihr seid zwei Schweine!‹ ... Ich hätte nie gedacht, dass es so einfach und so angenehm ist, seinen Mann zu verlassen.«

»Er hat dich nicht geliebt, sonst hätte er um dich gekämpft, ganz gleich, was sein Chef ihm befohlen hätte.«

Camilla sitzt auf dem Bett und sieht Matilde zu, wie sie ihre Sachen so gut sie kann einräumt. Nach einer kurzen Weile setzt sie sich neben Camilla und streichelt ihr Gesicht.

»Bei dir fühle ich mich geborgen.«

Camilla erreicht Ferrara um zwei Uhr nachts. Matilde hat sie gesagt, sie hätte Nachtdienst im Präsidium. Sie parkt in der Via Capo delle Volte. Sie hasst es, heimlich, ohne dass ihre Vorgesetzten davon wissen, zu ermitteln, aber sie ist fest entschlossen, Fosca zu befreien, Andrea und Matilde zu rächen und zu verhindern, dass Riccardo einem weiteren Mädchen Schaden zufügen kann. Camilla fühlt sich als die gute Heldin der Geschichte und darf vor nichts

Angst haben; in fast allen Filmen und Romanen siegt das Gute. Dieses »fast« macht ihr Sorgen. Seit einiger Zeit ist auch in den Filmen und Romanen das Happy End nicht mehr garantiert.

Daher bewegt sie sich vorsichtig, vermeidet die hellen Bereiche von Riccardos Straße, der der Böse in der Geschichte ist, blickt sich um, zuckt zusammen, wenn ein Auto vorbeifährt. Ihr Ziel taucht auf, auf dem Bürgersteig vor der Mauer der Villa der Merighis, nur wenige Schritte von den beiden Eingängen entfernt: der Müllcontainer.

Halb zwei. Die Gefahr, dass jemand sie entdeckt, ist minimal. Ein Polizeiwagen oder ein Wagen der Carabinieri könnte auf seiner nächtlichen Streife vorbeikommen. Sie kann sich das Gesicht von Commissario Savino vorstellen, wenn er erfährt, dass seine Inspektorin Cagliostri des Diebstahls des Müllsacks der Merighis angeklagt ist, den die ältere der beiden Filipinas, Lolli, gestern Abend gegen neun wie jeden Abend in den Container geworfen hat, als sie die Villa verließ, um nach Hause, nach Pontelagoscuro, zu gehen!

Sie nähert sich, drückt mit dem Fuß den Hebel hinunter, um den Deckel hochzuheben, greift sich den einzigen Müllsack, der in dem Container liegt, der an dieser Stelle der Straße nur von den Merighis benutzt wird, und entfernt sich mit ihrer Beute.

Nachdem sie den Sack im Kofferraum ihres Wagens deponiert hat, fährt sie auf den Parkplatz des Coop-Marktes in Bondeno, zwanzig Kilometer von Ferrara entfernt. Der ideale Ort: beleuchtet, weit entfernt von den Wohnhäusern und nachts menschenleer. Zudem schützt sie die Hecke, die den Parkplatz von der Straße trennt.

Sie holt den Sack aus dem Kofferraum, öffnet ihn, leert den Inhalt auf den Asphalt aus und beginnt, mit einem Schraubenzieher darin zu wühlen.

Um drei Uhr vierzig fährt sie nach Modena zurück. In einem kleinen Plastikbeutel bewahrt sie ihren kostbaren Fund auf: ein Tampax. Er könnte auch Dolores oder Lolli gehören, das zu klären wird Aufgabe von Doktor Francesco Dallosso sein, ein Freund Camillas, der das Laboratorio Germinal leitet. Morgen wird sie ihn besuchen. Seit Tagen schon wartet er, nachdem er das biologische Material von Riccardo Merighi, das sich auf dem Zigarettenstummel befand, analysiert hat, auf eine Probe von Fosca, um den Vergleichstest machen zu können.

»Jetzt können wir nur noch warten.«

»Bist du sicher, dass dich niemand dabei beobachtet hat, wie du den Sack mit den Abfällen gestohlen hast?«, fragt Matilde.

»Es ist keine Menschenseele durch die Via Capo delle Volte gekommen«, beruhigt Camilla sie.

»Hast du im Wagen den Müll durchwühlt? Wie eklig!«

»Auf einem Parkplatz, mit einem Schraubenzieher. Man findet eine Menge Dinge im Müll der Leute. Während des Kalten Kriegs konfiszierten und analysierten die Agenten der CIA jeden Tag die Müllsäcke der sowjetischen Botschaft in Washington. Gestern gab es bei den Merighis Kaninchen und Bratkartoffeln, Fosca hat ein Paar Turnschuhe weggeworfen, Riccardo hat die *Nuova Ferrara* gelesen und sich mit der Hand Notizen gemacht, die eine Kalkulation für den Verkauf von zwei Kippern an eine Schweizer Gesellschaft betreffen, aber die Rechnungen stimmten irgendwie nicht, oder die Form gefiel ihm nicht, jedenfalls hat er das Konzept auf Zetteln dreimal neu geschrieben. Am Donnerstag ist er in Rom gewesen – ich hab eine Taxiquittung gefunden. Zwischen dem Papier, das immer das aufschlussreichste Material ist, befand sich auch die Septembernummer der Zeitschrift *Riza Psicosomatica*. Einer der Psychotherapeuten, die laut Gerichtsbeschluss Fosca behandeln und jeden Tag in die Villa kommen, wird sie weggeschmissen haben. Ich glaube nicht, dass sie viel tun; Riccardo hat mit Sicherheit einen Weg gefunden, sie hinzuhalten. Und unter der Hand wird er sie tüchtig schmieren. Ich würde gern mit einem von ihnen sprechen.«

»Und dein Freund kann wirklich anhand einer Kippe von Riccardo und eines Tampax von Fosca erkennen, ob sie Vater und Tochter sind?«

»Zweifelsfrei, wenn die Proben tatsächlich von ihnen stammen. An Dallossos Labor, das eine Abteilung für forensische Genetik hat, wenden sich auch die Gerichte, um die DNA analysieren zu lassen, die in jeder Substanz biologischen Ursprungs auffindbar ist: Blutflecken oder Samenflüssigkeit, Haare, Speichel, der an den Kippen haften geblieben ist, Knochensplitter. Im Fall von Mord, Vergewaltigung oder sonstiger Gewaltanwendung hinterlässt der Täter sehr leicht einen genetischen Fingerabdruck am Tatort oder auf dem Opfer … Auf seine Visitenkarte hat Francesco Dallosso zwar ›forensischer Genetiker‹ geschrieben, aber die häufigsten Kunden seines Labors, an das man sich übers Internet mit der Zusicherung absoluter Geheimhaltung wenden kann, sind nicht Polizisten, Rechtsanwälte und Gerichte. Die Kunden bleiben anonym; sie schicken per Post das biologische Material und können dann auf der Homepage des Laboratorio Germinal, geschützt durch ein Passwort, das Ergebnis der Analyse unter der Rubrik Onlinebericht lesen.«

»Und wer sind diese Kunden?«

»Männer, die einen Vaterschaftstest wollen.«

»Ein schönes Vertrauen in die Frauen. Und das funktioniert wirklich?«

»Jeder Mensch hat seine eigene DNA, einen persönlichen genetischen Code, der wie der Fingerabdruck nur ihm gehört. Der Code enthält die Erbeigenschaften, die zur Hälfte vom Vater und zur Hälfte von der Mutter stammen. Der mutmaßliche Vater hat also ein genetisches Profil, das zur Hälfte in dem des Kindes enthalten sein muss.«

»Abscheulich.«

»Was?«

»Dass die Wissenschaft sich in die Liebe einmischt«, sagt Matilde. »Man kann auch ohne die DNA, die uns zu fünfzig Prozent verbindlich gute Eltern und Kinder sein.«

32

Im Präsidium begegnet Camilla auf der Treppe Nanda Violo in Uniform.

»Commissario Savino will dich sprechen.«

»Und wohin gehst du?«

»Zum Bahnhof. Es kommt ein Zug mit Fußballfans aus Bologna an, die sich das Spiel gegen Modena ansehen wollen. Alarmstufe Rot. Bis später, Camilla.«

»Ciao.«

Sie hofft, dass der Commissario nicht auch sie losschickt, um eine Sperre zwischen den beiden Fanclubs zu bilden. Was für eine Befriedigung, zur Polizei zu gehen, um vor oder nach einem Fußballspiel Schläge zu kassieren!

Der Commissario empfängt sie mit einem Lächeln in seinem Büro, deutet auf den Stuhl und zeigt ihr das gerahmte Foto der neugeborenen Enkelin, der letzte Neuzugang in seiner Familie, die so zahlreich ist, dass Camilla den Überblick über die Kinder und Enkelkinder ihres unmittelbaren Vorgesetzten verloren hat, nicht zuletzt deshalb, weil es sie nicht interessiert. Sie fertigt den Neuankömmling mit dem üblichen Kompliment ab: »Wunderschön.«

Savino stellt das Foto wieder zwischen Telefon und Computer.

»Wollen wir einen Kaffee bestellen?«

»Ich hab gerade einen getrunken.«

»Dann verzichte ich auch.«

Wenn Commissario Savino so freundlich ist, muss man sich gewöhnlich auf eine Strafpredigt gefasst machen.

»Das Derby fehlte uns noch«, beklagt er sich, immer noch lächelnd. »Gestern ein Überfall auf die Banca Popolare, ein Rumäne, der in der Bruciata niedergestochen wurde, drei Wohnungseinbrüche und die Meldung, dass eine große Menge Kokain in Modena erwartet wird, um auf andere Gebiete Norditaliens verteilt zu werden. Und wir sind noch immer heillos unterbesetzt.«

Camilla kommt ihm zuvor: »Ich habe meinen Dienst zu achtzig Prozent wieder aufgenommen.«

»Sagen wir zu sechzig Prozent«, korrigiert der Commissario. »Aber mir macht nicht so sehr die Überlastung deiner Kollegen Sorgen, daran haben wir uns mittlerweile gewöhnt, und einer mehr oder weniger macht keinen großen Unterschied. Mir machen die vierzig Prozent Sorgen, die du mit Sicherheit nicht für Ausflüge ans Meer oder ins Gebirge benutzt.«

»Ich habe ein paar kleine familiäre Probleme«, schwindelt Camilla, »die ich in wenigen Tagen gelöst haben werde.«

Jetzt lächelt der Commissario nicht mehr.

»Am Anfang dieser Geschichte kam aus Rom die Bitte, die wie eine Empfehlung, ja geradezu wie ein Befehl klang, dich die angesammelten Urlaubstage genießen zu lassen. Es ist wirklich überaus ungewöhnlich, dass sich das Innenministerium Gedanken um den Urlaub einer Inspektorin macht! Jetzt erhalte ich von derselben Quelle eine Bitte – oder Empfehlung – mit entgegengesetztem Vorzeichen: dich in den aktiven Dienst zurückzubeordern und hier im Präsidium von Modena mit Aufgaben förmlich zu überhäufen. Du musst irgendeinen Schutzengel im Ministerium haben.«

»Eher einen Teufel.«

»Außerdem hat mich ein alter Freund angerufen, Commissario Giovanni Leo vom Präsidium in Ferrara. Ein ausgezeichneter Polizist, den ich mir sehr gut als Leiter der Mordkommission in einer großen Stadt vorstellen könnte.«

»Das sehe ich genauso.«

»Leo zufolge hast du nie aufgehört, auf eigene Faust im Fall Venturi zu ermitteln, auch nicht, nachdem die Akte geschlossen worden war und das Gericht die Minderjährige einer Gruppe von Psychotherapeuten überantwortet hat.«

»Das Mädchen ist dem Vater überantwortet worden, in der Villa in Ferrara, betreut von zwei Spezialisten, die das Gericht benannt hat.«

»Und was hab ich gesagt? Reden wir Klartext: Die Hartnäckigkeit, mit der du noch immer in diesem Drama herumstocherst, verursacht Probleme in Ferrara und auch in Modena, nämlich mir, deinem Vorgesetzten. Fazit: Ich befehle dir, dich nicht mehr um den Venturi-Mord zu kümmern. Hast du mich verstanden?«

»Jawohl.«

Camilla steht auf.

»Setz dich.«

Sie setzt sich wieder.

»Was machst du heute?«, fragt Savino sie.

»Ich habe eine Verabredung in Bologna.«

Mit Doktor Dallosso vom Laboratorio Germinal.

»Im Zusammenhang mit deinen familiären Problemen?«

»Natürlich.«

»Du bist unglaublich.«

»Warum?«

»Du verstehst es, mit vollendeter Anmut zu lügen. Bist du denn wenigstens auf dem richtigen Weg zur Lösung deiner ... familiären Probleme?«

»Ich verspreche mir viel von dem heutigen Treffen.«

»Viel Glück. Und versuch, mir keine Unannehmlichkeiten zu bereiten.«

Mit Francesco Dallosso trifft sie sich auf halbem Weg zwischen Bologna und Modena, in Stuffione, im Restaurant Biancospino – genau der richtige Ort in Anbetracht des Umfangs und des Appetits des Leiters des Laboratorio Germinal.

Während er die Speisekarte studiert, hält sich Camilla nicht lange mit der Vorrede über das Wetter oder die Wahl des richtigen Weins zum Essen auf: »Was ist das Ergebnis der Analysen?«

Francesco blickt von der Speisekarte auf und sagt:

»Hier isst man die besten Tortellini der Bassa.«

Er steckt die Hand in die Tasche, holt zwei zerknitterte Zettel heraus und reicht sie Camilla. Sie schiebt die Teller zur Seite, legt die Zettel auf den Tisch, streicht sie mit der Hand glatt und betrachtet die beiden ausgedruckten Zeichnungen. Sie ähneln zwei Serpentinenstraßen und wegen der daran hängenden bunten Luftballons auch zwei Weihnachtsbäumen. Unter der Zeichnung stehen ein paar Formeln. Keine klar verständliche Diagnose.

»Sind das die Abbildungen der DNA von Riccardo und Fosca?«

Der Kellner kommt. Francesco bestellt Tortellini und eine Flasche Ottocento. Als zweiten Gang Bolliti. Um keine Zeit zu verlieren, beschränkt sich Camilla auf ein »Für mich auch«.

»Die Doppelhelix der DNA ist eines der Elemente der Chromatiden im Chromosom. Die Anzahl der Chromosomen in der Zelle ist für jede Spezies konstant. In jeder normalen Zelle gibt es darüber hinaus zwei Exemplare eines jeden Chromosoms, identisch in Gestalt und Größe, die homologe Chromosomen genannt werden; ihre Chromomeren sind auf die gleiche Weise verteilt, und ihre genetische Information stammt zur Hälfte vom Vater und zur Hälfte von der Mutter …«

Camilla unterbricht ihn: »Ich versteh ja, dass diese wissenschaftlichen Wortergüsse deine Kunden beeindrucken und dir gestatten, anschließend einen Haufen Geld von ihnen zu verlangen, aber von mir bekommst du keine fünfzig Cent, sag mir also sofort, was mich interessiert. Vorneweg: Gehört das zweite biologische Material, das ich dir gegeben habe, zu einer asiatischen Frau oder zu Fosca?«

»Zu Fosca.« Er setzt die Brille auf die Nase, beugt sich vor, um die Zeichnungen zu betrachten, und setzt den Finger, der aufgrund seiner Farbe und Dicke einer Kochwurst ähnelt, auf eines der Blätter: »Oder besser: einem Individuum, dessen genetische Information zur Hälfte von diesem anderen Individuum stammt«, und er setzt die Kochwurst auf das andere Blatt.

»Bist du sicher?«

»Die Genetik ist eine exakte Wissenschaft. Zumindest bis zu diesem Punkt.«

»Dann ist Fosca also Riccardos Tochter!«

»Ja, wenn die erste Probe, die du mir gegeben hast, von ihm stammt.«

Der Kellner serviert die Tortellini. Camilla nimmt die Zettel vom Tisch und atmet den Duft ein, der von den Tellern aufsteigt, aber sie hat keinen Hunger mehr.

»Andrea Venturi hat ihre Tochter mit ihrem rechtmäßigen Ehemann gezeugt. Für Riccardo dagegen, der wusste, dass sie einen Geliebten hatte, und der überzeugt war, dass der mittlerweise selten gewordene sexuelle Verkehr mit seiner Frau zu keiner Schwangerschaft geführt hatte, stand zweifelsfrei fest, dass ein anderer der Vater des Mädchens sein musste.«

Francesco neigt den Teller, fischt den letzten Tortellino heraus, und bemerkt: »Schon komische Tierchen, diese Spermatozoen.«

»All die Jahre hindurch hat Riccardo Merighi Fosca für die Tochter eines anderen Mannes gehalten und …«

»Und?«

Camilla belässt es dabei und beginnt, ihre Tortellini zu essen, bevor sie zu sehr abkühlen. Besser, wenn Doktor Dallosso den Rest der Geschichte nicht kennt, auch wenn er von Berufs wegen Geheimnisse für sich zu behalten weiß. Außerdem richtet sich seine Neugier, dem Blick nach zu urteilen, mit dem er den Servierwagen mit den Bolliti betrachtet, auf ganz andere Dinge.

»Was ändert das?«, fragt Matilde, nachdem sie die beiden Zettel auf das Sofa gelegt hat, auf den freien Platz zwischen ihnen.

»Wärst du nicht erschüttert, wenn du erführst, dass das Mädchen, das du verführt und zu deiner Sklavin gemacht, das du dazu getrieben hast, seine Mutter zu töten, deine Tochter ist, dein eigen Fleisch und Blut!«

»Für Riccardo wird das gewiss eine Überraschung sein, schließlich hat er sie für die Tochter von Germano Tosatti gehalten … und weiter?«

»Ich möchte diejenige sein, die ihm die Wahrheit sagt, und ich möchte ihm ins Gesicht blicken, wenn er sich bewusst wird, was er getan hat.«

»Ich verstehe: Du erwartest, dass er, gequält von Gewissensbissen und erschüttert darüber, sich auch noch des

Inzests schuldig gemacht zu haben, bereut und alles gesteht.«

»So etwas Ähnliches.«

Matilde nimmt die Zettel, legt sie in ihren Schoß und nähert sich Camilla. Sie berührt ihre Lippen leicht mit ihren und flüstert: »Inspektorin Cagliostri, du hast immer noch viel zu viel Vertrauen in die menschliche Seele.«

33

»Überaus freundlich, dass du mich empfängst.«

»Rechtsanwalt Sereni hat mir dazu geraten. Er hofft, dass du dann aufhörst, mich zu verfolgen.«

»Und er hofft zu erfahren, welche Karten ich in der Hand habe.«

»Mit Sicherheit ein Verliererblatt.«

Camilla blickt sich um. Das Büro von Ingenieur Riccardo Merighi, alleiniger Geschäftsführer der Merighi Dragons, nimmt fast den ganzen ersten Stock des Gebäudes neben dem Produktionswerk ein. Auf dem halbmondförmigen Schreibtisch befinden sich Telefon, Fax und Computer sowie verschiedene Papiere. An den Wänden hängen Bilder zeitgenössischer Maler (Camilla erkennt Bruno Grassi, Nani Tedeschi und Christina Vignocchi) und eine Karte Italiens, in der eine Menge bunter Stecknadeln stecken; eine Ecke ist als Sitzbereich eingerichtet, mit einem kleinen Möbel, in dem sich mit Sicherheit eine Minibar versteckt; vor dem Schreibtisch steht ein Ledersessel, in den sich Camilla setzt. Das Ganze wirkt keineswegs so übertrieben, wie sie aufgrund der Bezeichnung »Megabüro«, die Matilde benutzt hat, gedacht hatte.

Sie holt die beiden Blätter aus ihrer Handtasche und reicht sie Riccardo. Ihre Asse.

Riccardo nimmt sie in beide Hände, zwei Finger pro Blatt, und betrachtet sie, ohne zu begreifen.

»Was ist das?«

»Erkennst du die Helix der DNA nicht? Du bist doch Ingenieur.«

»Ich habe Maschinenbau studiert, nicht Biologie. Trotzdem weiß ich, was DNA ist … Aber was bedeutet das?«

Er ist nervös, ahnt die Falle. Camilla ist sicher nicht ohne ein Ass im Ärmel nach Casumaro gekommen.

»Die Formeln unter den Zeichnungen, die für einen Fachmann problemlos zu interpretieren sind, beweisen zweifelsfrei, dass Fosca deine Tochter ist. Deine leibliche Tochter, gezeugt von dir und deiner Frau Andrea.«

Eilig legt er die beiden Blätter hin, als wären sie glühend heiß, wird blass, lehnt sich zurück und vollzieht eine halbe Drehung mit dem Sessel, so dass er Camilla den Rücken zuwendet. Er blickt zum geöffneten Fenster, das die Landschaft draußen umrahmt. Dort unten ragt zwischen den Pappeln der Kirchturm von Reno Finalese hervor.

Obwohl sie hier ist, um den Feind ins Mark zu treffen, den Vergewaltiger und Mörder tödlich zu verletzen, empfindet Camilla Mitgefühl mit ihm. Die Entdeckung, die eigene Tochter, Blut von seinem Blut, so sehr korrumpiert zu haben, dass sie zur Muttermörderin wurde, ist bereits eine furchtbare Strafe. Schade, dass sie nicht in seinem Gesicht lesen kann, was er innerlich empfindet. Vielleicht weint er, vielleicht denkt er darüber nach, sich zu töten, sich auf irgendeine Weise zu bestrafen.

Eine Weile, die ihr wie eine Ewigkeit vorkommt, rührt sich keiner von beiden. Dann dreht sich der Sessel wieder, und Riccardo Merighis Gesicht erscheint erneut vor der Inspektorin Cagliostri. Er lächelt. Wenige Minuten haben ihm genügt, um die neue Realität zu akzeptieren.

»Du hast mir die Beweise gebracht, dass meine Tochter Fosca meine Tochter ist. Na und? Wirst du das nächste Mal beweisen, dass ich Ingenieur Riccardo Merighi bin?«

Zum Glück hat Camilla ihre Dienstpistole nicht dabei, sonst müsste sie sich jetzt ziemlich zusammenreißen, um nicht der Versuchung nachzugeben, auf ihn zu schießen. Entgegen ihrer Erwartung ist sie verwirrt. Sie steht auf, nimmt die DNA-Analysen vom Schreibtisch und geht zur Tür.

»Warum machst du nicht einfach kurzen Prozess? Na, komm schon!«

Camillas Beine zittern, aber ihre Gedanken und ihre Stimme sind wieder ruhig.

»Fosca hasste ihre Mutter nicht zuletzt deswegen, weil sie überzeugt war, die Frucht eines Ehebruchs zu sein …«

»Fängst du schon wieder an?

»Wie geht es dem Mädchen?«

»Schlecht. Sie haben sie gestern nach Bologna gebracht, in eine Anstalt, auf Anordnung der Psychotherapeutin … Ich hoffe, dass wenigstens das nicht auf dein Konto geht …«

»Ich hatte keine Ahnung.«

»In Gesellschaft anderer verrückter Mädchen wird sie erst recht krank werden.«

»Was sagen die Ärzte?«

»Die Ärzte haben doch alle keine Ahnung.«

Jetzt wirkt er wirklich besorgt. Oder alarmiert.

»Und du fühlst dich nicht schuldig?«

»Scher dich zum Teufel!«

Sie hat die Hand schon auf dem Türgriff. Riccardo hat sich nicht verraten, und er wird sich niemals verraten, er kann sich einen letzten Hieb nicht verkneifen: »Grüß mir diese Schlampe Matilde. Und überzeug sie, zu ihrem Mann zurückzukehren.«

Camilla geht einen Schritt zurück.

»Zum Glück hat sie sich von ihm und von dir befreit.«

»Ciao«, verabschiedet Riccardo sie. Er wartet, bis Camilla ihm erneut den Rücken zuwendet, und fügt dann hinzu: »Du solltest Matildes Geschichten keinen Glauben schenken. Sie hat schon mit zwölf mächtig angegeben.«

Camilla geht.

34

Es klingelt an der Tür. Matilde kann es nicht sein, sie hat die Schlüssel. Camilla schaut durch den Spion und erkennt das Gesicht des Polizisten Donato Barleri, verzerrt durch die Linse, aber immer noch sympathisch. Auch er hat die Schlüssel zu Camillas Wohnung. Sie macht ihm auf.

»Ich will dich nicht stören …«, sagt er ernst. Er trägt Zivil, Jacke und Krawatte. Jetzt lächelt er, damit sie versteht, dass er einen Scherz macht: »Und ich wollte dich nicht mit einem Mann im Bett überraschen.«

»Er ist vor zehn Minuten gegangen«, neckt Camilla ihn. »Willst du einen Kaffee?«,

»Gern, danke. Vor zehn Minuten warst du noch auf der Straße, du kamst von einem Abstecher nach Casumaro, Provinz Ferrara, zurück.«

Camilla bleibt in der Küchentür stehen.

»Du folgst mir!«

Donato kommt zu ihr.

»Jawohl!«

»Ich war eigentlich sicher, dass es in unserer Beziehung keine Eifersucht, keine Beschattungen und keine Szenen gibt ... Ich dachte, das hätten wir von Anfang an klargestellt!«

»Haben wir auch. Ich beschatte dich seit zwei Tagen, und zwar nicht aus persönlicher Eifersucht, sondern dienstlich – Befehl vom Commissario.«

»Savino.«

»Er will über all deine Bewegungen informiert werden. Wohin du gehst, mit wem du dich wann triffst ... Er weiß, dass du in einem Fall ermittelst, der dich nichts angeht und der obendrein abgeschlossen ist. Auf diese Weise hofft er zu verhindern, dass du dich in Gefahr bringst oder dich kompromittierst. Er tut das, um dich zu schützen. Seine Worte.«

»Ich danke dir, dass du mich informierst, dass du mich Savino vorziehst.«

»Ich geh doch nicht mit dem Commissario ins Bett!«

Sofort bereut er seine Bemerkung, die witzig sein sollte, und versucht sich zu entschuldigen, aber Camilla schließt ihm den Mund mit einem Kuss. Sie entdeckt, dass sie Lust auf Donato hat, und das freut sie doppelt: Sie hatte schon

Angst gehabt, die Sache mit Matilde hätte jedes andere Verlangen ausgelöscht.

Sie führt ihn an der Hand ins Schlafzimmer.

»Und der Kaffee?«

»Später. Jetzt müssen wir feiern.«

»Was?«

»Meine Niederlage.«

Riccardo, der sich in Sicherheit wiegt, Fosca, der es schlechter geht und die vielleicht dazu verurteilt ist, viele Jahre in einer Anstalt verbringen zu müssen, Matilde, die weiterhin unglücklich ist, auch mit Camilla …

»Lass mich spüren, wie ein Mann vögelt«, sagt sie zu Donato, der in Unterhose und Unterhemd dasteht, herzig und komisch, aber immer noch Polizist.

»Warum sagst du nicht: ›Zeig mir, wie sich die Liebe eines Mannes anfühlt‹?«

»Ich will mit dem Wort ›Liebe‹ vorsichtig umgehen.«

»Verliebst du dich denn nie?«

Camilla antwortet nicht. Sie weiß nicht, was sie antworten soll.

»Bist du sicher, dass du keinen anderen Mann hast?«

»Das kann ich dir schwören.«

Jetzt nackt, blickt Donato sich neugierig um.

»Man sieht, dass du in den letzten Tagen sehr beschäftigt warst. Strümpfe auf dem Armstuhl, ein Haufen Kosmetika kunterbunt durcheinander auf der Kommode, zwei Papiertaschentücher auf dem Boden …«

Das ist die Schuld Leas, die seit einer Woche mit einer Erkältung zu Hause bleibt, und die Schuld der Unordnung, die Matilde verbreitet.

Ach ja. Sie schließt die Schlafzimmertür ab.

»Ich habe jemanden zu Besuch ... Sie könnte jeden Augenblick zurückkommen.«

Camilla entdeckt, dass Matilde in ihrer Sammlung von Singles und alten Schellackplatten herumgestöbert hat, alles neapolitanische Lieder von den Dreißigern bis heute. Es war nicht schwierig, das zu entdecken: Sie waren alphabetisch nach Sängern geordnet, von Enzo Avitabile bis Raffaele Viviani (die sehr seltene Schellackaufnahme *Totronno 'e Quagliarella*), jetzt sind sie ganz durcheinander. Drei Singles (die Größen Giacomo Rondinelle, Roberto Murolo und Sergio Bruni) liegen auf dem Sofa, vielleicht hat sie sie gehört.

»Ich hab nichts kaputtgemacht«, sagt Matilde sofort, als sie ins Wohnzimmer kommt.

»Ich weiß, sonst wärst du schon tot«, beruhigt Camilla sie und erkundigt sich: »Was macht dein Schnupfen?«

»Immer noch nicht besser.«

Matilde ist ebenfalls erkältet.

»Willst du einen Kaffee?«

Matilde betrachtet die beiden kleinen Tassen, aus denen Camilla und Donato getrunken haben und die noch immer auf dem Tischchen stehen.

»Du hattest Besuch?«

»Donato Barleri, der Polizist, war hier.«

»Wie war dein Treffen mit Merighi?«

»Du hattest Recht, ich bin naiv. Dabei hab ich durch meinen Beruf schon so einiges gesehen! Ich hatte geglaubt, die Wahrheit würde Riccardo so sehr erschüttern, dass er alles gesteht. Stattdessen ist es genauso gekommen, wie du gesagt hast: Die Nachricht, dass Fosca seine Tochter ist, hat ihn aus der Fassung gebracht, aber nicht allzu sehr. Vermutlich hat er sich gesagt: Ich habe meine Tochter verdorben, aber ich war überzeugt, dass sie nicht meine Tochter war, es hat sich also nichts geändert.«

»Der Hurensohn.«

»Aber es gibt Neues von Fosca ... Es geht ihr schlechter, sie ist in eine Anstalt in Bologna gebracht worden. Mehr weiß ich nicht. Riccardo hat es mir mitgeteilt, als wollte er mir die Schuld daran geben oder mich davon abhalten, weiter in seinem Leben herumzustochern.«

»Ein schändliches Leben. Immerhin kann es für sie nur von Vorteil sein, wenn sie von Riccardo getrennt ist.«

»Morgen werde ich mehr wissen. Ich treffe mich in Bologna mit Doktor Maria Roncarati, der Psychotherapeutin, die sich um Fosca gekümmert hat.«

35

Maria Roncarati wohnt im historischen Zentrum von Bologna, wo man sich, wenn die Autos nicht erfunden worden wären, wie im Mittelalter vorkommen würde. Das Haus, in dem sie lebt, hat, obwohl es nicht aus dem Mittelalter stammt, keinen Aufzug, so dass Camilla ziemlich außer Atem ist, als sie im dritten Stock ankommt. Während sie bei »Dott. Prof. Roncarati« klingelt, denkt sie, dass sie wieder etwas Sport machen müsste. Sie hat sogar ein paar Kilo zugelegt.

»Inspektorin Cagliostri.«

»Kommen Sie herein.«

Die Psychotherapeutin, die Fosca behandelt, ist eine zierliche Frau von fünfzig Jahren, die keinen Sport nötig hat, schlank, klein und agil. Die weite, maskulin geschnittene Hose muss ihr Mann ihr geliehen haben, wenn sie denn einen hat. Sie führt Camilla ins Wohnzimmer und weist auf den Sessel. Der Fußboden riecht nach Bohnerwachs, die Möbel sind frühes zwanzigstes Jahrhundert, eine Menge Nippesfiguren stehen herum, alle brav auf ihrem Deckchen. Camilla wünscht sich, dass ihre Therapieansätze moderner sind als ihr Einrichtungsgeschmack.

»Ich wusste nicht, dass die Polizei im Fall Venturi noch immer ermittelt.«

»Ich ermittle allein«, erwidert Camilla, was der Wahrheit entspricht, sie verschweigt jedoch, dass sie unerlaubt ermittelt. »Und da ich Fosca kenne, möchte ich natürlich wissen, wie es ihr geht und was mit ihr passiert. Deswegen habe ich Sie aufgesucht.«

»Das sollten Sie in erster Linie ihren Vater fragen.«

»Ich habe kein gutes Verhältnis zu Riccardo Merighi.«

»Fosca geht es schlecht. Es ist ihr nie gut gegangen, zumindest seit ich auf Anordnung des Gerichts gemeinsam mit der Kollegin Martini ihre Behandlung übernommen habe. Wenn wir Professorin Gallini Ciani und Professor Trotta, Spezialisten, die von der Familie bezahlt werden und die in der Villa ein und aus gingen, noch hinzunehmen, können Sie sich vorstellen, was für eine Unruhe um das Mädchen herrschte, das schon von Haus aus verstört ist. Gallini Ciani und Trotta machten dienstags wieder zunichte, was Martini und ich montags erreicht hatten. So konnte ich nicht mehr weiterarbeiten, daher habe ich dem

Vater erklärt, entweder er macht reinen Tisch, oder ich würde in meinem Bericht schreiben, dass die Familie die Arbeit der Psychotherapeuten behindere. Merighi hat sich nicht nur einverstanden erklärt, er hat mir auch eine mehr als großzügige Spende für einen Verein in Aussicht gestellt, deren Präsidentin ich bin, ein Verein, der Familien mit psychisch labilen Kindern hilft. Eine Woche, nachdem ich Foscas Behandlung übernommen hatte, konnte ich also endlich wirklich anfangen, in aller Ruhe mit ihr zu arbeiten. Ich habe sofort bemerkt, dass es dem Mädchen immer schlechter ging und dass es sich immer mehr in eine Phantasiewelt zurückzog. Fosca teilte sich, mehr schlecht als recht, nur ihrem Vater, mir und einem der Hausmädchen mit. Und dann musste ich auch noch auf die Mitwirkung von Dottoress Martini verzichten, nachdem Fosca eine Tasse Tee nach ihr geworfen hatte. Es war besser, allein mit ihr zu arbeiten. Unsere Unterhaltungen waren nur kurz. Sie erzählte mir von einem Schulausflug nach Venedig, von einer kleinen Party bei einer Freundin, oder davon, dass Lolli ihr eine Stoffpuppe geschenkt hatte. Ihren Vater erwähnte sie nur selten, obwohl sie eine starke Zuneigung zu ihm zeigte. Die Mutter existierte überhaupt nicht, was verständlich ist: Zuerst hatte sie sie gehasst und dann mit einem Pistolenschuss aus ihrem Leben gestrichen.« Maria Roncarati schweigt und steht auf: »Ich hole mir ein Glas Wasser. Haben Sie auch Durst?«

»Nein danke. Und vielen Dank, dass Sie in einer Sprache sprechen, die ich verstehe. In bin die Leiterin des Dezernats für Jugendkriminalität im Polizeipräsidium von Modena und habe häufig mit Kollegen von Ihnen zu tun, die sich hinter ihrem Fachjargon verschanzen.«

Die Hausherrin lacht, verschwindet durch eine Tür und kommt mit der Wasserflasche und zwei Gläsern zurück.

»Obwohl Fosca sehr jung ist, muss es in ihrer Vergangenheit noch andere traumatische Momente gegeben haben als die Ermordung ihrer Mutter. Ihr Gedächtnis stieß ständig gegen Hindernisse. Eines der Traumata kenne ich: der Tod eines Freundes, der vor ihren Augen auf Sardinien ertrunken ist, zu allem Überfluss auch noch, als er mit ihrer Mutter beim Tauchen war. Aber das war nicht das Haupthindernis, denn einmal hat das Mädchen ihn kurz erwähnt, als sie mir anvertraute, dass ihr der Beruf der Archäologin gefallen würde, den sie sich als Abenteuer vorstellte, im Sinne von Indiana Jones, Entdecker antiker Schätze und untergegangener Städte. ›Mein Freund Toni ist Archäologe‹, sagte sie, im Präsens.«

»Auch mir gegenüber sprach Fosca während unserer einzigen wirklichen Unterhaltung von ihrem Freund. Aber sie benutzte die Vergangenheit, sehr wohl wissend, dass er tot ist.«

»Das bedeutet, dass sich Foscas Zustand innerhalb weniger Monate verschlechtert hat, wie tausend andere Indizien beweisen. Bevor ein nicht wiedergutzumachender Schaden eintritt, habe ich es vorgezogen, sie in die Anstalt einweisen zu lassen, wo sie ununterbrochen, Tag und Nacht, betreut wird. Ich bin auch überzeugt, dass es ihr guttun wird, fernab der Villa zu leben, fernab des Ortes und der Zeugen der Tragödie.«

»Es wird ihr guttun, von ihrem Vater getrennt zu sein.«

»Was wollen Sie damit sagen?«

Das Klingeln des Handys in der Hosentasche der Dot toressa unterbricht sie.

»Wann? … Es mag so sein, wie Sie sagen, aber solche Dinge dürfen einfach nicht passieren.«

Sie unterbricht die Verbindung.

»Fosca Merighi … Sie ist aus der Anstalt weggelaufen.«

36

»Inspektorin Cagliostri?«

»Wer ist am Apparat?«

»Commissario Leo.«

Wo zum Teufel hat er ihre Handynummer her? Und was will er?

»Wo sind Sie gerade?«

»Auf der Autobahn, in Sichtweite der Abfahrt Modena Süd.«

»Fahren Sie dort runter und kommen Sie zu mir. Kennen Sie das Dorf Santa Bianca und den alten Ponte Bailey über den Panaro?«

»Was ist passiert?«

»Ein neues Drama. Fosca Merighi hat sich in den Fluss gestürzt. Die Feuerwehrleute aus Bondeno sind dabei, sie zu bergen.«

»Mein Gott … Fosca … das arme Mädchen.«

Camilla hält an der ersten Ausweichstelle. Ihre Augen sind tränenverschleiert. Auch ihrer Stimme hört man die Tränen an, aber es gelingt ihr, ihre Gedanken zu ordnen und eine präzise Frage zu formulieren: »Sind Sie sicher, dass es sich um Selbstmord handelt?«

»Der junge Mann, in dessen Panda sie in Bologna eingestiegen ist und der sie bis Santa Bianca mitgenommen hat, ist, anstatt weiterzufahren, noch einmal umgekehrt, er sagt, er wollte sich richtig von ihr verabschieden. Er ist in seinem Wagen gerade in dem Augenblick wieder auf die Brücke gekommen, als Fosca über die Brüstung geklettert ist und sich hinuntergestürzt hat.«

»Ich komme, so schnell ich kann.«

»Inspektorin?«

»Ja?«

»Savino hat mir Ihre Handynummer gegeben.«

»Das war richtig. Ich bin Ihnen dankbar, dass Sie mich angerufen haben.«

»Höflichkeit unter Kollegen. Ich erwarte Sie. Und rasen Sie nicht ... Wir müssen einen Haufen Formalitäten erledigen, bevor wir das Mädchen wegbringen können.«

Mädchen. Er hat nicht von »Körper« oder »Leichnam« gesprochen, wie er es bei einem Unbekannten getan hätte.

»Danke.«

Fosca ist tot. Fosca lebt nicht mehr. Fosca gehört der Vergangenheit an. Camilla nimmt die rechte Hand vom Lenker, hält sie vor ihre Augen und betrachtet sie neugierig, als gehöre sie einer anderen Person. Sie zittert so stark, dass man meinen könnte, eine unkontrollierbare Kraft ginge durch sie hindurch. Sie ruft zu Hause an. Lea meldet sich: »Hier bei Cagliostri, die Haushälterin am Apparat.«

»Ich bin's. Gib mir Matilde.«

»Sie schaut fern.«

»Ruf sie.«

Es dauert eine Ewigkeit. Endlich Matildes Stimme: »Wie war es bei der Psychotherapeutin?«

»Ein überflüssiges Treffen, überholt von den Ereignissen … Fosca hat sich im Panaro umgebracht, es ist gerade erst passiert, in Santa Bianca, nachdem sie aus der Anstalt weggelaufen war.«

Der Ton von Matildes Stimme ändert sich nicht, als hätte sie auch das vorausgesehen.

»Ist sie in der Nähe des Ponte Bailey ins Wasser gegangen?«

»Sie hat sich von der Brücke gestürzt. Woher weißt du das?«

»Lolli hat mir einmal von einem Ausflug in die Gegend von Casumaro erzählt, den sie und Fosca allein unternommen haben. Sie sind mit dem Mountainbike durch das Gras und die Frühlingsblumen gefahren, umflattert von Schmetterlingen. Als sie über die Brücke von Santa Bianca radelten, über die alten lauten Dielen, hatte Fosca gerufen: ›Das ist der schönste Tag meines Lebens!‹«

Selbstmord im Kanal, wie es die Armen in der Bassa machen, wenn sie sich davonstehlen wollen. Die Ebene ist ein Spinnennetz aus Flüssen, Kanälen und Gräben, Wasser in Reichweite von Menschen, die es gut kennen, Bauern, Tagelöhner, Handwerker, die sich an seinen Geschmack erinnern. Menschen, die sich bewusst sind, dass sie so viele Frösche und Fische gegessen haben, dass es keine Tragödie ist, wenn sie sich in Futter für ebendiese verwandeln. Die Reichen haben Anwesen in der Stadt, vier- oder fünfstöckige Häuser, und wenn sie sich umbringen müssen, finden sie es bequemer, sich aus dem Fenster zu stürzen. Sie wählen die Luft, es ist ein lauter, ja ehrgeiziger Tod, wenn man bedenkt, dass sie es sich häufig im letzten Moment anders überlegen und zu fliegen versuchen.

Camilla lässt den Mini vor der Kirche stehen und geht auf den Damm, auf dem es von Menschen in Uniform wimmelt, Polizisten, Carabinieri, Feuerwehrleute und die Schutzmänner von Bondeno, die die Neugierigen von der Rampe fernhalten.

Auf dem Gras des Vorlands, zwischen dem Damm und einer Pappelpflanzung, fällt der weiße Fleck eines Lakens ins Auge.

Commissario Leo kommt Camilla entgegen.

»Schlimmer hätte diese Geschichte nicht enden können.«

Camilla weiß nicht, was sie sagen soll. Sie geht zum Vorland hinunter. Die Szene erinnert sie an einen anderen Tag, vor langer Zeit, auf dem Land bei Modena, das Gras war noch nass, es roch nach Erde und Wasser, grauer Himmel. Ein Déjà-vu-Erlebnis. Ihre Schwester lag unter einem nassen Laken. Auch damals hatte sie es zutiefst bedauert, dass sie nichts hatte tun können, um sie zu retten, um sie besser kennen zu lernen oder ihr wenigstens nahe zu sein.

Ich ruiniere mir meine Wildlederschuhe, denkt Camilla, ein ganz privater Gedanke, ein unzusammenhängender Gedanke an die Schuhe, idiotisch mitten in dieser Szene, die in der Gegenwart wie in der Erinnerung dramatisch ist.

Sie beugt sich über das klatschnasse Laken, unter dem sich die Gestalt des Körpers abzeichnet, hebt es hoch und entdeckt Fosca.

Sie schläft ruhig, mit entspannten Gesichtszügen. Wenigstens hierin ist der Tod barmherzig gewesen, er hat sie geradezu verjüngt, sie wirkt nicht älter als zehn, ihr kurzes

Haar klebt auf der Stirn und bildet anmutige Ponyfransen. Die pelzgefütterte Jeansjacke, der dünne rote Pullover. Die Hände zur Faust geballt.

Merkwürdig, dass sie so still daliegen kann in ihren klatschnassen Kleidern bei dieser Kälte und mit den Stimmen, die vom Damm zu ihnen dringen. Ganz in ihrer Nähe, hinter Camilla, ertönt ebenfalls eine Stimme, die von Commissario Leo, der sagt: »Vielleicht ist der Augenblick gekommen, mir alles zu erzählen!«

Camilla deckt Fosca wieder zu.

»Sie scheint zu schlafen«, wiederholt sie laut.

Sie folgt dem Commissario auf dem Pfad, der den Damm hinaufführt. Gemeinsam erreichen sie Camillas Wagen.

»Also?«

»Fosca ist von Riccardo Merighi verführt worden. Er war zu Unrecht davon überzeugt, dass das Mädchen nicht seine leibliche Tochter war. Vielleicht hat er ihr das bei seinem perversen Spiel sogar gesagt. Das einzige Hindernis war die Mutter. Riccardo nutzte Foscas psychische Labilität aus, um sie so sehr gegen Andrea aufzuhetzen, dass er sie überzeugen konnte, sie zu töten, ohne es ihr ausdrücklich zu befehlen. Das Drama hat zu einer Verschlechterung von Foscas Zustand geführt.« Camilla deutet auf die Straße, die zur Brücke führt: »Ihr blieb nur noch dieser Weg.«

»Wie können Sie so sicher sein, dass Merighi mit seiner Tochter ins Bett ging?«

»Ich habe es mit eigenen Augen gesehen.«

»Vor dem Tod von Andrea Venturi?«

»Danach. Nach den Ermittlungen und nach Foscas Unterbringung in der Wohngruppe. Ich habe sie in der Nacht ihrer Rückkehr nach Hause beobachtet.«

»Und die Entdeckung, dass Merighi seine Tochter dazu brachte, Andrea zu töten?«

»Schlussfolgerungen, winzige Indizien, Gefühle … Keinerlei Beweise. Und jetzt, da Fosca tot ist, kann ich nicht einmal mehr auf die einzige Zeugin hoffen.«

»Ein teuflischer Plan … wenn es sich wirklich so verhält.«

»Was werden Sie jetzt tun?«, fragt Camilla.

»Ich? Was sollte ich Ihrer Meinung nach denn tun? Nichts. Ich kann schließlich schlecht zu Ingenieur Merighi gehen und sagen: Ich habe zwei Nachrichten für Sie. Erstens: Ihre Tochter hat sich in den Fluss gestürzt. Zweitens: Es ist Ihre Schuld, da Sie das Mädchen, das bereits psychisch labil war, korrumpiert haben. Woher ich das weiß? Inspektorin Cagliostri hat Sie im Bett mit Fosca beobachtet, ohne Sie anschließend anzuzeigen, wie es ihre Pflicht gewesen wäre, und da die besagte Polizeibeamtin Sie auch verdächtigt, Fosca angestiftet zu haben, ihre Mutter zu töten, erkläre ich Sie wegen all dieser Verbrechen für verhaftet …«

Eine junge blonde Frau kommt angelaufen, gefolgt von einem Mann mit einer Fernsehkamera auf der Schulter.

»Inspektorin Cagliostri, ich bin Antonella Vincenzi von Telestense, ich habe Sie erkannt aus der Reportage von Pier Damiano auf TG3 über den Tosetti-Fall …«

Camilla öffnet hastig die Tür ihres Wagens und steigt ein.

»Auf Wiedersehen, Commissario.«

Antonella begnügt sich mit Leo. Sie hält ihm das Mikrofon unter die Nase und fragt ihn: »Wer ist das ertrunkene Mädchen? Warum ermittelt eine Polizistin aus Modena hier in Santa Bianca?«

37

»Was machst du da?«, fragt Camilla, als sie ins Schlafzimmer tritt.

»Ich gehe«, erwidert Matilde. »Vorausgesetzt, ich krieg diesen verdammten Koffer zu.«

Camilla hilft ihr. Gemeinsam gelingt es ihnen, das Schloss einschnappen zu lassen.

»Warum?«

»Ich geh nach Hause. Nicht zu Luca. Ein Ein-Zimmer-Appartement in Contrada della Rosa in Ferrara, das ich von meinem eigenen Geld gekauft habe.«

»Hab ich irgendetwas falsch gemacht?«

»Nein, aber ich fühle mich wie ein Eindringling in deiner Wohnung. Dein Freund … deine Gewohnheiten …«

Es muss etwas anderes sein. Camilla spürt es. Vielleicht hat Foscas Tod Matilde mehr erschüttert, als es scheint. Sie hat den Namen von Riccardos Tochter nicht ausgesprochen, und sie hat Camilla nicht nach den Einzelheiten des Selbstmords gefragt. Dabei hatte sie behauptet, sie fühle sich dem Mädchen nahe gerade wegen der Erfahrung, die sie verbinde, wegen des gemeinsamen Feindes, auch wenn Fosca ihn nicht als solchen betrachtete.

»Ich werde Donato sagen, dass er nicht mehr herkommen soll.«

»Ich gehe nicht seinetwegen und auch nicht deinetwegen. Ich schwöre es.«

Sie geht zur Tür, beladen mit Reisetasche, Koffer und einer Einkaufstüte voller Schuhe.

»Wann sehen wir uns wieder?«, fragt Camilla.

Matilde zögert.

»Besser, wir sehen uns nicht mehr«, erwidert sie.

Sie stellt das Gepäck ab, scheint es sich anders überlegt zu haben, aber sie muss lediglich niesen.

»Diesmal hat es mich wirklich erwischt ... Schuld ist die Feuchtigkeit der letzten Tage. Hoffen wir, dass es keine Grippe wird.«

Sie schnäuzt sich, wirft das Taschentuch auf den Boden und nimmt ihr Gepäck wieder auf. Das Taschentuch auf dem Parkett tröstet Camilla: Sie hat eine Freundin verloren, aber auf jeden Fall kehren wieder Ruhe und Ordnung ein, zumindest in der Wohnung, ohne Taschentücher auf dem Boden und auf den Tellern ausgedrückten Kippen. Ohne eine Frau im Bett.

»Nicht mal ein Abschiedskuss?«

»Würde ich gern, aber ich will dich nicht mit meiner Erkältung anstecken.«

Sie zieht die Tür hinter sich zu.

Camilla wirft sich aufs Sofa, völlig fertig nach der Begegnung mit Dottoressa Roncarati, dem Anruf von Commissario Leo, dem Anblick Foscas und jetzt Matilde, die sie ohne wirkliche Erklärung verlässt oder vor ihr davonläuft.

Sie macht die Augen zu, beschließt, noch einmal gründlich über die Ereignisse nachzudenken, um sie besser zu verstehen, aber sie schläft sofort ein.

38

Am Sonntag um zehn schläft Camilla immer noch. Oder besser, sie döst im Halbschlaf vor sich hin und verwechselt die Träume mit dem wirklichen Leben, genießt die angenehme Wärme unter den Decken, allein in der Wohnung, in ihrem großen Bett. Sie hat erst am Dienstag wieder Dienst, Donato ist dienstlich in Reggio Emilia, Matilde ist Freitagnachmittag ausgezogen, und Fosca, die Arme, hat mit ihrem Selbstmord das Wort Ende unter eine Geschichte gesetzt, die einen bitteren Nachgeschmack hinterlässt. Und wie hätte ein Happy End aussehen können? Dass Fosca die Kette zerreißt, die sie mit dem Vater verband, der zugleich ihr Liebhaber war, und ihn anzeigt, weil er sie gegen ihre Mutter aufgehetzt hat? Dass Fosca das Böse vergisst, das sie korrumpiert hat, einen netten Jungen findet, ihn heiratet und mit ihm glücklich und zufrieden lebt? Und dass die beiden anderen Personen, Matilde und Riccardo, bleiben können, wie sie sind? Matilde, immer noch körperlich und seelisch verwirrt, die Riccardo hasst, aber trotzdem nicht wirklich von ihm loskommen kann, nicht einmal in Gedanken. Sie wird letzten Endes zu ihrem Mann zurückkehren, eine Art verlängerter Arm von Riccardo oder zumindest eine Gedächtnisstütze, um die Vergangenheit nicht zu vergessen. Riccardo wird, allein jetzt, nachdem er den Tod seiner Frau und seiner Tochter herbeigeführt hat, sein Haus, seine Fabrik, seinen Landbesitz genießen und sich ein anderes Mädchen nehmen, ohne allzu viel zu riskieren. Und wenn er es nicht in Italien findet, wird er sich auf den riesigen Märkten Asiens oder Afrikas umschauen. Er wird auf jeden Fall glücklich und zufrieden leben, auf seine Weise.

Sie ist gerade dabei, wieder richtig einzuschlafen, als aus weiter Ferne der Klingelton des Handys in ihr Bewusstsein dringt. Sie erinnert sich, es unter das Kissen neben ihrem gelegt zu haben (für einen Augenblick verweilen ihre Gedanken bei Matilde, die ihre Wange auf dieses Kissen schmiegt; sie lächelt Camilla zu, auf der Jagd nach der roten Ameise). Sie streckt den Arm aus und findet es.

»Inspektorin Cagliostri, hier ist Commissario Leo.«

»Guten Tag, Commissario. Ich beginne langsam zu glauben, dass Sie eine Schwäche für mich haben.«

»Ich dagegen denke, dass das Schicksal eine Schwäche für uns beide hat und sich eine tragische Art und Weise ausgedacht hat, uns zusammenzubringen. Würden Sie ganz schnell nach Ferrara kommen, in die Villa von Ingenieur Merighi? Ich bin dort.«

Hellwach versucht Camilla den Grund zu erraten, der den Commissario in die Via Capo delle Volte geführt hat. Sie findet nur einen: »Erschüttert über den Tod seiner Tochter, hat sich Riccardo entschlossen, alles zu gestehen …«

»Viel schlimmer, oder besser, je nachdem: Er hat sich im Swimmingpool ertränkt. Danach sieht es zumindest aus. Er hat sein schlechtes Gewissen oder den Schmerz oder beides nicht mehr ertragen. Es ist bezeichnend, dass er an dem Ort gestorben ist, an dem Andrea Venturi getötet wurde …«

»Ich komme sofort.«

»Riskieren Sie keinen Unfall. Wir haben schon genug Tote.«

»Danke für die Aufmerksamkeit.«

Sie ruft Commissario Lanza an, der ihr den Wagen schickt, ohne Fragen zu stellen. Im Präsidium profitiert sie noch immer von dem Ruf, den sie sich mit dem Fall des Serienmörders erworben hat.

Ein erneuter Anruf. Ein Glück, dass sie beschlossen hatte, bis Mittag zu schlafen!

»Hier ist dein lieber Freund Stefano Marchetti vom *Resto del Carlino*.«

»Ich hab keine Zeit. Ich habe das Telefon in der linken Hand und benutze die rechte, um mich anzuziehen. Keine Zeit zum Waschen und zum Schminken, ich muss schnellstens nach Ferrara.«

Stefano redet einfach weiter, unbeeindruckt, als hätte sie alle Zeit der Welt: »Gerade über Ferrara wollte ich mit dir sprechen. Eben ist die Meldung gekommen, dass Riccardo Merighi Selbstmord begangen hat. Ein Vögelchen aus Ferrara hat mir gezwitschert, du seist eine Freundin der Familie. Das hat mich auf den naheliegenden Gedanken gebracht, dass sich eine Polizistin mit deinem Temperament die Gelegenheit bestimmt nicht hat entgehen lassen, gründliche Nachforschungen anzustellen, auch wenn Ferrara nicht in deinen Kompetenzbereich fällt.«

»Arbeitest du nicht für die Modeneser Ausgabe des *Carlino*? Ferrara fällt nicht in deinen Kompetenzbereich.«

»Ich bin wie du, um solche Kleinigkeiten kümmere ich mich nicht. Außerdem schreibe ich häufig für den *Quotidiano Nazionale*. Na los, erzähl mir was.«

Sie schlüpft in die Schuhe.

»Ich ruf dich morgen an. Und vielleicht sehen wir uns. Ciao, Stefano.«

»Ciao, Camilla. Hals und Beinbruch.«

Ihr Glück zu wünschen kann er sich sparen, jetzt, da die Geschichte wirklich zu Ende ist. Aber die Aufmerksamkeit von Commissario Leo macht sie stutzig. Der Anruf aus Santa Bianca ist mit Sicherheit eine Gefälligkeit gewesen, die Camilla gestattet hat, das arme Mädchen ein letztes Mal zu sehen. Die Einladung dagegen, möglichst schnell nach Ferrara zu kommen, gefällt ihr gar nicht. Leo vermutet, dass es sich nicht um Selbstmord handeln könnte. Oder er will, was wahrscheinlicher ist, von Camilla eine sorgfältigere Rekonstruktion der ganzen Angelegenheit.

39

»Wohin wollen Sie?«, fragt der Polizist, der an der kleinen Tür in der Einfriedungsmauer Wache hält.

»Sehe ich nicht mehr aus wie eine Polizistin?«

Sie zeigt ihre Dienstmarke.

»Inspektorin Cagliostri.«

Er grüßt, die Hand am Mützenschirm, und macht Platz, um sie hineinzulassen.

Der Garten wirkt vernachlässigt, von den Menschen und von den Jahreszeiten, die abgefallenen Blätter beschmutzen das Gras und die Beete, es herrscht die bleiche Farbe der Fäulnis vor. Camilla steuert direkt auf den Swimmingpool zu, sie kennt den Weg und erinnert sich an den Tag ihrer Ankunft in der Villa, die Spaziergänge mit Matilde, Riccardos Geburtstagsfest, den Abend, an dem sie Andrea erschossen aufgefunden hat, die Nacht, in der sie die Wahrheit über Riccardo und Fosca entdeckt hat. Und heute erneut der Swimmingpool, die Polizisten darum herum, Commissario Leo, der sie begrüßt, und der Zinksarg, der geschlossen wird.

»Wollen Sie ihn sehen?«, fragt Leo.

»Das muss nicht sein«, erwidert Camilla.

Im Swimmingpool steht das Wasser nur wenig mehr als einen halben Meter hoch. Blätter schwimmen auf der Oberfläche und ein Stab mit einem Netz.

»Ertrunken in siebzig Zentimeter hohem Wasser«, sagt der Commissario.

»Um sich umzubringen, reicht sogar weniger. Man muss sich nur ausreichend betäuben und wirklich sterben wollen.«

Jemand weint hinter der Bambushecke. Camilla nähert sich und erkennt Lolli, in Hose, Nerzjacke und Turnschuhen. Die Jacke muss Andrea ihr geschenkt haben; ihr altmodischer Schnitt lässt Lolli wie einen Teddybär aussehen. Camilla ist überrascht, sie hätte nicht gedacht, dass die Filipina Riccardo so treu ergeben war. Oder sie weint über ihr eigenes Schicksal: arbeitslos durch den Tod ihrer gesamten Herrschaft.

»Kopf hoch, Lolli«, tröstet sie sie.

Lolli trocknet sich die Augen, zieht die Nase hoch und stammelt schluchzend: »Das arme Mädchen … im Kanal ertrunken …«

Riccardo ist ihr vollkommen egal, sie weint um Fosca – Schmerz und schlechtes Gewissen wegen des Mädchens, das sie wie eine Tochter geliebt, das sie aber nicht zu schützen vermocht hatte.

Camilla nimmt sie bei der Hand.

»Komm ins Haus.«

»Nein, nicht ins Haus.«

»Dann setzen wir uns.«

Sie setzen sich auf die kalte, nasse Eisenbank.

»Hast du den Ingenieur im Swimmingpool gefunden?«

»Ich bin heute Morgen gegen neun gekommen, nach einer Nacht, die die Hölle war. Ich musste dauernd an das Mädchen denken. Als ich in das Zimmer des Ingenieurs ging, um Ordnung zu machen, fand ich das Bett aufgedeckt, und auch sonst war alles mehr oder weniger wie immer. Der Pyjama, den der Herr normalerweise auf dem Bett liegen lässt, fehlte. Ich habe ihn im Badezimmer und im Wäschekorb gesucht, ohne ihn zu finden. Ich hab mir nicht weiter Gedanken gemacht, obwohl es mir lieber ist, wenn die Dinge an ihrem Platz liegen. Aber nach dem, was mit Fosca passiert ist, wäre es wohl ein bisschen viel verlangt, sich Gedanken um den Pyjama des Ingenieurs zu machen.«

»Wie hat er die Nachricht aufgenommen?«

»Am Samstag hab ich ihn kaum gesehen. Ich hab ihm das Mittagessen im Arbeitszimmer serviert. Erst am Nachmittag hat er mit mir gesprochen, um mich zu bitten, ihm eine Tasse Tee zu bringen. Er wirkte völlig gebrochen vor Schmerz. Wir waren schon seit Tagen allein, Dolores ist bei einer Verwandten in Piacenza. Die Arme, ich glaube, sie hat Foscas Tod noch gar nicht mitbekommen.«

»Kommen wir auf den Sonntag zurück.«

»Um zehn bin ich in den Garten gegangen, um Rosmarin zu pflücken. Und da hab ich ihn gesehen. Er schwamm in seinem grün gestreiften Pyjama auf dem Bauch. Ich hab den Notruf angerufen.«

Der Commissario kommt. Vor der Bank bleibt er stehen, die Hände in den Jackentaschen.

»Das ist der letzte Akt«, sagt er zu Camilla. Aber er beeilt sich hinzuzufügen: »Vorausgesetzt, Riccardo Merighi ist nicht ermordet worden.«

»Von wem sollte er ermordet worden sein? Es ist ja niemand mehr am Leben.«

»Sie sind am Leben.«

»Ich?«

»Warum nicht?«, sagt Leo.

Er scherzt, zumindest seinem Lächeln nach zu urteilen. Camilla verlässt sich lieber nicht darauf.

Leo zündet sich eine Zigarette an und wirft das Streichholz weg. Es landet neben einem zusammengeknüllten Papiertaschentuch, das von einem Grasbüschel halb verdeckt wird. Der weiße Fleck lässt eine Erinnerung in Camillas Gedächtnis aufblitzen: Sie sieht andere benutzte Taschentücher, die aus einer unverbesserlichen schlechten Gewohnheit heraus auf den Boden oder den Bürgersteig geworfen wurden.

Camilla steht auf und lenkt Leo ab: »Schenken Sie mir eine Zigarette?«

Währenddessen kramt sie in ihrer Jackentasche, als suche sie ihre eigenen Zigaretten oder das Feuerzeug, findet die Taschentücher und zupft eins aus der Fünferpackung. Sie nimmt es mit der rechten Hand, streckt die linke aus, um die Zigarette aus dem Päckchen zu ziehen, das Leo ihr hinhält, schnäuzt sich, lässt das Taschentuch fallen und fragt: »Haben Sie schon das Ergebnis der Autopsie von Fosca Merighi?« Sie bückt sich danach und nutzt die Gelegenheit, auch das andere Taschentuch aufzuheben.

»Nichts Auffälliges. Dem Mädchen ging es gut, zumindest körperlich.«

Sie gehen zum Swimmingpool zurück. Lolli bleibt sitzen. Sie hat wieder angefangen zu weinen.

»Für mich scheint alles so weit klar zu sein«, sagt Camilla. »Merighi hat sich, erschüttert durch den Tod seiner Tochter, das Leben genommen ... und ich kann wieder nach Hause fahren ... es sei denn, Sie brauchen mich noch«, fügt sie nach einer Pause hinzu.

Sie kommen an zwei Beamten der Spurensicherung vorbei, die damit beschäftigt sind, das Gelände abzusuchen. Camilla kennt sie vom Sehen, es handelt sich um Carabinieri einer Einheit aus Parma, die über eine spezielle Ausrüstung zur Sicherung von Fingerabdrücken, geronnenen Blutflecken und anderen Spuren biologischer Art verfügt. Das bedeutet, dass der Commissario und der Staatsanwalt keineswegs überzeugt sind, dass es sich um Selbstmord handelt. Camilla schließt die Hand um das Taschentuch, das sie in ihrer Tasche in Sicherheit gebracht hat.

»Ich brauche Sie nicht, und ich glaube auch, dass Sie nicht besonders geneigt sein werden, mir zu helfen ...«

»Was wollen Sie damit sagen?«

»Wenn Ingenieur Merighi ermordet worden ist, würden Sie das als eine Straftat betrachten?«

»Natürlich. Vergessen Sie nicht, dass ich der Staatspolizei angehöre.«

Der Commissario beschränkt sich auf ein Kopfnicken.

Lolli geht an ihnen vorbei in Richtung Haus.

»Was lässt Sie zweifeln, Commissario?«, fragt Camilla.

»Riccardo Merighi war ein ziemlicher Hurensohn.«

»Das wissen wir.«

»Einer wie er lässt sich nicht so sehr von seinem schlechten Gewissen überwältigen, dass er sich umbringt.«

Das ist auch Camillas Meinung, aber sie hütet sich, es auszusprechen. Im Gegenteil: »Ich glaube, dass selbst ein Mörder Reue empfinden kann. Als Riccardo erfuhr, dass er Foscas leiblicher Vater ist, hat ihn das zutiefst getroffen … Der Selbstmord des Mädchens hat ihm dann den Rest gegeben.«

»In einer abgeschlossenen Schublade von Merighis Schreibtisch haben wir einen Stapel Farbfotos gefunden, die er aus dem Internet heruntergeladen hat. Nackte Mädchen, fast alle Asiatinnen, aufgenommen in obszönen Posen, auch zusammen mit Männern.«

Sie gehen in die Villa. Camilla fällt auf, dass sich seit dem letzten Mal nichts verändert hat. Lolli erscheint, jetzt mit Schürze.

»Möchten Sie einen Kaffee?«

Tüchtig und effizient, Hausmädchen bis zum bitteren Ende. Für Camilla gehört sie nicht zum Kreis der Verdächtigen. Das wäre banal, genauso, als würde man den Gärtner für den Mörder halten. Sie lehnen den Kaffee ab. Lolli verschwindet.

Camilla wendet sich an den Commissario: »Riccardo habe ich getötet.« Er wartet auf die Fortsetzung; er weiß, dass das nicht als Geständnis gemeint ist. »Ich habe ihm zu brutal das Ergebnis der DNA-Analyse um die Ohren gehauen, das seine Vaterschaft bestätigt. Mit Sicherheit zuverlässiger als die Gerüchte, die seit Jahren in Ferrara im Umlauf sind.«

»Wie hat er reagiert?«

Camilla erinnert sich an ihre eigene Enttäuschung. Inzest oder nicht – Riccardo hielt sich für den Herrn über Foscas Schicksal.

»Seine Hände zitterten«, schwindelt sie, »er stammelte irgendetwas, tief erschüttert ... Ich habe das Trauma unterschätzt, das ich bei ihm ausgelöst hatte. Also, Commissario, einmal abgesehen von der Theorie über Merighi, den vollkommenen Verbrecher, was für Indizien gibt es, den Selbstmord zu bezweifeln?«

»Keine Indizien, nur meine Nase.«

Er klopft mit dem Zeigefinger seiner rechten Hand gegen seine Adlernase.

Einer der Caribinieri von der Spurensicherung kommt zu ihnen.

»Und?«

»Nichts, Dottore. Wir nehmen uns jetzt das Schlafzimmer vor. Leider hat das Hausmädchen das Zimmer heute Morgen aufgeräumt, bevor sie die Leiche ihres Arbeitgebers im Swimmingpool entdeckt hat.«

Camilla entfernt sich, geht im Wohnzimmer umher und blickt sich um. Auch sie ist nicht wirklich davon überzeugt, dass Riccardo sich umgebracht hat. Schließlich sagt sie zu Leo: »Ich fahre nach Modena zurück.«

»Grüßen Sie Commissario Savino von mir.«

»Das werde ich.«

40

Sie ruft Francesco Dallosso vom Laboratorio Germinal an: »Ich bin's, Camilla ... Und?«

»Deinetwegen muss ich am Sonntag arbeiten.«

»Du hast immer behauptet, für eine Freundin wie mich würdest du dich vom Torre degli Asinelli stürzen, und jetzt opferst du mir nicht einmal ein paar Abendstunden deiner langweiligen Sonntage?«

»Sagen wir vier, vier Stunden, die meinen Frauen verloren gehen.«

»Und das Ergebnis der Analyse?«

»Das organische Material in den beiden Taschentüchern stammt von ein und derselben Person.«

»Dann war sie also in der Nacht im Park!«

»Wer? In welchem Park?«

»Danke, ciao.«

»Ist das eine Art? Ich opfere dir meine ...«

Camilla legt auf. Sie begegnet dem Blick der Inspektorin Nanda Violo, die sie von ihrem Schreibtisch aus beobachtet.

»Was ist denn jetzt wieder los?«, fragt die Kollegin. »Waren nicht alle tot?«

Camilla kann sich nicht einmal ihr anvertrauen. Es handelt sich doch um einen verdammt dicken Brocken: eine Anklage wegen vorsätzlicher Tötung.

»Ich habe eine Lehrgangskameradin, Clara Motta, intelligent und eine, die sich gern einmischt«, sagt Nanda. »Sie arbeitet als Computerspezialistin im Präsidium von Ferrara. Sie hat Zugang zu sämtlichen Büros, in denen ein

Computer steht, und öffnet die Dateien der anderen. Sie weiß alles, kennt sogar die Anzahl der Fliegen, die in den Gängen umherschwirren. Wenn du vertrauliche Auskünfte brauchst, musst du nur fragen.«

»Können wir ihr vertrauen?«

»Sag mir, was du wissen willst.«

»Nichts Bestimmtes, nur, wie weit die Ermittlungen bezüglich des Todes von Riccardo Merighi sind. Wen sie befragen, ob es Indizien gibt, die gegen Selbstmord sprechen, Auskünfte dieser Art.«

»Ich rufe Clara sofort an.«

Wenn Commissario Leo wüsste, dass er in seinem Büro von einer fünften Kolonne der Inspektorin Cagliostri ausspioniert wird, würde ihn der Schlag treffen. Nicht, dass Clara viel entdeckt hätte, aber es reicht, um Camilla nach der Enthüllung, dass das Taschentuch, das sich in den Park der Merighis verirrt hat, tatsächlich Matilde gehört, noch stärker zu beunruhigen. Verirrt? Weggeworfen mit der üblichen Unbekümmertheit und fehlenden Kinderstube. Nur dass Matilde diesmal sehr viel mehr riskiert als nur einen freundschaftlichen Rüffel von Camilla.

Mit Carla Motta hat sie am Telefon gesprochen. Ein aufgewecktes Mädchen, ein paar Jahre jünger als Camilla, wie sie begeisterte Polizistin und überzeugt, dass eine Frau so tüchtig ist wie zehn Männer.

»Commissario Leo ist nicht der Typ, der sein Herz ausschüttet. Wenn sie die Ermittlungen Inspektor Spampinato anvertraut hätten, der ein großes Plappermaul ist, dann wäre ich jetzt über jede Kleinigkeit informiert. Aber viel können sie nicht herausgefunden haben, der

Richter hat Leo bereits gebeten, die Akte zu schließen und die These des Selbstmords zu bestätigen. Ich weiß, dass das Hausmädchen der Merighis verhört worden ist, die ältere, die in Pontelagoscuro wohnt. Es ist nichts Interessantes dabei herausgekommen, ich hab das Protokoll gelesen. Aber da gibt es ein Detail, das der Commissario unterstrichen hat, zumindest in seinem Kopf. Das Hausmädchen, das Mann und Kinder hat, geht jeden Abend nach Hause und kommt am nächsten Morgen in die Villa zurück, nachdem sie frische Milch und die Zeitungen immer am selben Kiosk und immer beim selben Milchmann gekauft hat. An diesem Morgen jedoch ist sie weder beim Milchmann noch beim Zeitungsverkäufer gewesen. Auf die Frage, warum sie keine Milch und keine Zeitungen gekauft habe, hat sie geantwortet, der Milchmann habe am Sonntag nicht geöffnet und die Zeitungen habe sie vergessen, weil sie noch immer ganz durcheinander gewesen sei wegen des Todes der jungen Fosca Merighi am Freitag. Kurz und gut, niemand hat das Hausmädchen am Sonntagmorgen auf ihrem Weg zur Villa gesehen. Ich kenne Leo gut und weiß, dass selbst eine Lappalie wie die Geschichte mit den Zeitungen ihn veranlassen wird, tiefer nachzubohren, zumindest so lange, bis er sich beruhigt hat oder der Richter ihm befiehlt, die Sache ad acta zu legen.«

Man kann sich schwer vorstellen, dass Lolli ihren Herrn umgebracht haben soll, da sie, um kein Risiko einzugehen, Camilla und Matilde die Tür vor der Nase zugeschlagen hatte. Aber damals ging es darum, den Mörder von Andrea Venturi zu finden, also Fosca zu schaden, die die Filipina wie eine Tochter liebte. Der Selbstmord des

Mädchens muss auch sie von Riccardos Schuld überzeugt haben. Vermutlich wusste sie schon immer über das wahre Verhältnis zwischen dem Mädchen und seinem Vater Bescheid und hat nur deshalb nicht darüber gesprochen, um Foscas Zustand nicht noch zu verschlimmern.

Aber wie kann eine kleine Frau mittleren Alters einen fünfzigjährigen Mann in guter körperlicher Verfassung angreifen, ihn überwältigen, zum Swimmingpool zerren und in siebzig Zentimeter tiefem Wasser ertränken? Es sei denn, jemand hat ihr geholfen.

41

Sie ruft Matilde an.

»Fehle ich dir?«, fragt sie.

»Reine Neugier«, erwidert Camilla. »Ich wollte nur wissen, ob du dich in deiner kleinen Wohnung in Ferrara gut eingerichtet hast.«

»So winzig ist sie gar nicht: Bad, Wohnküche und ein Zimmer von vierzig Quadratmetern. Ich lebe wie ein Fürst.«

»Hast du keine Angst, dass Luca dich zurückholt?«

»Ich glaube nicht, dass er mich noch sehen will, besonders jetzt, da sein Gönner tot ist.«

»Über ihn wollte ich mit dir sprechen. Du bist Freitag aus meiner Wohnung ausgezogen, Samstagnacht bringt Riccardo sich um, Sonntagmorgen wird der Leichnam im Swimmingpool entdeckt, Radio und Fernsehen bringen die Nachricht. Und du rufst mich nicht an!«

Matilde unterbricht sie: »Ich dachte, eine Polizistin wird vor allen anderen informiert.«

Camilla lässt nicht locker: »Wir haben diese Geschichte gemeinsam erlebt, und wir haben aus ganzer Seele denjenigen gehasst, der für den Tod von Andrea und Fosca verantwortlich ist.« Sie wiederholt: »Und als er ohne Vorankündigung in seinem Swimmingpool krepiert, lässt dich das so kalt, dass du mich nicht einmal anrufst.«

»Kalt? Ich hab vor lauter Freude eine Flasche Champagner geköpft. Ich hab dich nicht eingeladen, mit mir anzustoßen, weil du mehr als eine Autostunde von mir weg wohnst.«

»Commissario Leo ist nicht so recht überzeugt, dass es sich um Selbstmord handelt.«

»Wen kümmert schon Commissario Leo! Und von welchem Selbstmord sprichst du? Dem von Fosca oder dem von Riccardo?«

»Fosca ist gesehen worden, wie sie sich von der Brücke stürzte. Den Selbstmord von Riccardo untersucht die Polizei von Ferrara noch. Leo hat Lolli im Visier und ist dabei, sie auszuquetschen.«

»Er wird nichts aus ihr herausbekommen. Diese Filipinas sind ganz schön starrköpfig.«

»Glaubst du, sie verbirgt etwas?«

»Woher soll ich das wissen?«

»Wir sollten uns treffen.«

»Hast du entdeckt, dass dein hübscher kleiner Polizist dir nicht mehr gefällt?«

»Ich will dich nur schützen.«

»Ich habe keine Angst. Und ich werde nichts tun, um dich zu schützen.«

»Lügnerin. Freitagabend bist du nur deshalb bei mir ausgezogen, um mich nicht zu kompromittieren. Du wusstest, was du tun wolltest, du hast dich in dem Augenblick dazu entschlossen, als ich dich über Foscas Tod informierte.«

»Ich habe die Zeit damit verbracht, die Sachen in meiner neuen Wohnung einzuräumen.«

»Ich komme heute Abend nach Ferrara.«

»Ich will dich nicht mehr sehen.«

»Es wird das letzte Mal sein.«

»Dann komme ich lieber nach Modena, aber nicht zu dir nach Hause.«

»Ich erwarte dich um neun an der Piazza della Pomposa, bei der Kirche.«

Camilla schaltet das Handy aus und bleibt auf dem Sofa sitzen, mitten in ihrer Wohnung im Herzen von Modena, Mutterstadt, in der sie sich geborgen fühlt, ein Gefühl, das sie sucht, wenn sie sich nicht gut fühlt, weil sie Fieber hat oder Gefahr droht.

Camilla berührt ihre Stirn. Kein Fieber. Und die Gefahr betrifft nicht sie, sondern eine Person, die ihr teuer ist und die sie lieben gelernt hat.

Matilde Luppi könnte angeklagt werden, vorsätzlich Ingenieur Riccardo Merighi getötet und den Selbstmord mithilfe ihrer Komplizin, der Filipina Lolli Macapagal, inszeniert zu haben.

42

Die Piazza della Pomposa wirkt wie eine Insel der Vergangenheit innerhalb des modernen Modena: die Kirche und das Kloster in der Farbe der Ziegel, die durch die sommerliche Hitze und den Nebel Patina bekommen haben, das Pflaster aus Flusssteinen, Gehsteige, die so angelegt sind, dass die Absätze der Damen geschont werden, und ein kleiner wilder Garten hinter dem Kloster mit einem schützenden Gitter drumherum. Aus dem Cafè Juta dringt Musik (Camilla erkennt »Taka Boom« von den Osanna) und das Stimmengewirr junger Burschen und Mädchen. Matilde, die Camilla durch die Fensterscheibe gesehen hat, als sie unter einer Laterne vorbeiging, tritt aus der Bar.

»Ich war zu früh, daher hab ich einen Cocktail getrunken … Gehen wir hinein, um uns zu unterhalten, ich habe mir eine ruhige Ecke gesichert.«

»Angesichts dessen, was wir uns zu sagen haben, sollten wir besser nicht riskieren, dass uns jemand zuhört.«

»Als ob die auf uns achten würden!«

»Gehen wir ein bisschen spazieren. Was macht deine Erkältung?«

»Nicht mehr so schlimm.«

Camilla hat sich bei ihr untergehakt und drückt fest ihren Unterarm. Sie gehen um die Kirche herum.

»Ich hoffe, dass ich mein ganzes Leben in Modena bleiben und immer in dieser Gegend wohnen werde. Ich habe mich in sie verliebt, schon allein die Straßennamen: Via della Cerca, Via del Taglio, Via Lovoleti, Via Fonte d'Abissi … Ich stelle mir die antike Stadt vor, die Wölfe, die nachts in sie eindrangen und an der magischen Quelle tranken, wo das Wasser in einem so tiefen Loch verschwand, dass man den Boden nicht sehen konnte, nicht einmal, wenn man eine Fackel hineinwarf. Und ich mag die Piazza della Pomposa, deswegen wollte ich, dass wir uns hier treffen.«

»Um mit mir über die Schönheiten deines Modena zu sprechen?«

»Ich glaube, dass du Riccardo mithilfe von Lolli umgebracht hast«, erwidert Camilla.

Der Messerstich der Worte sitzt, Camilla bemerkt, dass sich der Muskel des Unterarms unter dem Stoff, der ihn gegen die Kälte schützt, zusammenzieht, aber Matildes Stimme lässt keinerlei Gefühlsregung erkennen: »Du siehst jetzt überall Verbrechen. Lolli und ich, also wirklich! Sie kann mich nicht ausstehen. Erinnerst du dich, wie sie uns behandelt hat, als wir sie in Pontelagoscuro besucht haben? Was sollte sie veranlasst haben, gemeinsame Sache mit mir zu machen?«

»Foscas Tod.«

»Glaubst du wirklich, ich wäre imstande, einen durchtrainierten fünfzigjährigen Mann anzugreifen, der mir nach dem, was geschehen ist, misstraut, der auf seine Weise über den Tod seiner Tochter trauert und der alarmiert ist durch die Fragen, die die Polizisten ihm noch immer stellen? Nicht einmal mithilfe von dreißig Filipinas hätte ich ihn überwältigen können.«

Sie lacht, aber ihre Augen verraten Angst.

»Wenn Lolli ihrem Herrn den Kaffee mit einer tüchtigen Dosis Schlafmittel serviert hätte, wäre das ein ziemlich ungleicher Kampf gewesen.«

Matilde geht langsamer.

»Du redest wirklich wie ein Bulle.«

»Ich bin einer, und einer der tüchtigsten. Mit einem Fehler.«

»Welchem?«

»Das ist meine Sache. Kommen wir auf dich zurück. Die Nachricht von Foscas Tod hat dich stärker erschüttert, als deine Worte am Telefon erkennen ließen. Es ist Freitagnachmittag. Als ich nach Hause komme, finde ich dich beim Kofferpacken. Du willst ausziehen, du ziehst es vor, allein in deiner kleinen Wohnung in Ferrara zu leben. Du willst mir meine Freiheit in meiner Singlewohnung, wie du sie genannt hast, zurückgeben und Donato freie Bahn lassen. Ich hatte das für eine deiner Launen gehalten oder, besser, für einen deiner üblichen Stimmungswechsel, vielleicht gewürzt mit einer kleinen Prise Eifersucht. Jetzt begreife ich, dass du aus Liebe gehandelt hast: Fest entschlossen, Riccardo zu töten, wolltest du mich auf gar keinen Fall kompromittieren. Du wolltest sofort handeln, nachdem du aus meinem Leben verschwunden warst.«

Matilde sagt kein Wort, aber ihr Blick wird sanfter, und Camilla verspürt das Verlangen, sie zu küssen und ihr Liebesverhältnis von vorn zu beginnen. Aber sie besinnt sich: Sie ist heute Abend mit Donato verabredet, zu Hause.

»Du bist noch am Freitag zu Lolli gefahren, nach Pontelagoscuro, und hast sie überredet, dir zu helfen. Ohne die Filipina wärst du nicht in die Villa gekommen. Riccardo hatte ja schon vor einer Weile die Schlösser ausgewechselt.«

»Und?«

»Willst du nicht lieber den Rest erzählen? Du kennst mit Sicherheit auch die kleinsten Details.«

»Ich musste erfinden.«

»Dann erzähle ich weiter. Korrigier mich, wenn ich mich irre.«

»Aber betrachte es als Spiel, nicht als Geständnis. Überschrift: Wie Matilde und die Filipina Riccardo im Swimmingpool ermordeten.«

»Samstagnacht kehrt Lolli nicht nach Hause zurück, sondern bleibt in der Villa in der Via Capo delle Volte. Sie hat ihrem Herrn eine Tasse Kaffee mit einer Dosis Schlafmittel verabreicht, die ein Pferd umgeworfen hätte.«

»Tee. Sie hat ihm eine Tasse Tee serviert. Mit Honig statt mit Zucker, wie Riccardo es mochte. Aber ohne Schlafmittel, nur mit einem harmlosen Beruhigungsmittel, das ein Mann, der verzweifelt ist, ohne weiteres zu nehmen bereit ist. Jede über den Mund oder intravenös aufgenommene Droge würde bei der Autopsie entdeckt werden. Der Zufall wollte es, dass Lolli vor vielen Jahren, bevor sie nach Italien gekommen ist, als Krankenschwester in einem Krankenhaus in Manila gearbeitet hat. Sie hat Riccardo, während er schlief, regelrecht narkotisiert, indem sie ihm ein Taschentuch auf die Nase gedrückt hat, das mit irgendeinem Betäubungsmittel getränkt war. Es hätte mit dem Teufel zugehen müssen, wenn sie es bei der Autopsie entdeckt hätten.«

»Irgendwann in der Nacht kommst du in die Villa. Lolli lässt dich hinein. Ich hoffe, du hast dich nicht telefonisch oder per Handy angekündigt. Es ist ganz einfach, sämtliche Anrufe zurückzuverfolgen, die am Samstag in der Casa Merighi angenommen oder geführt wurden.«

»Es war Sonntag. Nach Mitternacht beginnt der nächste Tag. Kein Anruf. Wir waren um zwei Uhr verabredet, vor der kleinen Tür in der Via Capo delle Volte. Wohlgemerkt in der erfundenen Geschichte, die dir hilft, alles zusammenzufügen.«

»Richtig. In der Villa seid nur ihr beide und Riccardo, der jetzt durch die Totalanästhesie wehrlos ist. Dolores ist in Piacenza bei ihrer Tante. Anwesend sind höchstens noch die Gespenster von Andrea und dem Mädchen. Die euch helfen. Ihr geht ins Schlafzimmer, schleppt Riccardo hinaus, mühsam, aber zu zweit schafft ihr es, und bringt ihn in den Garten, zum Swimmingpool. Lolli hatte ihn geleert, aber nur so weit, dass das Wasser noch gut einen halben Meter hoch stand, genug, um einen bewusstlosen Mann zu ertränken, und nicht genug, um einer jungen Frau Angst zu machen, die nicht schwimmen kann. Du. Dieser halbe Meter Wasser hat mich sofort stutzig gemacht. Warum hatte man die Pumpe abgestellt und zugelassen, dass die Blätter das Wasser verschmutzen?«

»Für mich ist das eher Zufall.«

»Wenn ihr einen schlafenden Mann in den vollen Swimmingpool werft, kann das kalte Wasser ihn aufwecken, auch wenn er durch ein starkes Schlafmittel betäubt ist. Bei siebzig Zentimeter hohem Wasser konntet ihr ihn zu zweit ins Becken schleppen und seinen Kopf so lange mit Gewalt unter Wasser drücken, wie nötig ist, um ihn ins Jenseits zu befördern.«

»Ein perfektes Verbrechen, vorausgesetzt, all das, was du gesagt hast, ist auch wirklich passiert.«

»Alles andere als perfekt! Während du Lolli im Swimmingpool geholfen hast, bist du nass geworden, zumindest vom Bauch abwärts, und dadurch ist deine Erkältung wieder schlimmer geworden. Du hast deine Papiertaschentücher um dich herum verstreut, wie du es immer tust. Ich habe eins im Garten gefunden und von Doktor Dallosso zusammen mit einem von denen analysieren lassen, die du in meiner Wohnung hast fallen lassen. Es ist kein Zweifel möglich, das Taschentuch gehört dir. Die DNA ist wie eine Unterschrift, aber das habe ich dir bereits erklärt.«

»Das Taschentuch kann schon wer weiß wie lange dort gelegen haben.«

»Es war trocken, nicht einmal vom Tau feucht geworden.«

»An dem Abend hab ich keine Taschentücher auf den Boden geworfen, weder im Haus noch im Garten. Es muss mir aus der Tasche gefallen sein. Glaubst du, es gibt nur im Film und im Roman perfekte Verbrechen?«

»Im Gegenteil. Die gängige Moral und die Romantradition verlangen, dass der Mörder in der Fiktion immer verhaftet oder bestraft wird. Oder dass er zumindest für den Rest seiner Tage reumütig und zerknirscht ist. In der Realität gibt es unendlich viele ungesühnte Verbrechen. Die Polizeikarteien sind voll davon, und die Welt wimmelt von Mördern, die es sich gut gehen lassen.«

Sie bleiben vor dem Schaufenster der Buchhandlung Marco Polo stehen, die auch ein Reisebüro ist. Bunte Umschläge und Plakate zeigen leere Strände, klare Meere und dichte Urwälder.

»Wirst du das Taschentuch Commissario Leo geben?«

»Ich werde überhaupt nichts tun: Ferrara liegt außerhalb meines Kompetenzbereichs, und ich darf mich nicht einmischen in Ermittlungen, die mich nichts angehen. Aber Leo ist ein hartnäckiger und intelligenter Polizist, und er hat eine Menge Zweifel, was Riccardos Selbstmord betrifft. Er wird so lange weitermachen, bis er einen Beweis findet, der die Schuldigen belastet.«

»Ich weiß nicht, inwieweit die kleine dramatische Geschichte, die wir uns da erzählen, der Realität entspricht. Vielleicht ist der Mord an Riccardo nur eine Wunschvorstellung von mir. Aber eines weiß ich sicher: Es ist mir egal, ob ich im Gefängnis lande. Meine einzige Hoffnung ist, dass ich nicht mehr von den Mädchen träume, denen Riccardo ihre Kindheit geraubt hat: meine nie geborene Tochter, Fosca, gezwungen, ihre Mutter und sich selbst zu töten, Matilde, deren Bauch mit zwölf durchstoßen wurde ... Wenn ich es mir recht überlege, würde es mir sogar gefallen, überführt, verhaftet und dann vor Gericht gestellt zu werden. Egal, ob man mir glaubt oder nicht, ich werde all diese Geschichten dem Richter erzählen und jedem, der mir zuhört. Auf diese Weise muss ich nicht mit dem Albtraum leben. Keine Reue, wohlgemerkt, die empfinde ich nicht. Ich habe eine Kakerlake ertränkt. Doch nein, die Kakerlake ist Teil der Natur, ein hässliches Tier, sonst nichts. Ich habe einen Mörder der schlimmsten Art getötet, und ich bin glücklich darüber. Okay?«

»Ich begleite dich zum Wagen.«

Matilde hat auf der Piazza Roma geparkt, vor dem Palazzo Ducale, in dem Bereich, der für die Taxis reserviert ist. Und tatsächlich steckt ein Strafzettel unter dem Scheibenwischer. Matilde entfernt ihn und fragt Camilla: »Kannst du als Polizistin das nicht für mich regeln?«

Camilla ist sprachlos. Matilde, die sie nicht gebeten hat,

sie vor einer Mordanklage zu bewahren, bittet sie, ihr eine Strafe wegen Parkens im Halteverbot zu ersparen!

»Ich bin nicht bei der Verkehrspolizei.«

»Schade.«

Matilde küsst sie auf die Wange und steigt in den Wagen.

»Und Lolli?«, fragt Camilla.

»Nicht einmal mit der Peitsche würden sie etwas Kompromittierendes aus ihr herausprügeln. Gute Nacht, Camilla.«

»Gute Nacht, Matilde … Und vergiss nicht, Samstagnacht, in der bewussten Samstagnacht, hast du bei mir geschlafen.«

Sechstes Kapitel

43

Seit gestern Abend schneit es. Modena liegt makellos weiß und still da.

Commissario Savino betritt das Büro der Inspektorin Cagliostri: »Camilla, da ist Besuch für dich.«

Commissario Leo kommt herein. Savino verschwindet.

»Was für eine Freude, Sie wiederzusehen!«, sagt Camilla, und sie meint es ehrlich, auch wenn ihr Herz etwas zu schnell zu schlagen beginnt.

»Bemühen Sie sich nicht. Ich bin gerade in Modena und wollte meinem Freund Savino Guten Tag sagen. Und Ihnen.«

»Danke. Darf ich Ihnen Inspektorin Violo vorstellen?«

Nanda grüßt ihn von ihrem Schreibtisch aus und lässt sie nicht aus den Augen, wie immer fast bis zur Unhöflichkeit neugierig. Aber Leo verdirbt ihr den Spaß, indem er ohne Umschweife zu ihr sagt: »Würde es Ihnen etwas ausmachen, uns für eine halbe Stunde allein zu lassen? Gehen Sie doch einen Kaffee trinken.«

Ein wenig beleidigt, verlässt Nanda grußlos das Zimmer.

Es handelt sich also doch nicht um einen Höflichkeitsbesuch. Tatsächlich kommt der Commissario sofort zur Sache: »Der Richter hat mir befohlen, noch heute die Ermittlungen bezüglich des Todes von Ingenieur Merighi einzustellen.«

»Der Selbstmord von Ingenieur Merighi? Ich dachte, der Fall läge schon seit einem Monat im Archiv!«

»Leider sind keine neuen Hinweise aufgetaucht, geschweige denn Beweise, die meinen Verdacht bestätigen würden. Die Filipina bleibt dabei, dass sie sich an dem Samstag an ihre Arbeitszeiten gehalten hat, das heißt, dass sie die Nacht bei sich zu Hause verbracht hat. Spuren von Fremden haben wir in der Villa nicht gefunden … Ach übrigens, die Filipina ist von einer Familie aus Pontelagoscuro angestellt worden, dadurch arbeitet sie jetzt nicht mehr so weit von zu Hause weg. Dolores ist nach Piacenza gezogen.«

»Das freut mich für sie.«

»Die Villa und der übrige Besitz der Venturis und der Merighis wurden zwischen einer Unmenge Cousins und Cousinen aufgeteilt. Die Merighi Dragons in Casumaro erlebt dank der Arbeit der Unternehmensleitung einen neuen Aufschwung.«

»Lauter gute Nachrichten.«

»Ich bin nicht zufrieden. Mir fehlt ein Schuldiger.«

»Der Schuldige, Merighi, hat sich selbst bestraft. Sie werden doch nicht wirklich annehmen, die kleine Filipina habe ihn umgebracht?«

»Klein, aber kräftig. Eine Frau, die ihr ganzes Leben mit den Händen gearbeitet hat. Vielleicht hatte sie ja auch eine Komplizin.«

»Warum gerade eine Frau?«

»Matilde Luppi zum Beispiel. Ich glaube, auch sie hatte gute Gründe, Ingenieur Merighi umzubringen.«

»Und welche?«

»Andrea Venturi und ihre Tochter Fosca zu rächen.«

Camilla lächelt, ohne es eigentlich zu wollen, und sagt: »Ich kann mir Matilde, unordentlich, zerstreut und egoistisch wie sie ist, einfach nicht als Mörderin oder als rächenden Engel vorstellen.«

»Mag sein ...«

»Außerdem war Matilde in der Nacht, in der Riccardo Selbstmord beging, noch immer mein Gast in Modena. Sie schlief neben mir.«

»Dann bleibt mir also nur noch, den Anweisungen der Staatsanwaltschaft Folge zu leisten und die Akte zu schließen.«

»Tun Sie das.«

Er reicht ihr die Hand. Er wirkt nicht wütend, und Camilla spürt, dass er sie auch weiterhin schätzen wird. Trotz allem. Er geht zur Tür. Auf halbem Weg dreht er sich um und fragt sie in feierlichem Ton: »Sie haben kein Vertrauen in die Justiz der Menschen?«

Er wartet die Antwort nicht ab, geht hinaus und schließt die Tür.

Camilla lehnt sich zurück. Sie lächelt und denkt: »Ich vertraue mehr auf die Justiz der Frauen.«